Hochrheingold

Petra Gabriel wuchs in Stuttgart und am Bodensee auf. 1982 zog sie mit ihrer Familie ins badische Laufenburg, wo sie als freie Journalistin und Schriftstellerin lebt. Über fünfzehn Jahre lang arbeitete sie als Redakteurin in der Lokalredaktion des Südkuriers in Bad Säckingen, die meiste Zeit als stellvertretende Leiterin. Sie veröffentlichte zahlreiche Romane und Kurzgeschichten. Bei Emons erschienen neben den Terheyde-Krimis »Tod am Hochrhein«, »Alemannischer Totentanz« und »Hotzenwaldblues« auch der Fantasyroman »Der Klang des Regenbogens« sowie der historische Roman »Die Köchin und der König«.
www.petra-gabriel.de

Dieses Buch ist ein Roman. Handlungen und Personen sind frei erfunden. Ähnlichkeiten mit lebenden oder toten Personen sind nicht gewollt und rein zufällig.

PETRA GABRIEL

Hochrheingold

DER BADISCHE KRIMI

emons:

Bibliografische Information der Deutschen Nationalbibliothek
Die Deutsche Nationalbibliothek verzeichnet diese Publikation in der Deutschen Nationalbibliografie; detaillierte bibliografische Daten sind im Internet über http://dnb.d-nb.de abrufbar.

FSC
www.fsc.org
MIX
Papier aus verantwortungsvollen Quellen
FSC® C083411

Umschlagmotiv: © mauritius images/imageBROKER/Jürgen Wiesler
Umschlaggestaltung: Tobias Doetsch
Gestaltung Innenteil: César Satz & Grafik GmbH, Köln
Lektorat: Marit Obsen
Druck und Bindung: CPI – Clausen & Bosse, Leck
Printed in Germany 2014
ISBN 978-3-95451-373-4
Der Badische Krimi
Originalausgabe

Rattenkönig: So werden mehrere an den Schwänzen verknotete oder verklebte Ratten bezeichnet. Ein seltenes Phänomen, das vor allem bei Hausratten beobachtet worden sein soll.

1

Gregor Freudenreich verabscheute seinen Nachnamen. In seinem Leben gab es keine Freuden mehr. Reich war er auch nicht. Im Gegenteil, das Wasser stand ihm bis zum Hals. Er starrte auf das rot umrandete Inserat in der Rubrik Kleinanzeigen. *»Lukrativer Nebenjob, bis zu eintausendfünfhundert Euro monatlich. Einzige Voraussetzung: gültiger Pass und PC.«*

Sie hatten ihn reingelegt. Und ihn dann, als er bereits mitten in diesem Sumpf steckte, gnadenlos zum Weitermachen erpresst. Er hatte klein beigegeben. Doch nun war er fällig. *Er.* Und nicht die. Das hatten ihm die beiden Herren vom Landeskriminalamt unmissverständlich klargemacht. Seine Auftraggeber, von denen er vermutlich noch nicht einmal die richtigen Namen kannte, hatten sich verdrückt, saßen jetzt irgendwo im Ausland, weit weg, unerreichbar für die deutschen Strafverfolgungsbehörden. Unter der Telefonnummer meldete sich niemand mehr. Mails wurden nicht beantwortet. Also würden die Beamten sich an ihn halten, ihn verantwortlich machen.

Er war ein Krimineller, ein Betrüger. Weil er für Fremde, aber auf eigenen Namen ein Konto eröffnet hatte. Er würde es niemals schaffen, den Schaden wiedergutzumachen, den er angerichtet hatte. Wenn man ihm früher erklärt hätte, dass er einmal so naiv sein würde, auf diese Art von Inserat hereinzufallen, er hätte denjenigen ausgelacht. Doch es gab Situationen im Leben, da klammerte man sich an jeden Strohhalm, wollte einfach glauben, dass alles gut werden würde, und verdrängte alle Zweifel.

Freudenreich stand auf und trottete in die Küche seiner Zweizimmerwohnung in Lörrach, Seidenweberhof. Eine gute Adresse. Er war richtig glücklich gewesen, als er endlich aus seinem Einzimmerappartement hierher in die etwas größere Wohnung hatte umziehen können.

Damals. Vor dem Unfall. Der war der Anfang seines Untergangs gewesen. Die Versicherung weigerte sich zu zahlen, solange die Unglücksursache nicht eindeutig geklärt war, und versuchte, ihm eine Mitschuld in die Schuhe zu schieben.

Er starrte wieder auf die Anzeige. Sie hätte seine Rettung sein sollen. Nun hatte sie ihm vollends das Genick gebrochen.

Freudenreich ging in die Küche, holte sich ein Whiskyglas aus dem Oberschrank über dem Herd, nahm sich die Whiskyflasche, die auf der Anrichte gleich daneben griffbereit stand, füllte das Glas mit dem letzten Rest Glenfiddich, nahm es mit ins Schlafzimmer und setzte sich auf das sorgsam gemachte, extrabreite Bett. Die beiden Kissen mit den gelben und roten Streifen lagen akkurat genau so, wie er es gernhatte. Der ebenso gestreifte Satin-Bettbezug über dem blütenweißen Laken wies kein Fältchen auf. Alles war neu, gestern erst gekauft. Auf Pump.

Er betrachtete sich im Schlafzimmerspiegel. Ja, er sah ordentlich aus. Das weiße gestärkte Hemd war tadellos, die Bügelfalten der dunkelgrauen Gabardinehose saßen exakt, der Knoten der roten Krawatte, im selben Ton gehalten wie die roten Streifen des Bettbezuges, war vorbildlich gebunden.

Das also war das Ende. Mit achtundvierzig Jahren. Freudenreich trank den Whisky in einem Zug aus und stellte das Glas auf den Nachttisch. Auf den Bastuntersetzer, damit es keine Flecken gab. Daneben lag die Pistole. Es hatte ihn einiges an Zeit, Mühe und Geld gekostet, die Waffe zu besorgen. Zeit, um einen Händler aufzutreiben, der einem Mann ohne Waffenschein eine Pistole verkaufte. Nun hielt er eine 45er Heckler & Koch Full Size, brüniert, in der Hand, die im Online-Handel für siebenhundertneunundvierzig Euro zu haben war. Auf dem schwarzen Markt und mit Schalldämpfer war sie natürlich teurer. Um sie zu bezahlen, hatte er sogar den Ehering seiner Mutter versetzen müssen. Solche Leute verkauften nichts auf Pump. Freudenreichs Kühlschrank war seither ebenso leer wie sein Geldbeutel. Er besaß nichts mehr, um sich Essen zu kaufen. Aber das war auch nicht von Belang.

Er atmete noch einmal tief und bewusst ein, um das Leben zu spüren, den Herzschlag, der das Blut durch seine Adern pumpte, das Pulsieren. Dann hielt er die Pistole an seine rechte Schläfe und drückte ab.

***

Daniela Schön starrte die Heimleiterin wütend an. »Erzählen Sie mir hier nichts vom Pferd. Ich weiß, dass meine Mutter mindestens noch dreißigtausend Euro Guthaben auf ihrem Girokonto hatte. Ich brachte sie hierher, weil das Seniorenheim einen so guten Ruf hat. Und jetzt das! Hier, die Kontoauszüge, sehen Sie selbst, ich habe sie vorhin geholt. Das Konto ist völlig leer geräumt. Das Sparbuch meiner Mutter wurde aufgelöst, und auf dem Girokonto sind nur noch Centbeträge. Ich will sofort von Ihnen wissen, was Sie mit dem Geld gemacht haben! Das wird Ihnen noch leidtun.«

»Ich weiß nicht, was mit dem Geld Ihrer Mutter passiert ist, ich weiß es wirklich nicht. Ich bin ganz sicher, dass von uns niemand …«

»Das glaube Ihnen, wer will. Hier, diese Abbuchungen, sehen Sie sich die Angaben zum Empfänger an. Was ist das für eine Kontonummer? Dieser angebliche Senioren-Informationsdienst SID, was ist das? Und was haben die einer alten Dame verkauft, das so viel Geld kostet? Meine Mutter war so gut wie blind. Jemand muss die Überweisungen für sie ausgefüllt haben. Da, vor drei Monaten fünftausend Euro. Vor zwei Monaten noch mal dreitausend Euro, letzten Monat sogar achttausend Euro. Und gestern dreitausend. Gestern! Da haben Sie mich angerufen und mir mitgeteilt, dass ich sofort kommen müsse, weil meine Mutter ins Bad Säckinger Krankenhaus eingeliefert wurde und nach menschlichem Ermessen nicht mehr lange zu leben hat.«

»Frau Schön, wirklich. Das ist mir unendlich peinlich. Ich werde alles tun, um die Angelegenheit aufzuklären. Könnten Sie bis dahin nicht von einer Anzeige absehen? Wenn die Polizei erst einmal in der Sache ermittelt, hat das unabsehbare Folgen für unseren guten Ruf. Nicht auszudenken, welche Auswirkungen das auf unsere Gäste haben könnte. Wirklich, wir werden das aufklären. Wenn es jemand vom Personal war, finde ich das heraus.«

»Wer sollte es denn sonst gewesen sein? Meine Mutter kannte niemanden außerhalb des Heims, ihre Freunde sind alle längst verstorben. Oder hatte sie ungewöhnlichen Besuch, von dem ich nichts weiß?«

»Wirklich, ich werde es herausfinden.«

»Ich gebe Ihnen genau zwei Tage.« Daniela Schön raffte die Kontoauszüge zusammen und erhob sich. »Dann erstatte ich Anzeige. Bis dahin kümmere ich mich um die Beerdigung meiner Mutter.«

***

»Das ist Betrug, unternehmen Sie etwas!«

»Jetzt beruhigen Sie sich doch erst einmal, Herr Klein, und erzählen Sie mir, was eigentlich geschehen ist.«

»Ja, habt ihr bei der Freiburger Polizei Tomaten auf den Ohren? Ich hab doch schon alles erzählt, wieder und wieder. Ich habe ein Fahrrad ersteigert. Tolles Gerät. Merida Freeway, 9800, grau-anthrazit, *das* Trekkingrad schlechthin. Ich wollte morgen zu einer Tour aufbrechen. Raus aus der Stadt. So ein Gerät kostet normal über tausend Euro. Ich hab es aber für achthundertfünfzig bekommen.«

Der Beamte kratzte sich am Kopf. »Das sagten Sie in der Tat schon. Aber Sie sagten nicht, weshalb Sie jetzt hier stehen und Anzeige erstatten wollen.«

»Na, weil ich es doch schon bezahlt habe.«

»Das ist so üblich, wenn man ein Fahrrad kauft.«

Diese Bemerkung hätte sich Hauptwachtmeister Niklaus besser verkniffen. Sein Gegenüber wurde hochrot im Gesicht. Gleich platzt er, dachte Niklaus, versuchte aber, sich das nicht anmerken zu lassen. Die Kunden – denn als solche hatte er alle zu behandeln, die ins Revier kamen und ein Problem hatten –, die Kunden waren König. Auch bei der Polizei.

»Ja, wo bin ich denn hier gelandet? In einem Irrenhaus? Ich will den Chef sprechen, ist denn hier niemand mit Verstand?«

»Mäßigen Sie sich. Diese Äußerung könnte ich als Beamtenbeleidigung verstehen. Aber ich will mal nicht so sein. Der Chef ist in einer Besprechung, die anderen Kollegen sind im Einsatz. Sie müssen demnach mit mir vorliebnehmen.« Niklaus versuchte, so ruhig zu bleiben wie möglich. »Sie haben also ein Fahrrad ersteigert, das eigentlich über tausend Euro kosten sollte, aber nur achthundertfünfzig Euro bezahlt. Was ist denn jetzt Ihr Problem?«

»Das Fahrrad«, brüllte Klein. »Es ist nicht angekommen! Das sage ich doch schon die ganze Zeit.«

»Das sagten Sie nicht. Aber immer mit der Ruhe. Wo haben Sie das Fahrrad denn ersteigert?«

»Bei Ebuy – wo sonst?«

Niklaus verkniff sich einen Schnaufer. Nicht schon wieder so einer. »Ah, jetzt verstehe ich. Dann werde ich mal die Anzeige aufnehmen.«

***

»Judentussi!«, kreischte Felicitas Körber und spuckte aus.

»Widerliche Islamistenschlampe!«, geiferte Nadine Seibold und versuchte, ihrer Kontrahentin ein Büschel Haare auszureißen.

Felicitas zückte ein Messer.

»Hört endlich auf!«, schrie eine Passantin mit Hut und schaute anklagend auf eine junge Frau um die zwanzig mit Schlabbershirt und Blumenleggings. »Wo bleibt denn die Polizei? Haben Sie nicht vorhin telefoniert? Wozu sollen diese Handydinger gut sein, wenn Sie sie in so einer Situation nicht benutzen?«

Die Zwanzigjährige reagierte empört. »Doch. Ich hab angerufen und gesagt, dass sich auf der Friedrichshafener Uferpromenade zwei junge Frauen prügeln.«

»Die waren auch schon mal schneller«, motzte die Passantin mit Hut.

Drei junge Männer hielten sich ebenfalls in der Nähe auf, bekamen aber von diesem Gespräch nichts mit. Sie sahen dem Kampf interessiert zu. »Los, weiter, nicht aufgeben«, feuerte einer die beiden Mädchen an.

Felicitas machte einen Ausfallschritt und schaffte es, ihrer Gegnerin einen Stich in den Oberarm zu versetzen. Die schrie auf und hatte plötzlich ebenfalls ein Messer in der Hand.

Da trafen zwei Streifenbeamte ein.

Die Polizisten hatten alle Mühe, die beiden etwa sechzehnjährigen Mädchen zu trennen, die wie Megären mit Fäusten, Klauen und Messern aufeinander losgingen. Jeder versuchte, eine der um sich tretenden, spuckenden und kratzenden jungen Frauen festzuhalten und ihr die Waffe zu entwinden. Schließlich waren beide mit Handschellen außer Gefecht gesetzt.

Die Polizisten wischten sich den Schweiß von der Stirn. Der eine zückte ein Handy, der andere wandte sich an die umstehenden Zuschauer. »Sie bleiben alle hier, wir brauchen Ihre Zeugenaussage«, rief er dröhnend. Seine Stimme wurde überlagert vom Tuten der Autofähre aus Romanshorn, die sich anschickte, in den Hafen einzulaufen.

Die drei jungen Männer waren die Ersten, die sich davonmachten.

***

Jean-Marc Wenger, Bauamtsleiter des schweizerischen Städtchens Klingnau, und sein Lehrling Timo machten den Fund ihres Lebens, als sie das hohe Gras einer Magerwiese am Fußweg nahe der Unterführung bei der Post, zwischen Bahnlinie und Umfahrungsstraße, mähten. Hinter einem Strauch entdeckten sie einen prall gefüllten Plastiksack.

»Darin war ein Päckchen, eingepackt in weißes Seidenpapier, mit ganz vielen Klebestreifen drum herum«, erfuhren die Klingnauer am nächsten Tag aus der Zeitung »Botschaft«. *»Das sah aus wie ein Drogenpäckchen.«*

Der Bericht des Reporters lautete weiter: *»Erst lachen die beiden und machen Witze. Im Spaß sagt Wenger: ›Wenn es Gold ist, machen wir heute Nachmittag frei.‹ Dann schlitzt der Lehrling mit einem Sackmesser das Päckchen auf, zum Vorschein kommen viele weitere Päckchen, und in diesen wiederum sind Goldbarren um Goldbarren, fünfzig oder hundert Gramm schwer. Insgesamt sind es 2,5 Kilogramm. Aktueller Marktwert: circa einhundertzwanzigtausend Franken. So viel Gold haben der Chef und der Lehrling noch nie gesehen. ›Wir haben uns einen kurzen Moment lang angeschaut – und dann war uns beiden klar: Die Polizei muss her‹, erzählt Wenger. Bernhard Graser, Mediensprecher der Kantonspolizei, zeigte sich verblüfft. Er sei nun schon einige Jahre Polizist, aber ein solcher Goldfund sei ihm noch nicht untergekommen, erklärte er. Der Fund sei insofern merkwürdig, als die Polizei keine Straftat registriert habe,* *die dazu passe. Und bisher habe sich auch noch niemand gemeldet, der die Goldbarren vermisse.«*

Die Schweizerische Nationalbank sah sich außerstande, den Besitzer der Barren anhand der eingeprägten Nummern zu identifizieren. Die Barren selbst wurden zur Analyse und Spurensicherung zum kriminaltechnischen Dienst der Schweizer Kapo gebracht.

Auf der gegenüberliegenden deutschen Rheinseite veröffentlichte die Redaktion Waldshut des »SÜDKURIER« die Nachricht vom spektakulären Goldfund in der Schweiz in Form einer kürzeren Meldung.

***

Oleg Katuschin spitzte die Ohren. Er wollte endlich herausfinden, ob die Stimme, die da aus seinem Handy tönte, zu einem Mann oder einer Frau gehörte. Seit gut anderthalb Jahren versuchte er das nun schon. So lange arbeiteten sie zusammen. Auch der Akzent war schwer einzuordnen. Ein wenig kehlig mit leicht metallischem Anklang, gutes Deutsch. Aber wer auch immer da sprach, war nicht in Deutschland geboren. Und trotz des rollenden Rs kam der Besitzer dieser Stimme nicht aus einem slawischen Land. Slawische Klänge erkannte er.

»Die Deutschen haben noch eine CD mit Kontendaten gekauft«, sagte die Stimme. »Nachdem das Steuerabkommen mit der Schweiz geplatzt ist, versuchen sie es jetzt wieder auf diesem Weg. Es ist sehr wahrscheinlich, dass wir diesmal zu den Betroffenen gehören. Ich denke da insbesondere an unsere Nummernkonten. Wir müssen raus aus den Schweizer Banken. Es wird neue Verhandlungen zwischen Deutschland und den Eidgenossen geben. Und wenn ich mir anschaue, was die Amerikaner mit den Schweizern ausgehandelt haben, ist es besser, wir gehen auf Nummer sicher. Es ist unter diesen Umständen nur eine Frage der Zeit, bis sie auf uns aufmerksam werden. Schichten Sie unser Schweizer Vermögen um, aber sensibel bitte, nicht alles auf einmal, das würde auffallen. Liechtenstein wird auch nicht mehr lange sicher sein. Sie wissen, was zu tun ist.«

Oleg Katuschin nickte, obwohl er allein im Zimmer war. Er starrte auf die Zahlenkolonnen auf dem Computerbildschirm. »Charascho. Bezüglich unserer Schweizer … äh … Anlagen gibt es keinen Handlungsbedarf, die habe ich bereits final abgewickelt«, erwiderte er dann. »Alles wie gehabt, auf den Konten war eh nicht mehr viel, nachdem wir in den letzten Monaten das meiste Geld nach und nach verwendet haben, um das Gold zu kaufen. Sie sind inzwischen komplett abgeräumt. Ich habe sie geschlossen und dafür gesorgt, dass die Suche nach den Eigentümern ins Leere läuft.«

»Gut. Und sagen Sie Mendez Bescheid. Er soll Kontakt zu der Kommissarin aufnehmen. Auf die übliche Weise. Er weiß ja, wie man mit Frauen umgeht.«

»Welche Kommissarin?«

»Sie heißt Terheyde. Iris Terheyde. Wohnt in Laufenburg. Ich bin soeben darüber informiert worden, dass sie auf Bitten der Aargauer Kantonspolizei undercover auf uns angesetzt werden wird. Sicher sind die über die Kontonummern auf uns gekommen. Anders kann ich es mir nicht erklären. Es sei denn, wir haben selbst eine undichte Stelle in der Organisation. Haben Sie eine Ahnung, wer das sein könnte, Katuschin?«

Jetzt klang die Stimme kalt wie Eis. Bei Katuschin stellten sich die Härchen an den Armen auf. »Nein. D-d-das kann nicht sein«, stammelte er, völlig überrascht von der Wendung, die das Gespräch genommen hatte, und wusste gleichzeitig, dass ihn diese Reaktion verdächtig machte. »Alle, mit denen wir enger zusammenarbeiten, sind wieder und wieder auf ihre Loyalität und Verschwiegenheit hin überprüft worden. Die kleinen Lichter natürlich nicht. Aber die wissen nichts, was uns gefährlich werden könnte.«

»Gut«, sagte die Stimme. Sie klang allerdings nicht so, als meinte sie das auch. »Wenn sie uns zu dicht auf die Pelle rückt, soll Mendez sich um die Kommissarin kümmern. Sagen Sie ihm das.«

»Wird erledigt.« Oleg Katuschin fragte nicht, was »sich kümmern« bedeutete oder woher die Stimme ihre Informationen hatte. Er würde ohnehin keine Antwort bekommen.

»Übrigens, dieser Goldfund. Ich nehme an, das hat nichts mit *unserem* Gold zu tun?«

Katuschin bekam einen Schweißausbruch. So musste sich ein Mensch fühlen, dem eine rasiermesserscharfe Klinge aus doppelt gehärtetem Stahl in den Körper fährt. Er wusste nicht, was er antworten sollte.

»Sie haben doch davon gehört?«, beharrte die Stimme.

Er schluckte. »Das hat ganz sicher nichts mit unserem Gold zu tun«, erklärte er und versuchte, bestimmt zu klingen.

»Dann ist ja gut.«

Katuschin bekam keine Gelegenheit mehr, etwas zu erwidern. Es knackte in der Leitung. Die Person am anderen Ende hatte aufgelegt. Er begann hektisch zu telefonieren.

2

Karl Schott vom Landeskriminalamt musterte Iris Terheyde von der Seite. Sie standen auf dem Gelände der Burgruine im Schweizer Teil von Laufenburg. Iris starrte verträumt über rote Dachlandschaften aus Biberschwanzziegeln auf mittelalterlichen Häusern hinüber auf die andere Rheinseite und schien überhaupt nicht zu bemerken, dass er sie ansah. Er erinnerte sich noch gut an den Tag, als er sie zum ersten Mal getroffen hatte. Das war ihr erster Einsatz als verdeckte Ermittlerin gewesen. Er hatte sie zusammen mit dem Kollegen Schütte vom Verfassungsschutz befragt. Es war um den Fall eines Bomben legenden Ökoterroristen gegangen. Schütte und er hatten den guten und den bösen Cop gespielt, wohl wissend, dass sie dieses Spiel kannte. Jeder hinterletzte Verbrecher kannte diese Taktik aus den Fernsehkrimis. Trotzdem wirkte sie noch immer. Zumindest fast immer. Schütte hatte sich leutselig gegeben, geplaudert, Witzchen gemacht. Er selbst hatte, nach dem Motto »nomen est omen«, die Schotten runtergelassen.

Da waren sie aber an die Falsche geraten. Beim Schottenrunterlassen war diese Frau allen überlegen, die er kannte. Und trotzdem …

Wieder fragte er sich, was genau es war, das sie so anziehend machte. Selbst wenn sie alles daransetzte, zurückweisend zu wirken. Bereits beim kleinsten Eindringen in ihren Fluchtraum stellte sie sämtliche Stacheln auf. Stacheln? Ja, irgendwie verwandelte sie sich in einen Igel, rollte sich zusammen und verdeckte so ihre weichen Stellen. Er hätte gern gewusst, welche Vorgeschichte dahintersteckte. Gut, die Eckdaten kannten sie natürlich – der Vater ein Quartalssäufer, die Mutter eine Quartalshure. Sie war als Kind durch eine harte Schule gegangen, hatte Mauern um sich gebaut, die mit denen von Jericho durchaus mithalten konnten. Sie sprach nie über ihr Leben vor der Polizei. Sie sprach überhaupt ungern über sich. Manchmal, wenn sie sich sicher wähnte, unbeobachtet, dann kam sie hervor, die Iris, die sie hätte sein können; ein warmherziger Mensch und dazu noch einer mit Humor und einer gehörigen Portion Selbstironie.

Wer sie nicht kannte, würde niemals glauben, dass sie inzwischen eine der erfolgreichsten verdeckten Ermittlerinnen des Landeskriminalamtes war. Vielleicht gerade durch ihre – um es gelinde zu sagen – gewöhnungsbedürftige Art. Sie war nicht leicht zu führen. Oder besser, sie war überhaupt nicht zu führen. Das Einzige, was er tun konnte, war, sie an der langen Leine zu halten und zu hoffen, dass sie auf ihn hörte. Wobei er sich keineswegs sicher war, wer hier die Leine hielt und wer daran angebunden war.

Iris wandte den Kopf und sah ihn an. »Sie wollen mich tatsächlich in ein Krankenhaus stecken? Ehrlich, meine soziale Ader ist nicht sehr ausgeprägt. Ich bezweifle, dass ich da etwas herausbekomme.«

»Auf Ihre soziale Ader baue ich auch nicht, sondern auf Ihren Scharfsinn und Ihre Kombinationsgabe. Wir haben den Verdacht, dass alte Menschen unter dem Deckmantel sozialer Hilfeleistungen abgezockt werden. Das Krankenhaus hat die Kollegen in Säckingen darauf aufmerksam gemacht. Ich habe mit der Krankenhausverwaltung abgemacht, dass Sie dort morgen als Praktikantin anfangen werden. Alleinstehende Frau auf der Suche nach einem Neuanfang und einem Sinn für ihr Leben. Sie verstehen schon«, erklärte er launig und grinste.

Iris lachte nicht. »Montagmorgen, Kummer und Sorgen.«

Schott fuhr schnell fort: »Es geschieht selten genug, dass ein solches Haus um Hilfe bittet, die haben panische Angst um ihren guten Ruf. Dass sich die Klinikleitung an die Polizei gewandt hat, zeigt, wie ernst sie dort die Geschichte nehmen. Für die Säckinger Polizei klang die Angelegenheit verdächtig nach Wirtschaftskriminalität, also haben sie uns dazugeholt. Jedenfalls sind wir inzwischen auf mehrere solcher Fälle gestoßen. Zwei betreffen ehemalige Patientinnen des Bad Säckinger Krankenhauses. Eine werden wir gleich besuchen. Drei weitere mutmaßlich betroffene Senioren sind im Pflegeheim St. Franziskus in Bad Säckingen untergebracht. Möglich, dass die den Betrug noch nicht einmal bemerkt haben. Wir sind selbst nur darauf gestoßen, weil sie wie die erste Patientin ihr Konto bei der Hochrheinkasse haben. Wir haben uns außerdem bei den angrenzenden Revieren erkundigt, ob dort ähnliche Fälle bekannt geworden sind. Auch bei den Schweizern. In Klingnau ist heute die Anzeige einer gewissen Frau Schön eingetrudelt. Jemand hat bei ihrer Mutter, die in einem Pflegeheim in Birndorf lebte, das Konto abgeräumt. Die Seniorin war bereits verstorben, als Frau Schön davon Wind bekam. Die Leiterin des Heims schwört Stein und Bein, dass es niemand von ihrem Personal war. Wir sind uns noch nicht sicher, vermuten aber stark, dass all diese Fälle zusammenhängen. Die Abzocke scheint hochrheinweit, möglicherweise sogar grenzüberschreitend zu laufen. Ach so: Nur der Bad Säckinger Klinikleiter weiß über Ihren Einsatz Bescheid, sonst niemand.«

»Organisierte Kriminalität?«

»Nicht auszuschließen. Deshalb brauchen wir jemanden im Zentrum. Also Sie. So, jetzt aber los.«

Iris begriff, dass sie keine Wahl hatte. Trotzdem blieb sie stehen. »Moment, Moment, etwas mehr will ich schon wissen, ehe wir zu dieser Seniorin fahren. Woher haben Sie diese Erkenntnisse? Selbst das LKA kann doch nicht wild bei allen möglichen Banken die Konten durchforsten. So was können höchstens die amerikanischen Geheimdienste. Oder haben Sie eine Kooperationsvereinbarung bezüglich des Ausspähens von Bankkonten mit der amerikanischen NSA?«

Schott lachte nicht.

»Außerdem ist mir noch immer nicht klar, was ich dabei genau tun soll.«

»Erst einmal sollen Sie mitkommen.« Schott drehte Iris den Rücken zu und ging los. »Wir fahren zu einer Dreiundachtzigjährigen in der Bad Säckinger Gießenstraße. Gerda Schulz. Durch sie ist der Stein unserer Ermittlungen ursprünglich ins Rollen gebracht worden, allerdings unabsichtlich. Die alte Dame weiß übrigens noch nicht, an welche Verbrecher sie geraten ist. Alles begann, als sie vor zwei Wochen wegen Herzproblemen ihren Pieper für den Hausnotrufdienst gedrückt hat.«

Er merkte, dass Iris ihm nicht folgte, hielt inne und wandte sich um. »Jetzt kommen Sie schon, wir haben nicht ewig Zeit«, rief er und machte seinerseits einen Schritt auf sie zu. »Sie kennen die Dinger doch sicher? Die alten Leute tragen sie am Arm oder um den Hals, ist eigentlich nichts weiter als ein roter Knopf mit einem Sender im dazugehörigen Gehäuse. Die Johanniter und die Malteser bieten so etwas an. In diesem Fall war es aber das DRK. Ein Druck auf den Knopf löst Alarm in der Notdienstzentrale aus. Als sich Gerda Schulz beim dann folgenden Rückruf nicht gemeldet hat, haben die den Rettungsdienst verständigt.«

Iris hatte sich noch immer nicht in Bewegung gesetzt. Er räusperte sich. »Was ist, sind Sie festgewachsen, Kollegin?«

Schott konnte an ihrem zweifelnden Gesichtsausdruck sehen, dass sie sich noch immer nicht mit seinen Plänen angefreundet hatte und sich nur widerwillig vom Anblick der romantischen Dachlandschaften losriss. Doch schließlich seufzte sie ergeben, nickte und schloss zu ihm auf.

Schott zwinkerte ihr zu. »Langer Rede kurzer Sinn«, fuhr er fort: »Gerda Schulz hatte sich schon wieder einigermaßen berappelt, als die Sanitäter bei ihr klingelten. Sie wurde sicherheitshalber trotzdem ins Krankenhaus gebracht. Während der Fahrt hat sie einem der beiden Sanitäter zufolge mehrfach erklärt, sie würde hoffen, auf die Station zu kommen, auf der eine Krankenschwester namens Sonja Vleiel arbeitet. Sie bezeichnete sie als den Engel der Senioren, schwärmte regelrecht von ihr. Als der Sanitäter nachfragte, hat sie ihm erzählt, diese Sonja Vleiel habe sich bei ihrem letzten Krankenhausaufenthalt ausgesprochen rührend um sie bemüht und ihr außerdem geholfen, ihre Ersparnisse zu viel besseren als den marktüblichen Konditionen anzulegen. Bei einer Art Verein.«

»Verein? Gemeinnützig?« Iris runzelte die Stirn.

»Ja, Verein. Das hat besagter Sanitäter dem Pflegedienstleiter Bredscheid erzählt. Der ist misstrauisch geworden und hat die Klinikleitung informiert, die sich an die Polizei wandte. Und die wiederum, wie gesagt, ans zuständige Landeskriminalamt.«

»Was genau haben Sie bisher?«

Ah, jetzt hatte er sie. Ihr Ermittlerinstinkt war geweckt, ihr Schritt wurde schwungvoller. Er schmunzelte in sich hinein. »Wir haben anhand der Krankenhauszuzahlungen ermittelt, wo Gerda Schulz ihr Konto hat, und uns mit dem Geldwäschebauftragten der besagten Bank in Verbindung gesetzt, auf Neudeutsch dem Compliance-Mann. Und tatsächlich konnte er bei ihr und in der Folge auch bei anderen Konten dieser Bad Säckinger Filiale der Hochrheinkasse verdächtige Abbuchungen entdecken. Mit Hilfe einer Art Screening-Software. Immer ging es um große Summen, über tausend, aber unter zehntausend Euro. Das Geld ging in sämtlichen Fällen an einen Verein namens ›Abendrot‹. Wir konnten im Vereinsregister jedoch keinen solchen Verein finden. Im Fall Schön, Sie erinnern sich, die Frau aus dem Seniorenheim in Birndorf, war der Begünstigte ein gewisser Senioren-Informationsdienst SID. Aber auch den gibt es nicht.«

»Und wo ist das Geld dann hin?«

»Ein Teil davon ist beispielsweise auf das Konto einer gewissen Roswitha Sommer geflossen. Sie hat es nach Abzug einer anzunehmenden Provision von zehn Prozent an das Konto eines gewissen Gregor Freudenreich weitergeleitet. Der hat es teilweise abgehoben und den Rest auf drei weitere Konten verteilt, deren Inhaber auf sein Konto ebenfalls Geld überwiesen haben. Woher diese Summen stammen, wissen wir noch nicht, wir sind aber dran. Eine augenfällige Gemeinsamkeit gibt es jedoch: Alle überprüften Konten sind vor etwa anderthalb Jahren eröffnet worden.«

Iris schnaufte empört und stapfte nun energisch den Schotterweg entlang, der neben dem mit kleinen Büschen und allerlei Rankegewächsen bewachsenen Felsen des Burgbergs steil bergab führte. Sie schien sich endgültig dazu durchgerungen zu haben, sich auf den Fall einzulassen. »Das riecht nicht nur nach Betrug, sondern tatsächlich nach organisierter Geldwäsche. Diese Frau Sommer und der Herr … Freudenreich, sagten Sie, sind die so etwas wie Finanzagenten? Von der Sorte: keine Voraussetzungen nötig, außer PC und gültiger Pass? Es wundert mich, dass es trotz aller Warnungen in den Medien immer noch Menschen gibt, die sich auf solche Anzeigen melden, ein Konto eröffnen und es anderen zur Verfügung stellen.«

»Allerdings. Und nach dem, was wir bisher wissen, gehören diese beiden tatsächlich zu einem ganzen Netzwerk solcher Finanzagenten. Aber wir stehen mit unseren Ermittlungen noch völlig am Anfang und sind weit davon entfernt, das ganze System von Abhebungen, Überweisungen und Gegenüberweisungen zu durchschauen. Die meisten dieser Leute verwalten das Konto vermutlich noch nicht einmal selbst, sondern geben einfach die Zugangsdaten an ihre Auftraggeber weiter. Dank Online-Banking ist das heute kein Problem, da kann jeder, der die Karte samt PIN und TANs hat, von überall auf der Welt aus auf das Konto zugreifen und Beträge abbuchen, umbuchen, weiterleiten oder an irgendeinem Geldautomaten, und sei es in Afrika, Bargeld abheben. Meistens wird jedoch über Western Union ins Ausland überwiesen. Diese Überweisungen führen nicht selten zu Konten in Russland, in Italien oder in einem südamerikanischen Land.«

»Uff, das klingt, als wären die Hintermänner schwer dingfest zu machen.«

»Das können Sie laut sagen. Manchmal haben wir Glück. Und manchmal gelingt es uns auch, V-Leute anzuwerben, das vereinfacht die Sache etwas.« Er stolperte über eine Wurzel, die sich durch den Schotterweg gebohrt hatte.

Iris grinste. »Sie sollten besser darauf achten, wohin Sie treten.« Gleich darauf wurde sie wieder ernst. »Und dann? Sorry, aber das ist mein erster Fall in Sachen Wirtschaftskriminalität, ich bin da nicht so firm. Ich meine, wie läuft so etwas ab, was gibt es da für Regelungen? Wie kann man der Spur des Geldes folgen?«

»Erst mal muss, wie Sie wissen, jeder, der ein Konto eröffnen will, einen Ausweis vorlegen. Deswegen heuern die Hintermänner diese Finanzagenten ja überhaupt an. Anhand der Kontodaten können wir die Spur der Überweisungen dann bis zur Empfängerbank verfolgen, allerdings nur, solange es eine EU-Bank ist. Aufgrund einer Verordnung der EU von 2006 müssen bei Geldtransfers nämlich immer die kompletten Auftraggeberdaten erfasst und mitgeliefert werden. Dann gibt es noch die sogenannten FATF-Regeln zur Verhinderung von Geldwäsche. An die halten sich mit wenigen Ausnahmen inzwischen auch fast alle europäischen und außereuropäischen Länder. Bei Verdacht auf Geldwäsche oder Terrorismusfinanzierung dürfen die Banken übrigens auch ohne staatsanwaltliches Auskunftsersuchen Informationen an das Landeskriminalamt oder die Kripo weitergeben.« Er hörte, dass sie stolperte, und schaute zu Iris. »Wie war das mit dem Aufpassen? Soll ich Sie beim Patschehändchen nehmen?«

»Haha. Billige Retourkutsche. Außerdem ist das schließlich mein Hausberg. Wir sind gleich unten. Also weiter mit Ihrem Vortrag. Wie sagten Sie noch: Wir haben nicht ewig Zeit.«

»Schade, ich hätte es gern gesehen, dass Sie sich mal von mir führen lassen.«

Sie reagierte nicht, sondern sah nur noch stur auf ihre Füße. Er verkniff sich ein Grinsen. »Nun denn. Das Geldwäschegesetz steht über dem Bankgeheimnis. So kommt es, dass Wirtschaftsfahnder mit einem guten Draht zum Geldwäschebeauftragten einer Bank auch schon mal eben kurz nachfragen, ob da was sein könnte und ob es sich lohnt, die ganze Sache an den Staatsanwalt weiterzuleiten.«

»Und so einer mit einem guten Draht sind Sie?«

Jetzt grinste er doch. »Kein Kommentar. Aber gibt es einen begründeten Verdacht auf Geldwäsche – und Finanzagenten wie Freudenreich und diese Roswitha Sommer *sind* laut Gesetz Geldwäscher –, dann ist der Geldwäschebeauftragte sogar verpflichtet, dies dem Landeskriminalamt und dem Bundeskriminalamt zu melden, und kann anschließend der Kripo alle Auskünfte geben, die diese für ihre Ermittlung benötigt.«

Sie sah auf und musterte ihn von der Seite. »Das klingt ziemlich kompliziert.«

»Ist es auch, weniger in der Theorie, aber in der Ermittlungspraxis. Wir können, gerade in Zeiten des Online-Bankings, nicht alle Löcher stopfen. Um herauszufinden, wo solche Gelder landen, ist akribische Kleinarbeit vonnöten, und die kostet unendlich viel Zeit. Nicht selten sind die Verbrecher schon längst über alle Berge und die Konten geräumt, bis wir so weit sind. Auch die Globalisierung macht uns immer wieder einen Strich durch die Rechnung. Oft geht es nicht auf dem kleinen Dienstweg, besonders, wenn Banken ins Spiel kommen, die außerhalb der EU liegen.«

»Wissen wir denn wenigstens, wer Roswitha Sommer und Gregor Freudenreich als Finanzagenten angeworben hat?«

»Leider nein. Die Sommer hat uns zwar einen Namen genannt, aber der war falsch. Die Frau ist das übliche Opfer, langzeitarbeitslos, Hartz-IV-Empfängerin. Sie hat zunächst alles abgestritten, weil sie die Provision natürlich schwarz kassiert hat. Als wir ihr Druck gemacht haben, ist sie eingeknickt und hat ausgesagt, dass sie sich tatsächlich auf eine solche Anzeige gemeldet hatte. Wann die erschienen ist und wo, daran wollte sie sich zunächst nicht mehr erinnern. Schließlich hat sie erklärt, sie habe sie im Internet gefunden. Doch die Homepage, die sie uns nannte, existiert nicht mehr oder hat niemals existiert. Und Freudenreich war bei unserem Gespräch vor ein paar Tagen nicht sehr gesprächig.«

»Steckt der tiefer mit drin? Gehört er zu den Hintermännern?«

»Nein, ich glaube nicht. Der Mann war so geschockt über unsere Eröffnungen, dass es ihm die Sprache verschlagen hat. Er war am Boden zerstört, als er begriff, welche Konsequenzen auf ihn warten. Der ist eigentlich eher so ein ganz Korrekter, hat hoch und heilig geschworen, er habe auf jeden Fall vorgehabt, seine Nebeneinnahmen zu versteuern. Wir haben ihm eine Art Kronzeugenregelung angeboten und hoffen sehr, dass er sich nach etwas Bedenkzeit bereit erklärt, als unser V-Mann weiterzumachen. Für seine Mithilfe haben wir ihm versprochen, dass wir ihm mit dem Finanzamt und der Agentur für Arbeit helfen. Letztere könnte ihm die Bezüge streichen, wenn dort bekannt wird, dass er nebenher dazuverdient hat. Und Ersteres würde sicherlich versuchen, ihn wegen Steuerhinterziehung dranzukriegen. Ich meine, zusätzlich zu dem Verfahren, das ihm wegen Geldwäsche droht, und dem Umstand, dass er den angerichteten Schaden wiedergutmachen muss, den Leuten, die betrogen worden sind, also ihr Geld zurückzahlen muss. In der Steuersache haben wir ihm zur Selbstanzeige geraten. Was er inzwischen sicherlich auch getan hat.«

Iris verzog das Gesicht. »Wie Uli Hoeneß?«

Schott lachte leise. »Wie Uli Hoeneß.«

»Was ist, wenn die Sommer doch mehr weiß und bei ihren Auftraggebern plaudert?«

»Wir können sie nicht einsperren oder mundtot machen, haben ihr aber im eigenen Interesse dringend nahegelegt, sich vorläufig still zu verhalten, um unsere Ermittlungen nicht zu behindern. Ich denke, sie hält sich daran. Wir haben ihr eine höllische Angst vor möglichen Konsequenzen eingejagt. Ihr Konto wird überwacht. Wir haben bei ihr außerdem heimlich eine Telefon-Fangschaltung eingerichtet und die Wohnung verwanzt.«

»Verstehe. Also versuchen wir jetzt, mit Hilfe der alten Dame weiterzukommen.«

Dieses Mal lachte Schott lauthals auf. »Alte Dame? Aber nicht doch. Sie sehen mindestens zehn Jahre jünger aus.« Er liebte es einfach, sie auf den Arm zu nehmen.

»Komplimente können Sie nicht«, erklärte sie trocken.

Er zuckte mit den Schultern. »Okay, dann eben nicht. Mit Ihrer Hilfe also. Wir wissen nicht, welche Rolle diese Sonja Vleiel in der ganzen Sache spielt. Ob sie zu den Leuten im Hintergrund gehört oder selbst Betrügern aufgesessen ist und in gutem Glauben gehandelt hat. Wie auch immer es sein mag – wir befürchten, dass es sich bei den bisher bekannten Fällen nur um die Spitze eines Eisberges handelt. Wir müssen an die Hintermänner herankommen.«

Iris blieb stehen. »Das heißt, meine Aufgabe ist es, mich mit Sonja Vleiel anzufreunden, sie auszuhorchen und herauszufinden, mit wem sie zusammenarbeitet?«

»So ist es. Und damit Sie einen ersten Eindruck bekommen, fahren wir jetzt zu der alten Dame. Kommen Sie, wir sind gleich unten. Da vorne ist der Parkplatz an der Schule. Da steht mein Auto.«

Iris setzte sich wieder in Bewegung. »Ist das klug, mich dort zu zeigen? Ich denke, ich bin undercover.«

»Gerda Schulz ist fast blind. Darin ähneln sich übrigens die Fälle Schulz und Schön. Die Betrüger könnten sich bewusst sehbehinderte Menschen ausgesucht haben. Aber machen Sie sich Ihr eigenes Bild. Hier geht es um übelste Abzocke alter und hilfsbedürftiger Menschen. Ich will die Drecksäcke drankriegen. Ach, übrigens, wir müssen noch im Badischen haltmachen und eine Dame namens Brüstle auflesen. Das ist die Mitarbeiterin der Bad Säckinger Bankfiliale, die die alte Dame schon seit Jahren betreut.«

Schott angelte nach dem Autoschlüssel in seiner Hosentasche und legte einen Zahn zu. Er hörte Iris hinter sich schnaufen. Sie war und blieb körperlich nicht die Fitteste, auch wenn sie immer wieder Versuche startete, ihre Kondition zu verbessern. Doch das waren eher Verzweiflungstaten, ein Aufbäumen gegen das Unabwendbare. Sie war nun mal nicht der sportliche Typ. Soweit er sich erinnerte, war sie noch von jedem Versuch, sich sportlich zu betätigen, mit einer Verletzung zurückgekehrt, einer Zerrung, einem Bruch, einer Quetschung, einer Verstauchung.

Doch die Natur geizte oft auf der einen Seite und gab verschwenderisch auf der anderen. Vielleicht, weil sie selbst viel gelitten hatte, verfügte diese Frau über ein besonderes Gespür für Menschen. Und dann war da noch ihr Gerechtigkeitsempfinden. Bei Iris Terheyde war der Drang, der Gerechtigkeit, wie sie sie verstand, zum Durchbruch zu verhelfen, schon fast zwanghaft. Das hieß, sie war grundsätzlich auf der Seite der Schwachen. Dafür war sie imstande, allerlei Unbedachtes zu tun. Vom Ignorieren jedweder Dienstvorschriften ganz zu schweigen.

Er unterdrückte einen Seufzer. Recht und Gerechtigkeit deckten sich eben keineswegs immer. Im Gegenteil, wenn sie sich deckten, war das manchmal ein Glücksfall.

Nun, ich werde sie nicht mehr ändern, dachte er, als sie kurz darauf an seinem Dienstwagen standen und dieser sie auf sein Funksignal hin mit einem »Chipchip« und blinkenden Lichtern zum Einsteigen einlud.

***

Nach dem Klingeln konnten sie schlurfende Schritte hören. Dann ging die Wohnungstür auf. Iris und Karl Schott schlug aus einem schmalen Flur schale Luft entgegen. Die Bankangestellte Annika Brüstle stand hinter ihnen und trat aufgeregt von einem Fuß auf den anderen.

»Wer sind Sie? I kauf nix«, nuschelte die Wohnungsinhaberin.

»Und falls Ihr Zeuge Jehovas seid, gön ihr am beschte sowieso gli wieder.« Die alte Dame sah dünn aus, als bekäme sie nicht genug zu essen. Ihr Rücken war krumm. Ihre blauen Augen wirkten wach. Der Grund für ihre Blindheit muss also etwas anderes sein als der graue Star, den ältere Menschen oft bekommen, überlegte Iris, die Linse ist überhaupt nicht eingetrübt.

Die Miene von Gerda Schulz war abweisend. Sie schickte sich an, ihnen die Wohnungstür vor der Nase zuzuknallen. Doch Karl Schott war behänder, als man es ihm bei seinem eher kompakten Körperbau zugetraut hätte. In Bruchteilen von Sekunden hatte er seinen linken Fuß zwischen Tür und Rahmen platziert. Er zuckte zusammen, als die Tür dagegenprallte. Gerda Schulz schien trotz ihrer dreiundachtzig Jahre noch immer über ziemliche Kräfte zu verfügen.

Schott zückte seinen Dienstausweis und streckte ihn durch den Spalt. »Frau Schulz, wir wollen Ihnen nichts verkaufen. Wir sind vom Landeskriminalamt und glauben, dass Sie Opfer von Trickbetrügern geworden sind.«

Das Misstrauen von Gerda Schulz war damit noch lange nicht besänftigt. »Was weiß denn i, wie sich die Lüt vom Landeskriminalamt ausweise? Sie könntet mir viel erzähle.«

Karl Schott schaute Iris hilfesuchend an.

»Es stimmt, wir sind wirklich von Landeskriminalamt«, sprang diese ein. »Und sehen Sie, hier hinter uns, das ist Frau Brüstle von Ihrer Bank.«

Die alte Dame zögerte. »Umriss kann i scho no erkenne. Aber Sie sin zu dick, was hinter Ihne isch, isch verdeckt!«

Karl Schott und Iris traten zur Seite, Letztere leicht vergräzt.

Annika Brüstle, gertenschlank, dunkelblonder Lockenschopf, grünrandige Brille, in Jeans und edler Cerruti-Bluse, nickte der alten Frau freundlich zu. »Hallo, Frau Schulz, kennen Sie mich nicht mehr?«

Gerda Schulz musterte sie eine Weile. »Stimmt, die Stimme kenn ich. Also denn, kchömet ine.«

Sie bot den ungebetenen Besuchern nicht an, es sich in ihrem kleinen Wohnzimmer gemütlich zu machen. Sie starrte sie nur auffordernd an.

Karl Schott signalisierte der Bankangestellten, dass sie den Anfang machen sollte.

»Frau Schulz, wollen wir uns nicht einen Moment setzen?«, fragte sie.

Die Angesprochene schüttelte den Kopf. »Jetzt isch Zit für mein Mittagsschlaf, also, was isch?«

Annika Brüstle räusperte sich. »Wir, ähem, wir haben auf Ihrem Konto ungewöhnlich hohe Abbuchungen festgestellt. In den letzten sieben Monaten insgesamt sechzigtausend Euro. Das Geld ist laut unseren Erkenntnissen an einen Verein namens ›Abendrot‹ gegangen.«

»Ja, und? Wenn mir alte Lüt zämmeleget, gibt's bessere Chancen auf höhere Zinsen. Ihr Banke lasset euch ja bloß mit dem Geld vom Schteuerzahler rette, aber Zinse für die Ersparnisse von kleine Lüt gibt's kaum. In dem Schparverein, do isch wer, der sammelt die Erschparnis' von mehrere zämme und handelt bessere Konditione aus. Ha, kann mir scho vorschtelle, dass euch das it g'fallt. Überhaupt, sel goht Sie nix an. Was fummle Sie überhaupt mit meim Konto umenander? Gibt's denn jetzt gar kein Bankgeheimnis mehr?«

Karl Schott mischte sich ein. »Frau Schulz, wir sind nicht hier, um zu verhindern, dass Sie bessere Zinssätze auf Ihre Ersparnisse bekommen. Aber wir finden verdächtig, wie diese Transaktionen abgelaufen sind. Und einen Verein namens ›Abendrot‹ gibt es unseren Ermittlungen nach überhaupt nicht.«

Annika Brüstle schaute besorgt. »Wollen Sie sich nicht doch setzen?«

»Nein, nein, das isch sicher in Ordnig.«

»Nein, ist es leider nicht. Ihr Geld ist wahrscheinlich weg.«

»Isch jo nett, Frau Brüstle, dass Sie sich solche Sorgen machen. Aber mis Geld isch sicher. Ich trau dene Lüt. Die Frau Vleiel hat mir den Schparverein ›Abendrot‹ persönlich empfohle. Alles seriös. Ihr könnt sie ja fragen. Isch eine nette Person. Kommt einmal die Woch und fährt mi zum Einkaufen. Außerdem isch sie immer da, wenn's Probleme gibt.«

Karl Schott verzog mitfühlend das Gesicht und legte seine Stirn in Hush-Puppy-Falten. »Wir werden diese Frau Vleiel sicherlich noch befragen. Aber seien Sie versichert, dass das Ganze alles andere als seriös ist. Die abgebuchten Beträge – und nicht nur die von Ihnen – sind unter anderem auf das Konto eines gewissen Gregor Freudenreich gegangen. Und der hat die Summen auf verschlungenen Wegen an verschiedene weitere Konten überwiesen. Keines davon gehört einem Sparverein namens ›Abendrot‹.«

Gertrud Schulz wurde bleich. »Das ischt gelogen!«

»Nein, Frau Schulz, das ist wahr. Und es ist eine Menge Geld, die Sie verloren haben. Immerhin einhundertzwanzigtausend Mark in alter Währung.«

Die alte Dame sank auf das abgewetzte rote Zweisitzersofa. »Und was soll i jetzt mache?«

»Nichts. Sie können nichts tun. Wir kümmern uns darum. Aber halten Sie Frau Vleiel um Himmels willen hin, wenn sie weitere Abbuchungen vornehmen will.«

»Das wird sie nicht. Wie au? Mein Schparkonto isch leer.«

»Weiß sie das?«

»Ja, natürlich. Ich werd sofort mit ihr schwätze.«

»Bitte nicht, Frau Schulz. Sonst bekommen die Betrüger noch Wind davon, dass wir ihnen auf den Fersen sind, und tauchen unter. Dann ist Ihr Geld auf jeden Fall verloren.«

»Meine Sie, ich bekomm das Geld wieder? Oder sin meine ganze Erschparnis' futsch?«

»Ich weiß es nicht, Frau Schulz«, antwortete Schott. »Aber Sie können sicher sein, dass wir unser Möglichstes tun werden, damit Sie Ihr Geld wiederbekommen.«

»Verschproche?«, fragte Gerda Schulz mit Tränen in den Augen.

»Versprochen«, sagte Iris.

Schott ließ den Wagen an, den sie unten vor dem Haus geparkt hatten, dann sah er zu Iris, die mit gerunzelter Stirn neben ihm auf dem Beifahrersitz saß. »Also, Frau Hauptkommissarin Terheyde, begreifen Sie jetzt, warum wir Sie brauchen?«

Iris nickte.

Schott brummte zufrieden. »Ist es in Ordnung, wenn ich Sie wieder bei der Bank absetze, Frau Brüstle?«, fragte er mit Blick in den Rückspiegel. »Und danke noch mal für die Mithilfe Ihrer Bank.«

»Gern geschehen«, kam es vom Rücksitz. »Zurück zur Bank ist prima, ich habe sowieso noch zu arbeiten.«

Schott fuhr los. »Machen Sie doch mal das Handschuhfach auf, Frau Terheyde. Darin finden Sie die Akte über Sonja Vleiel und ein Foto von ihr. Damit Sie die Frau auch erkennen, die sie aushorchen sollen.«

3

Libes Tagebuch,

13. Juli 1946

Papa hat mir heute zum Geburtstag dich geschengt und gesagt, das ich jetzt einen neuen besten Freunt habe. Weil wir doch balt von hier weggehen. Ich wil aber nich, hier geht es mir gut. Mama heult den ganzen Tag und sagt, das das eine Ungerechtigkeit ist, das Papa gar kein Verbrecher ist, das die Leute schon sehen werden, was sie davon haben, wen sie Leute wie ihn aus dem Land treiben. Dabei hat er doch blos getan, was die da oben wollten, und das sei seine Pflicht gewesen. Ich mus Papa nachher fragen, was das is, Pflicht.

Priska heult auch dauernd, weil sie doch jetzt ihren Freund verlassen mus. Sie wil auch nich aus Freiburg weg und hat schon gesagt, das sie wegläuft. Meine Schwester kan einem ganz schön auf die Nerfen gehen. Manchmal wünsche ich mir, sie wäre nicht da. Aber das sag ich nur dir, libes Tagebuch, sonst keinem.

Als Priska so rumgejammert hat, hat Mama aber mit ihr geschimpft und gesagt, das es ihr in Deutschland schlecht gehen würde. Denn nun geht es hier bergab.

Ich weis nicht, was sie damit meint. Jetzt is doch der Krieg vorbei, und alle sagen, jetzt geht es bergauf.

Papa hat uns erzählt, das wir weit, weit weg fliegen, in ein neues Land, von dem ich mir den Namen nicht merken kann. Da sprechen sie Spanisch. Aber ich kann kein Spanisch, das ist doof. Wie soll ich da neue gute Freunde finden?

Papa sagt, Onkel Volker freud sich schon auf uns. Der hat auch Kinder. Mit denen kan ich dann spielen. Er wil dann da auch wieder in seinem Beruf arbeiten. Dann kann er vilen Menschen helfen. Papa ist Arzt.

Vielleicht is es ja wirklich besser da. Dann können wir wieder mehr mit Papa zusammen sein. Der ist nämlich oft weg. Es waren auch schon Leute da, die haben nach ihm gesucht. Da hat Mama noch furchtbarer geheult und gesagt, das sind Besatzer. Ich muss noch fragen, was das ist, ein Besatzer. Ich glaube, so nennt man dume Leute, denn Mama sagt, die verstehn gar nix.

Papa sagt, Onkel Volker hat versprochen, das wir die notwendigen Papiere kriegen. Ich weis aber nich, was für Papiere das sind.

So, libes Tagebuch, jetzt geh ich schlafen.

Deine Trudi

4

Das Bad Säckinger Spital, einst ein selbstständiges Kreiskrankenhaus, gehörte – der Synergieeffekte wegen, also um zu sparen – zusammen mit dem Waldshuter Krankenhaus inzwischen zum Verbund »Spitäler Hochrhein«. Trotz des Zusammenschlusses gab es aber weiterhin schlechte Nachrichten. Ab Juli würden im Krankenhaus Bad Säckingen keine Kinder mehr auf die Welt kommen. Die dafür notwendige Station musste geschlossen werden, weil den Belegärzten nach eigenem Bekunden die finanzielle und persönliche Belastung zu groß geworden war. Diese Ankündigung hatte eine Welle von Protesten ausgelöst. Denn werdende Mütter mussten künftig bis nach Waldshut transportiert werden, zumindest, wenn sie keine private Krankenversicherung hatten, mit der sie sich den Aufenthalt in einer der wohlbeleumundeten Schweizer Kliniken entlang der deutsch-schweizerischen Grenze leisten könnten: im Kantonsspital Aarau, in Basel oder im Gesundheitszentrum Fricktal mit dem Spital Laufenburg.

Der Pflegedienstleiter des Bad Säckinger Spitals, Bernd Bredscheid, war Iris' erste Anlaufstelle. Sie sollte in der Zeit ihres dreimonatigen Praktikums alle Stationen durchlaufen, die ein Krankenhaus so zu bieten hatte. Den Anfang machten Notdienst und Ambulanz, und während dieser Zeit nahm Bredscheid sie unter seine Fittiche. Sie waren für sieben Uhr dreißig verabredet. Eine Zeit, in der Iris' Kreislauf sich noch komplett im Keller befand, ebenso wie ihr Denkvermögen. Irgendwo ganz unten, vermutlich sogar unterirdisch. So früh am Morgen war sie aber außerstande, sich genau vorzustellen, wo das alles, was sie sonst lebendig machte, hingerutscht sein könnte.

Als sie an die Tür mit seinem Namensschild klopfte und selbige einen kleinen Spalt öffnete, weil sich dahinter nichts rührte, blickte sie in einen eher praktisch-kühl möblierten Raum mit einem Schreibtisch, auf dem sich Papiere und Akten in wilden Stapeln türmten. Sie stand unschlüssig in der halb geöffneten Tür, da kam Bredscheid auch schon angewuselt. Er schien im Stress zu sein. Ein laufender Meter, dachte Iris. Kompakt, nicht größer als eins fünfundsechzig, aber nicht rund und gemütlich, sondern eher eckig.

Die Kanten schienen sich auch auf seinen Charakter ausgewirkt zu haben. »Sind Sie nicht ein bisschen zu alt für so ein Praktikum?«, fragte er ohne Umschweife, während seine Hand sich in Richtung der Türklinke bewegte, um die Bürotür weiter aufzustoßen.

Iris musterte ihn. Das war also der Mann, der die Ermittlungen ins Rollen gebracht hatte. Er schien tatsächlich nicht zu ahnen, dass sie hier einen Undercover-Einsatz absolvierte. Jedenfalls machte er auf sie diesen Eindruck. Also erzählte sie die alte Geschichte, jene anlässlich ihres ersten Einsatzes vor etwa zwei Jahren auf die Schnelle gestrickte Legende, die inzwischen zu ihrer zweiten Haut geworden war: Burn-out nach vielen Jahren im Polizeidienst, Ausscheiden, ein gescheiterter Versuch, an ihrem Wohnort Laufenburg eine Galerie mit Internetcafé zu eröffnen. Sie wolle unbedingt etwas Sinnvolles tun, Menschen helfen. So habe sie sich entschlossen, mit Hilfe von Praktika herauszufinden, ob eine Ausbildung zur Rettungshelferin oder in der Pflege etwas für sie sein könnte.

Bernd Bredscheid schaute skeptisch. »Wie alt sind Sie denn?«

»Achtunddreißig.« Iris hatte sich entschieden, ihr gefühltes Alter anzugeben, und deshalb von ihrem wirklichen rund sechs Jahre abgezogen.

Bredscheid sah sie ungläubig an. Wahrscheinlich denkt er, dass ich auch dafür ein bisschen zu alt bin, sinnierte Iris.

Wenigstens sprach er es nicht aus.

»Sie sind für den Anfang Sven Küspert, einem erfahrenen Rettungssanitäter, und seinem Team zugeteilt. Der Krankenwagen ist vom DRK. Das Rote Kreuz ist hier in der Gegend für den Rettungsdienst zuständig, also in den Landkreisen Lörrach und Waldshut. Er kommt gleich«, erklärte er. »Warten Sie hier.« Er zeigte durch die nun vollends geöffnete Tür seines Büros auf zwei ziemlich dünn gepolsterte Stühle. Stoffbespannung über Lehne und Sitzfläche, der Rest war Alugestänge. »Ich muss weiter.«

Damit wuselte Bredscheid ohne weitere Erklärung davon.

Offensichtlich hielt er seinen Anteil an Iris' Einarbeitung für erledigt.

Iris setzte sich weisungsgemäß und dachte, während sie wartete, über die unvorhergesehenen Wendungen in ihrem Leben nach. Nun war sie also endgültig bei den verdeckten Ermittlern gelandet. Sie hatte keine Wahl mehr. Die grün-rote Landesregierung in Baden-Württemberg hatte eine Polizeireform beschlossen. Ein aus zwölf Polizeipräsidien sowie drei Präsidien für Bildung, Technik und Einsatz bestehender Polizeiapparat hatte am 1. Juli 2013 die bisherige Struktur mit siebenunddreißig Polizeipräsidien und vier Landespolizeipräsidien abgelöst. Das hatte zur Schließung oder Zusammenlegung diverser Reviere geführt. Die Polizeipräsidien Lörrach und Waldshut waren im Präsidium Freiburg aufgegangen.

Iris verstand die Welt nicht mehr. Vor Ort waren sie ohnehin chronisch unterbesetzt, und die Reform hatte die Situation nicht verbessert. Es fehlten weiterhin die im Sicherheitsplan II ausgewiesenen rund eintausend Stellen. Sie hatte gelesen, als Kosten für die Strukturreform stünden einhundertzwanzig bis einhundertsiebzig Millionen Euro im Raum. Warum finanzierten sie nicht wenigstens einen Teil der bisher unbesetzten Stellen mit diesem Geld? Außerdem: Das Grenzland am Hochrhein hatte seine eigenen Regeln. Wenn mit der Reform wenigstens ein Polizeipräsidium Dreiländereck entstanden wäre, in dem Leute arbeiteten, die Erfahrungen mit der spezifischen Grenz- und Migrationsproblematik hatten. Kollegen, die sich seit Jahren unbürokratisch mit den Polizeikräften der Schweiz und Frankreichs austauschten. Man kannte sich, schätzte sich, trank ein gemeinsames Bier dies- oder jenseits der Grenze und ging den kurzen Dienstweg; das hatte sich mehr als einmal als sehr effektiv erwiesen. Aber nein, anstatt das zu stärken, saßen die Entscheider jetzt im über einhundert Kilometer entfernten Freiburg.

Angeblich hatte sich ja an der Struktur der unteren Ebene nichts ändern sollen. Ha! Für sie war bei der Lörracher Mordkommission jedenfalls kein Platz mehr gewesen. Das hatte Matthias Bleich ihr unmissverständlich klargemacht. Der Leiter der Lörracher Mordkommission hatte sich zwar alle Mühe gegeben, seine Genugtuung über die unverhoffte Gelegenheit, sie endgültig ans

Landeskriminalamt loszuwerden, zu verbergen. Doch sie kannte ihn. Manchmal durchschaute man seine Feinde besser als seine Freunde. Schließlich musste man dauernd damit rechnen, dass sie einem in den Rücken fielen. Bleich hatte das getan. Gründlich. Und deswegen saß sie nun hier.

Mit Bedauern dachte sie an die guten alten Zeiten mit Bleichs Vorgänger, dem Großen M, der nun schon lange in Rente gegangen war. Iris schien es, als wäre es gestern gewesen.

Martin Felix, der Glückliche, war ebenfalls abgewandert. Ihr ehemaliger Assistent war zunächst zur K5, der Kriminalinspektion für Cyberkriminalität und digitale Beweismittel, versetzt worden. Inzwischen hatte er Karriere gemacht und war zur Dienststelle für Informations- und Kommunikationskriminalität bei der Generalstaatsanwaltschaft Stuttgart gewechselt, die es seit 2011 gab. Er habe genug von Mord und Totschlag, hatte er ihr beim Abschiedsessen treuherzig erzählt. Außerdem gebe es in Stuttgart viele hübsche junge Frauen. Iris glaubte das nicht so recht. Wahrscheinlich steckte da auch Bleich dahinter. Sie vermisste den Glücklichen und seine wohldosierten kleinen Frotzeleien. Sie liebte Frotzeleien. Und mit ihm ging das nun mal besonders gut.

Wenn sie es recht bedachte, hatte sie nicht viele Freunde. Bekannte jede Menge. Aber richtige Freunde? Da war höchstens noch Max Trautmann, ihr Nachbar. Der war ein heilloser Romantiker. Ein Haiku-Dichter mit Detektivbüro. Das Schreiben von Western-Groschenromanen hatte er aufgegeben. Vielleicht war er sogar ein Mörder, zumindest aber ein Totschläger. Sie hatte ihm nur nie beweisen können, dass er seinen Stiefvater, einen gewissen Franz Satorius, erschlagen hatte. Wann war das noch mal gewesen? Fasnacht 2007 oder doch schon 2006? Herrje, sie wurde alt.

Trautmann. Warum nur bekam sie jedes Mal so ein sehnsüchtiges Ziehen im Bauch, wenn sie an ihn dachte? Wenn das so weiterging, würde sie sich noch einen Hund anschaffen müssen, um ihre Gefühle in geregelte Bahnen zu lenken. Der nahm sie, wie sie war, egal ob muffig oder unausgeschlafen, was meistens zusammenfiel, und war viel weniger gefährlich für ihr Seelenleben.

Die Bürotür ging auf, jemand streckte den Kopf herein. »Hallo, am besten, Sie kommen gleich mit, wir haben einen Einsatz«, erklärte eine fröhliche und sehr ausgeschlafen klingende Männerstimme. »Wir müssen uns beeilen. Ich bin übrigens Sven Küspert.«

Iris fuhr hoch und eilte zur Tür. Ihr wurde schlecht. Schnelle Bewegungen am frühen Morgen waren nichts für sie. Aber sie gab sich Mühe zu lächeln und hastete hinter Küspert her durch die Krankenhausflure. Von hinten sah er aus wie ein junger Gott, Mitte zwanzig vielleicht, blond, knackiger Hintern, breite Schultern. Leider zu jung, dachte sie betrübt.

Küspert hielt inne und schaute sich nach ihr um. »Nun, kräftig wirken Sie jedenfalls«, meinte er mit einem Augenzwinkern und eilte weiter.

So viel dazu.

Iris trottete verdrießlich hinter ihm her.

»Da seid ihr ja endlich.« Ein zweiter Sanitäter wartete schon. Er stieg hinten in den Wagen.

»Sie fahren vorne mit«, wies Küspert Iris an.

Als sie sich neben ihn in den Rot-Kreuz-Wagen stemmte, schaffte sie es immerhin, erneut verbindlich zu lächeln. Er hatte ja recht. Warum sich also grämen? Es wurde langsam Zeit, dass sie sich mit ihrer Statur anfreundete. Sie war nun mal zu klein für eine Kleidergröße irgendwo zwischen vierundvierzig und sechsundvierzig. Aber immerhin hatte sie kleine Füße, Schuhgröße siebenunddreißig. Und noch alle Zähne.

»Wo geht es hin?«, erkundigte sie sich.

»Ein Mann hat die Notrufnummer angerufen und gesagt, er habe Herzschmerzen und Lähmungserscheinungen im rechten Arm. Laufenburg. Die First Responder kümmern sich bereits um den Mann. Sie kennen diese Freiwilligentruppe, die in Laufenburg aufgebaut worden ist?«

»Ja, die Responder springen ein und leisten Ersthilfe, das können sie ja schneller als der Rettungswagen, weil sie bereits vor Ort sind.«

»Ah, ich sehe schon. Sie haben Ihre Hausaufgaben gemacht. Jedenfalls dachten sie, dass es wohl doch besser ist, ein Arzt schaut sich den Mann an. Sie werden ihn nachher kennenlernen. Junger Mann, kommt aus Norddeutschland, sammelt hier Berufspraxis. Er ist mit Johann Messmer, dem anderen Sanitäter, hinten im Wagen. Ich fahre diesen Einsatz ausnahmsweise mal selbst, unser Fahrer hat sich krankgemeldet, und es dauert zu lange, bis der Ersatz da ist. Bei Herzsachen kann es unter Umständen auf jede Sekunde ankommen. Ist ohnehin der Wurm drin heute. Bei diesem wechselhaften Wetter kriegen die Leute reihenweise Herz- und Kreislaufprobleme. Unser Patient heißt Cossa, Baldassare Cossa.« Küspert gab Gas.

Die Fahrt ging mit Blaulicht und Tatütata über die B 34 nach Murg und weiter über Rhina in Richtung Laufenburger Altstadt. Von der B 34 aus fuhr der Saniwagen zunächst in die Rappensteinstraße und dann in die Le Croisicstraße. Wohngebiet Rappenstein also. Sie hielten vor einem großen gepflegten Haus, ockerfarben gestrichen mit weißen Sprossenfenstern, Typ Managervilla. Das Tor stand offen. Die Auffahrt war leer. Sie bogen ein.

»Kommen Sie mit.« Küspert öffnete die Fahrertür. »Aber bleiben Sie uns aus den Füßen.«

Nicht schlecht, die Bude, dachte Iris. Der zweite Sanitäter, Johann Messmer, öffnete die hintere Wagentür und stieg aus, blieb aber beim Auto. Ein junger Mann mit Arzttasche kletterte ebenfalls hinten aus dem Wagen und schloss sich ihnen auf dem Weg zur Haustür an. Er nickte Iris zu. »Tach auch.« Dann sah er sich um. »Komisch.«

»Was ist komisch?«, erkundigte sich Iris.

»Er fragt sich, wo die Responder sind. Jedenfalls ist hier kein Wagen mehr«, klärte Küspert sie auf. Der Arzt war schon vorausgeeilt und drückte auf den Klingelknopf.

Der angeblich Schwerkranke öffnete selbst: ein elegant gekleideter, südländisch wirkender Mittvierziger mit Spitzbart, etwa eins fünfundsiebzig, schlank, gepflegt. Er trug eine seidene Hausjacke über dem Hemd und einen kunstvoll im Hemdausschnitt drapierten Seidenschal. Iris fühlte sich unwillkürlich an ein Foto von Dalí erinnert, das sie vor langer Zeit einmal gesehen hatte. Früher hätte man solche Männer als Bohemien bezeichnet. Doch diese Spezies gab es schon lange nicht mehr. Und er sah nicht so aus, als liege er halb im Sterben. Küspert guckte entsprechend verblüfft. »Nun, es scheint ja nicht so schlimm zu sein. Wie lange sind die Responder denn schon weg? Das Team war doch da, oder?«

Der elegante Gentleman nickte. »Gerade eben, vor eine Sekunde. Ist gekommen neue und sehr dringende Alarm. Wundert mich, dass Sie nicht haben sie gesehen. Ich sie habe geschickte weg. Wollten erst nicht mich lassen allein, aber geht mir schon viele besser. Habe ich bestanden darauf. Nicht dass Mensch muss sterben wegen mir. Haben gesagt, sie rufen, äh, wie sagt man, Leitstelle an.«

Aus dem Rettungswagen auf der Auffahrt konnten sie just in diesem Moment das Funkgerät hören, es piepste und rauschte, dann sprach jemand. Johann kletterte in die Fahrerkabine. Wenige Sekunden später tauchte er wieder auf. »Das waren die Responder. Sie haben gesagt, dem Mann gehe es wieder gut, sie wollten den Rettungswagen abbestellen«, rief er ihnen zu.

»Zu spät«, konstatierte Küspert.

»Ich werde Sie trotzdem untersuchen, jetzt, wo wir sowieso schon da sind«, entschied der junge Arzt. »Leben Sie allein?«

Der Herzpatient nickte wieder.

»Keine Eile, Johann«, informierte Küspert den Kollegen am Rettungswagen. »Wir brauchen vorerst keine Trage.«

Iris mochte die altmodisch-höfliche Handbewegung, mit der Baldassare Cossa sie ins Haus bat, begleitet von den Worten: »Wirklich, wo Sie sinde da, geht mire noch viel mehr besser.«

Als sie gerade eintreten wollten, wankte er mit einem Mal und griff sich an den Kopf. »Mir wird plötzlich sehrr swindelich.«

Der Arzt fackelte nicht lange. »Schaffen Sie den Mann sofort in den Rettungswagen«, wies er Küspert an. »Wir bringen Sie am besten doch ins Krankenhaus, Herr Cossa. Sofort. Wir können Sie in diesem Zustand nicht einfach allein lassen.«

Bernd Küspert griff nach dem Arm des Patienten und stützte ihn. »Johann, jetzt brauchen wir doch eine Trage.«

»Nein, müsse nicht. Isse wirklich nichte schlimm«, keuchte der Gentleman.

»Sie kommen sicherheitshalber mit.« Der Tonfall des jungen Arztes ließ keinen Widerspruch zu.

Johann schob die Trage herbei.
»Bitte legen Sie sich hin, Herr Cossa«, bat Küspert.
»Isse wirrklich nichte schlimm.«
»Sicher ist sicher, nicht wahr?«
»Können Sie, äh, 'olen meine Geldbeutel und Brieftasche? Liegene direkt im Flur, auf kleine Kommode.«
Ordentlich schien der Mann auch zu sein.
Küspert nickte. »Und Sie legen sich währenddessen auf die Trage. Mein Kollege hilft Ihnen. Johann, zurück fährst du bitte vorne bei mir mit, dann kann unsere Praktikantin hinten einsteigen und bei der Erstversorgung durch unser Nordlicht dabei sein. Frau Terheyde, schauen Sie sich doch, bis Herr Cossa im Wagen liegt, nach den Sachen um, die er braucht. Aber presto.«
Iris fand die Sachen auf Anhieb.

Als Küspert und Messmer den inzwischen brav auf der Trage festgeschnallt liegenden Patienten in den Wagen schoben, lächelte dieser Iris zu.
Der Arzt begann sofort, ihm die Manschette zur Blutdruckmessung anzulegen.
»Nur leicht erhöht. Den Defibrilator werden wir wohl nicht brauchen«, murmelte er und trug etwas in ein Formular ein, das er auf einem Klemmbrett befestigt hatte.
Iris kletterte ebenfalls in den Saniwagen und suchte sich einen Platz. Es war recht eng.
»Alles klar, können wir?«, fragte Küspert von vorne.
»Alles klar«, bestätigte der Mediziner.
»Meinen Sie, es wäre möglich, dass Sie mir könnten halten Hand, Bella?«, fragte der Patient mit schwacher Stimme. »Ick 'abe srrreckliche Beklemmungen.«
Der Arzt grinste.
»Hand halten gehört, soweit ich weiß, nicht zu meinen Obliegenheiten. Sagen Sie, wenn es schlimmer wird.«
Trotz ihrer Schroffheit lächelte er Iris erneut zu.
Zu einem weiteren Wortwechsel zwischen ihnen kam es nicht, der Arzt begann mit der Befragung des Patienten. Vorgeschichte, Krankheiten, Allergien. Cossa antwortete mit leiser, aber immer

festerer Stimme. Nein, keine Allergien. Nein, er nehme keine Medikamente. Er könne sich auch nicht erklären, was plötzlich mit ihm los sei.

Iris stellte fest, dass sie Cossas Stimme mochte. Er schien schon lange in Deutschland zu leben. Jedenfalls war er einwandfrei zu verstehen, fabrizierte nur immer diese charmanten Wortverdreher. Irgendwie klischeeitalienisch. Irgendwann fängt er noch an, »O sole mio« zu schnulzen, dachte Iris und wunderte sich, dass ihr der Gedanke trotz ihrer Abneigung gegen Schnulzen eigentlich ganz gut gefiel. Sie schaute angelegentlich über ihn hinweg aus dem Fenster.

Wie Küspert ihr eine Stunde später nach einem weiteren Einsatz erklärte, fehlte dem Herrn eigentlich gar nichts.

»Psychosomatisch nennt man solche Beschwerden gemeinhin. Er wurde auf die Innere gebracht, weil da noch ein Bett frei war. Der Stationsarzt hat angeordnet, dass er die Nacht zur Beobachtung im Krankenhaus bleiben soll.«

Sie war kaum von ihrem zweiten Notfalleinsatz zurück, da wurde Iris von Bredscheid abgefangen und als Aushilfe auf die Innere beordert. Die ausgebildeten Stationsschwestern, wegen personeller Ausfälle unter Druck, hatten ständig neue Hilfsaufgaben für sie. Iris meinte, im Schwesternzimmer einmal auch Sonja Vleiel erkannt zu haben. Eine Gelegenheit, sie anzusprechen, ergab sich allerdings nicht.

Nach einer Stunde hatte Iris bereits das Gefühl, tausend Kilometer durch die Gänge gelaufen zu sein. Sie hoffte inständig, dass es morgen etwas weniger anstrengend werden würde. Bredscheid hatte sie wissen lassen, dass sich Sonja Vleiel und die anderen Schwestern und Pfleger dann abwechselnd um sie kümmern und ihr die Arbeitsschritte erklären würden, die sie fortan allein bewältigen musste.

Morgen also würde sie die Dame näher kennenlernen, auf die sie angesetzt war. Wenigstens ein Lichtblick.

Am späten Nachmittag, zum Ende ihrer Schicht, als sie trotz ihrer Müdigkeit einmal nach ihrem ersten Notfall schauen wollte, machte Iris dann doch schon früher als erwartet die nähere Bekanntschaft von Sonja Vleiel.

Cossas Lachen drang aus seinem Krankenzimmer bis hinaus auf den Flur. Allzu schlecht schien es ihm tatsächlich nicht zu gehen. Eine Frauenstimme fiel in sein Lachen ein.

Als Iris ins Zimmer kam, fand sie die Frau, die sie beobachten sollte, am Bett von Cossa vor. Offenbar hatte die Dame, die verdächtigt wurde, alte Menschen abzuzocken, die Gabe, Fröhlichkeit zu verbreiten.

Iris wusste aus der LKA-Akte: Sonja Vleiel war Mitte dreißig, arbeitete ganztags als Krankenschwester auf der Inneren und engagierte sich in ihrer Freizeit bei einem DRK-Besuchsdienst für alleinstehende Patienten. Ehrenamtliche, in den meisten Fällen Frauen, halfen, wenn es etwas zu besorgen galt, und munterten die kranken Menschen auf. Sonja Vleiel koordinierte die Besuche auch, was ganz praktisch war. Die meisten älteren und einsamen Patienten lagen ja in Mehrbettzimmern auf der Inneren. Cossa zählte allerdings nicht zu dieser Kategorie. Er war weder älter noch richtig krank und schien außerdem sogar Privatpatient zu sein, denn er hatte ein Einzelzimmer bekommen.

Iris blieb in der geöffneten Tür stehen. Der Patient und die Verdächtige lachten noch immer, sie wirkten vertraut.

»Wollte nur mal sehen, wie es Ihnen geht«, sagte Iris, als Cossa sie bemerkte. »Will aber nicht stören.«

»Oh, das isse aber eine angenehme Übergeraschung, la bella Schwester!«

»Ich bin keine Schwester, nur Praktikantin«, beeilte Iris sich zu erklären. »Und ich geh dann mal wieder.«

»So warten Sie doch, ich wollte sowieso gerade gehen«, meinte Sonja Vleiel und zwinkerte Cossa zu, der selbst in einem Krankenhausbett wirkte wie ein vollendeter Gentleman.

Er zwinkerte gar nicht gentlemanhaft zurück und sagte dann zu Iris: »Oh das isse aberrr schade. Jetzt ick dachte, Sie mit mir trinken ein Glas Sekt.«

»Haben Sie denn Sekt?«

»Nein, aber Sie könnten vielleicht besorrrgen?«, antwortete er treuherzig.

»Den Teufel werde ich tun«, meinte Iris lachend und folgte Sonja Vleiel auf den Flur. »Ich würde höllischen Ärger kriegen.«

»Ooch, ich Sie hole aus jeder Hölle«, rief Cossa ihr nach.

Draußen im Krankenhausflur hakte Sonja Vleiel Iris einfach unter. »Was für ein Typ! Dem haben Sie es aber angetan. Sie sind also die neue Praktikantin. Hab schon von Ihnen gehört. Meine Schicht ist so gut wie zu Ende. Was halten Sie von einem Kaffee unten im Eingangsbereich? Sie kennen den Kiosk?«

Iris nickte. Sie kannte den Kiosk. Von ihrem eigenen Aufenthalt in diesem Krankenhaus im Zusammenhang mit einer Sportverletzung. Das läuft ja wie geschmiert, dachte sie und antwortete: »Sehr gern. Ein Kaffee wäre jetzt genau das Richtige.«

Sonja Vleiel, rotblond gefärbt mit dunklen Strähnchen und gertenschlank, entpuppte sich tatsächlich als ein Ausbund an guter Laune, und das, obwohl ihre Vorgeschichte sich nicht wirklich fröhlich anhörte. Bereits im Lift begann sie, von sich zu erzählen. Dass sie früh Witwe geworden war, aber durch ihren Mann gut situiert. Ihre große Liebe. Für ihn hatte sie auch ihr Medizinstudium abgebrochen. Die Ehe war kinderlos geblieben. Leider. Sie fühlte sich inzwischen zu alt, um weiterzustudieren, aber noch viel zu jung, um einfach so herumzusitzen. So habe sie sich eben entschlossen, berichtete sie, eine Ausbildung zur Krankenschwester zu machen und der Gesellschaft auf diese Weise etwas von dem Glück zurückzugeben, das sie mit ihrem Mann erlebt hatte.

Die beiden Frauen saßen fast eine Stunde zusammen und plauderten. Sonja Vleiel sprach von den letzten drei Jahren als Witwe, in denen die Einsamkeit immer größer geworden war und gedroht hatte, sie zu ersticken, trotz ihrer Arbeit als Krankenschwester. Erst seit einem Jahr, seit sie sich dem Besuchsdienst angeschlossen hatte, empfand sie ihr Leben wieder als lebenswert.

Sonja Vleiel lächelte verlegen, als wollte sie sich dafür entschuldigen, dass sie ihre Gesprächspartnerin mit ihren Problemen belästigte. »Und was machst du so? Entschuldige, wenn ich so direkt frage, aber wir haben nicht oft Praktikantinnen in, äh …« Sie brach ab, und über ihr Gesicht zog ein leichter Roséschimmer. »Tut mir leid wegen des Du. Ist mir so rausgerutscht.«

»Kein Problem«, meinte Iris. »Bleiben wir doch gleich dabei. Praktikantinnen in meinem Alter meintest du? Sag das ruhig.«

Beide Frauen lachten.

Iris hielt sich brav an ihre »Legende« vom Burn-out, vom Ausscheiden aus dem Polizeidienst, von den missglückten, aber noch immer nicht ganz aufgegebenen Plänen, in Laufenburg eine Galerie zu eröffnen. Vorher wolle sie aber noch testen, ob nicht die Arbeit im Krankenhaus etwas für sie sei, erklärte sie. Als Expolizistin habe sie ja in Sachen Erste Hilfe jede Menge Erfahrung.

Während sie so plauderten, stellte Iris fest: Sonja Vleiel konnte nicht nur erzählen, sondern auch zuhören, eine seltene Gabe. Sonja war eine sympathische Frau, fand Iris, und dieser Eindruck beruhte augenscheinlich auf Gegenseitigkeit. Als sie sich voneinander verabschiedeten, hatten sie sich für den frühen Freitagabend, nach Sonjas Dienstschluss gegen siebzehn Uhr, zum Essen und Reden im »Flora« gegenüber dem Bad Säckinger Münster verabredet.

5

Baldassare Cossa saß am nächsten Morgen gestiefelt und gespornt auf seinem Bett, als Iris in sein Zimmer kam. »Ah, Sie sind fertig. Ich hab schon gehört, dass Sie heute entlassen werden. Die Stationsschwester hat mich geschickt. Ich bin Ihr Abschiedskomitee.«

»Ja, stimmt. Sie nix 'abe gefundene bei mir. Meine 'erz isse anscheinend stark wie das von eine Ochsen.«

»Ochsen, soso«, Iris konnte sich das Schmunzeln nicht verkneifen. »Und, haben Sie auch alles? Ihre Jacke?« Sie schaute in den Schrank, der zu seinem Bett gehörte. Er war leer. Sie drehte sich wieder zu ihm um. »Ah, jetzt sehe ich das erst. Sie liegt ja auf dem Bett.«

»Ja, auch Ochsene können Jacke holen. Wissen Sie, Bella, so langsam ick glaube, meine 'erz einfach wollte, dass ich treffe Sie.«

»Mag ja sein, aber jetzt sollten Sie aufstehen.«

»Kanne nicht, meine 'erz iste schon wieder soo schwach«, Cossa griff sich theatralisch an die rechte Brustseite.

»Das Herz sitzt normalerweise links. Und nun stehen Sie auf, ich muss das Bett rausbringen, damit es neu bezogen werden kann. Der nächste Patient wartet schon, und ich habe noch mehr zu tun.«

»Wüsste schon, wie ich könnte werden ganz schnell stark …«

»So, und wie?«

»Wenn Sie versprechen, sich mite mir zu treffen 'eute Abende zu einem Glas Wein bei mir ssu 'ause.«

»Sie sind krank, Sie sollten sich schonen.«

»Versprechen Sie?«

»Ganz sicher nicht.«

»Oh, mire wirde ssrecklisch slecht!« Cossa sank mit einem kläglichen Gesichtsausdruck auf sein Bett zurück.

Iris musste schallend lachen. »Sie sind ein sehr schlechter Schauspieler.«

»Und? Sie kommen?«

Iris betrachtete ihren neuen Verehrer und musste sich eingestehen, dass sie sich gern mit ihm treffen wollte. Sie vermisste dieses Gefühl, umworben zu werden, schon lange, wie sehr, das spürte sie erst jetzt. Außerdem legte dieser Mann eine beeindruckende Hartnäckigkeit an den Tag, das imponierte ihr. »Auf diese Weise hat mich noch nie ein Mann angemacht«, sagte sie nach einer Denkpause.

»Was heißte ›angemacht‹?«

»Ich meine, sich mit mir verabredet.«

Er richtete sich wieder auf. »Also Sie kommen?«

»Ganz sicher nicht zu Ihnen nach Hause. Wenn Sie darauf bestehen, treffen wir uns in einem Lokal – sagen wir gegen neunzehn Uhr. Haben Sie eine Idee, wo?«

»Oben im Bistro der Therme von Kurmittelhause?«

»Keine schlechte Idee. Das heißt jetzt, glaube ich, ›Aqualon‹. Gehört das nicht inzwischen zu einem Hotel? Aber egal, es liegt jedenfalls von hier einmal quer durch den Park. Dann sind Sie wenigstens in der Nähe von Ärzten, falls Ihr Herz wieder schwach werden sollte.«

»Oh. Kanne sein. Ihre Charme mich mache tatsächlich ganz schwach. Wie iste, Sie wolle vielleicht auch mache Wellness, mit Sswimmen und Sauna?«

»Nein, Sie Nervensäge. Ein Glas Wein, mehr nicht. So, und jetzt stehen Sie auf. Wenn nicht, hole ich den Arzt. Mal sehen, was der dieses Mal findet.«

»Oh, also gut. Aber Sie sinde sehr grausam mit arme kranke Mann.«

»Wissen Sie was, Sie verlassen jetzt das Zimmer, sonst wird nichts aus unserer Verabredung. Also, um neunzehn Uhr, im Bistro.«

Baldassare Cossa saß bereits an einem der Bistrotische, als Iris eintraf, vor sich eine rote Rose in einer Vase. Sobald er ihrer ansichtig wurde, stand er auf, kam ihr entgegen, geleitete sie zum Tisch und rückte ihr beim Hinsetzen den Stuhl zurecht. Dann gab er der Bedienung einen Wink. Die nickte und lächelte.

»'abe ich erlaubte mir, zu bestellen Kleinigkeit. Sie bestimmte müssen 'abe Hunger unde Durst.«

»Sie sind mir ja einer.« Die Rüge klang lahm, das hörte Iris selbst. Aber sie hatte einfach keine Energie mehr für eine Widerrede, ihre Beine waren schwer wie Blei, ihr Kopf vollgepfropft mit den Eindrücken des Tages. Sie wollte sich einfach nur hinsetzen. Und sich verwöhnen lassen.

»Nicht wahr? Sie werdene mich lieben.«

Iris zog eine Augenbraue hoch. Zu mehr war sie nicht fähig.

»Dochedoche, Sie werdene.«

Ehe sie ihre letzten Energiereserven mobilisieren konnte, um nun doch zu widersprechen, kam auch schon die Bedienung mit einem Eiskübel, aus dem der Hals einer Sektflasche ragte, sowie zwei Sektgläsern.

»Danke, Gianna, iche mache auf«, erklärte Cossa.

Aha, man kannte sich? Iris duckte sich unwillkürlich, als Cossa sich an der Sektflasche zu schaffen machte. Doch alles ging gut, kein Korken flog durch die Gegend. Allerdings hätte sich Iris beinahe verschluckt, als sie das Etikett der Flasche sah und erkannte, dass das, was Cossa gerade einschenkte, bester Champagner war und kein Sekt.

Gleich darauf kam die Bedienung mit diversen Häppchen zurück. Wie nannte man das vornehm? Amuse Gueule. Die wurden normalerweise vor der Vorspeise serviert. Vorspeise? Vor was? Als ob sie sich das nicht denken könnte. Nun, dazu gehörten immer noch zwei.

Cossa ließ alles auffahren, was gut und teuer war. Hummercocktail, Garnelenspieße, Kaviar, das Wichtigste zum Thema Fisch sozusagen. Dazu Carpaccio von Kalb, hauchdünn geschnitten und köstlich, mit grob geriebenem Parmesan. Bruschetta mit Tomaten und Lardo, jenem Speck aus der Toskana, den Iris so liebte, aber nie zu essen wagte, weil er dick machte. Er wurde mit Meersalz, Pfeffer, Gewürzen, frischem Knoblauch und Rosmarin in Marmorbecken eingelegt.

Auch das Auge aß mit. Die kulinarische Pracht wurde von grünen Antipasti flankiert. Bohnen mit allerlei Kräutern, gebratene Zucchini, kurz angedünsteter Blattspinat mit Knoblauch, zwei pochierte Eier, eine kleine Schale mit rotem Pesto, bestreut mit gerösteten Mandelsplittern.

Und es schmeckte zum Verlieben.

Überhaupt, fand Iris nach dem zweiten Glas Champagner, war die ganze Situation eigentlich ziemlich zum Verlieben angetan.

Sie genoss das Mahl in vollen Zügen. Und stellte fest, dass Cossa offenbar zu den wenigen Männern gehörte, die es fertigbrachten, eine Frau genießen zu lassen, ohne ihr allzu viel dazwischenzureden. Er genoss nämlich selbst. Und *wenn* er etwas sagte, dann waren es Komplimente. Besonders über ihre Augen und den Schwung ihrer Oberlippe. Iris glaubte ihm kein Wort. Es gefiel ihr aber trotzdem. Und sie hätte ihm auch zu gern geglaubt, was ihr mit jedem Schluck Champagner und jedem weiteren Happen immer besser gelang. Iris fragte sich, wie er es angesichts der Freude, mit der er aß, geschafft hatte, seine schlanke Figur zu erhalten.

Sie sollte es erfahren.

»Alora«, sagte Cossa nämlich, als die Platten ratzeputz leer gegessen und der letzte Tropfen des Champagners getrunken war. »Jetzt wir 'aben noch etwas vor. Sie sich lassen geleiten vone mir?«

Iris ließ. Die Erschöpfung von vorhin war einer wohligen Mattigkeit gewichen, sie war ausnahmsweise zufrieden mit sich und dem, was die Welt so zu bieten hatte. Zu ihrer Überraschung führte ihr Galan sie ins Bistro des Rehaklinikums.

»Ich 'abe bestellte Tisch. Isse heute Tanzabend mit Enrico Meoni«, hörte sie Cossa sagen.

Da wachte Iris aus ihrer wohligen Stimmung auf. »Ich tanze nicht«, erklärte sie entsetzt.

»Oh doch, Sie mich doch nicht wolle enttäuschen, Bella? Sie wisse, meine 'erz. Äh, wo is? Ah, da.« Er legte seine Hand mit treuherzigem Blick an seine linke Brust.

»Ich kann aber nicht tanzen.« Es klang einigermaßen kläglich.

»Jeder kann tanzen, besonders so schöne und kluge Frau wie Sie.« Cossa zog sie mit sich auf die Tanzfläche.

Iris war schon so beduselt, dass sie sich, ganz entgegen ihren sonstigen Gepflogenheiten, einfach führen ließ. Cossa zog sie nicht zu nah an sich heran, aber nah genug, dass sie ihn spüren und seinen Bewegungen folgen konnte. Wenn sie doch einmal einen Fehler machte, lachte er nur. Allerdings machte sie nicht viele Fehler, denn er schien stets im Voraus zu erahnen, wann sie drohte, aus dem Takt zu geraten, und half ihr mit seiner Hand in ihrem Rücken. Ihre Beine spürte Iris schon längst nicht mehr. Nur noch ein glückliches Pulsieren im Bauch.

Nach einer Weile und weiteren Gläsern, jetzt gefüllt mit einem herrlichen Rotwein aus dem Friaul, hatte sie das Gefühl, zu tanzen wie eine Göttin. Zumal er ihr weitere Komplimente ins Ohr raunte. Wie froh er doch sei, keinen dieser modernen Hungerhaken im Arm zu halten, wie weich und weiblich sie sich anfühlte. Sie vernahm zu ihrem Erstaunen schmeichelnde Worte darüber, dass sie über die Tanzfläche glitt wie eine Feder und überhaupt die geborene Tänzerin war. Als er dann auch noch auf ihr Taktgefühl zu sprechen kam, brach sie in ein unkontrolliertes Kichern aus. Was ihn dazu veranlasste, ihr zu erklären, wie schön es für ihn sei, sie glücklich zu sehen.

Zwei weitere Stunden später glaubte sie ihm jedes Wort. Selbst im Taxi stellten sich keine Zweifel ein. Sie hatte darauf bestanden, eines zu rufen, nur für sich. Obwohl Cossa und sie eigentlich fast denselben Heimweg hatten. Iris war richtig stolz darauf, dass sie sich einen Rest von Selbstkontrolle bewahrt hatte. Von einem Mann, der derart offensichtlich darauf aus war, mit ihr ins Bett zu steigen, ließ sie sich nicht am ersten Abend heimbringen. Auch nicht, nein, gerade weil dieser Abend mit Champagner begonnen und in einem wunderbaren Schwebezustand geendet hatte. So saß sie glücklich vor sich hinlächelnd allein auf dem Rücksitz des Taxis und summte Schnulzen wie »Er gehört zu mir« von Marianne Rosenberg.

Der Glückszustand endete abrupt, als sie vor ihrer Haustür ankam. Dort stand Schott.

»Wasch machen Schie denn hier?«

»Sie sind betrunken.«

»Bin ich nicht. Nur etwas beschwipst. Also, was wollen Schie hier?«

»Während Sie sich amüsiert haben, haben wir einen Toten gefunden. Schrecklich, er lag schon tagelang in seiner Wohnung, und niemand hat es gemerkt.«

»Ups.« Iris wurde schlagartig nüchtern. »Ein Mord? Sie sehen aus, als ob es Sie ziemlich mitnimmt.«

»Tut es auch. Ich glaube nämlich, dass ich an diesem Tod zumindest die Mitschuld trage.«

»Oh. Das klingt nicht gut. Dann kommen Sie erst mal mit hoch.«

Oben angekommen, schüttete Iris den Inhalt ihrer letzten Tüte Chips in eine Schüssel und kochte einen starken Kaffee. Mit zwei Tassen, den Chips, einem Tetrapak lange haltbarer fettarmer H-Milch und ihrer French-Press-Kaffeekanne auf einem Tablett kehrte sie zu Schott zurück. Der Kaffe war höllisch stark, sie hatte die Hoffnung, das Gebräu könnte den Alkohol in ihrem Blut einigermaßen neutralisieren. Es half etwas, aber nicht viel.

»Also, was ist? Wen haben Sie gefunden?«

Schott trank, setzte seine Kaffeetasse ab, verzog das Gesicht und schüttete Milch nach. »Freudenreich. Sie erinnern sich? Der Finanzagent, den wir als V-Mann haben wollten. Er hat sich eine Pistole an die Schläfe gehalten und abgedrückt. Ich befürchte, Kollege Schütte und ich haben den armen Mann zu sehr unter Druck gesetzt.«

Iris wurde hellhörig. Schütte? Was hatte der Verfassungsschutz damit zu tun? Aber natürlich, die vom Verfassungsschutz waren ja erfahren in der Führung von V-Leuten. »Freudenreich? Natürlich, ich erinnere mich. Hat diese andere Agentin …«

»Roswitha Sommer.«

»Hat diese Roswitha Sommer nicht Geld an ihn überwiesen?«

»Ja, hat sie.«

»War er also mehr als nur ein Finanzagent, der einfach ein Konto eröffnet und jemandem zur Verfügung gestellt hat?«

»Vermutlich. Seine Hauptaufgabe war es, Geld in Empfang zu nehmen und weiter zu verteilen. Das aber gewissermaßen hauptberuflich, nicht mal eben so nebenbei. Die Beträge waren zudem verschiedenen Ursprungs, aus Internetbetrügereien beispielsweise. Das wissen wir, weil wir inzwischen seinen PC durchforstet haben. Wir haben darauf die Adressen gleich mehrerer Fake-Homepages gefunden. Wer über das Kontaktformular online bestellte oder Fragen hatte, der landete bei einer E-Mail-Adresse, die wir Freudenreich zuordnen konnten. Bestellen konnte man natürlich nur gegen Vorkasse. Das Geld landete auf Freudenreichs Konto. Oder besser Konten. Er hatte für jede Homepage ein eigenes eröffnet. Die Produkte, die auf den verschiedenen Homepages beworben werden, existieren wahrscheinlich überhaupt nicht. Die Dummen und Gierigen sterben einfach nicht aus. Sobald die Leute ein Schnäppchen wittern, setzt bei vielen der Verstand aus.«

Iris hatte von dieser Masche schon oft gehört. Eine möglichst seriös wirkende Homepage, deren Aufmachung stark an einen der gängigen *wirklich* seriösen Online-Händler erinnerte, lockte mit diversen supergünstigen Angeboten – immer gegen Vorkasse. Die Waren stammten angeblich aus Firmenpleiten oder waren Auslaufmodelle. Bis die Kunden den Betrug bemerkten, war das Angebot – und mit ihr die gesamte Homepage – längst wieder aus dem Netz verschwunden.

Schott nahm einen weiteren Schluck Kaffee. »Brr«, er schüttelte sich. »Damit könnte man Tote aufwecken. Übrigens, die Seiten wurden auf einem Server in Ungarn gehostet. Der Provider gibt sich ahnungslos. Wir hatten gar nichts anderes erwartet und waren überrascht, dass sich bei unserem Anruf überhaupt jemand meldete. Der Firmenvertreter erklärte uns, sie täten nichts anderes, als Webspace anzubieten. Was die Leute damit machten, sei deren Sache. Als wir nachbohrten, hat der Kerl plötzlich kein Englisch mehr verstanden. Seit gestern sind die Seiten vom Netz. Aber das ist für diese Betrüger kein Problem. Eine neue ist schnell fabriziert. Wir kommen an die Leute auf diese Weise nicht ran, denn wenn wir ihnen zu dicht auf die Pelle rücken, laden sie ihre Seiten eben bei einem anderen Provider hoch, der dann nicht mal mehr in Ungarn, sondern zum Beispiel in Südamerika sitzt.«

»Das heißt, es muss jede Menge Geschädigte geben.«

»So ist es. Wir haben auch diesmal wieder bei den Kollegen herumgefragt. Es gab neulich in Freiburg eine Anzeige von einem Mann, der bei einem auf Ebuy aktiven Online-Händler ein Fahrrad bestellt, bezahlt und nicht bekommen hat. Wenn wir weitersuchen, werden wir sicherlich noch auf einige ähnlich gelagerte Fälle stoßen.«

»Da waren Sie ja richtig fleißig, mein lieber Schott. Aber ich bin etwas verwirrt. Bisher hatten wir diesen ominösen Sparverein, bei dem Sie eine reale Person verdächtigen, aktiv als Vermittlerin zu fungieren, dann einen Senioren-Informationsdienst, jetzt Internetbetrügereien – vermuten Sie da tatsächlich einen Zusammenhang? Wollen Sie sagen, dass dieselben Hintermänner auf verschiedene Weise Geld heranschaffen?«

»Der Fall Freudenreich legt das zumindest nahe, und die Koinzidenz der Ereignisse unterstützt diese Theorie. Ist ja auch keine schlechte Methode. Begehe viel Illegales, dann fällt die einzelne Straftat nicht so ins Gewicht oder geht sogar in der Vielzahl unter.«

»Dann muss Freudenreich entgegen seiner Aussage gewusst oder wenigstens geahnt haben, dass da was oberfaul war.«

»Sieht ganz so aus. Es würde mich allerdings nicht wundern, wenn man ihm irgendwie weisgemacht hätte, dass derjenige, an den er das Geld weitergibt, die Ware verschickt.«

»So naiv kann wirklich niemand sein. Vielleicht wollte er das ganze Ausmaß des Sumpfes, in den er da geraten ist, nicht wahrhaben. Es gibt solche Leute. Als Sie ihn dann damit konfrontierten, konnte er seine Vogel-Strauß-Politik nicht weiter betreiben. Vermutlich hat er dann auch realisiert, dass er schon viel zu tief drinsteckt, dass er da nicht mehr rauskommt, und hat sich deshalb umgebracht.«

»Das glaube ich auch. Die Bestellmails endeten bei ihm. Er hat sie, soweit wir bisher feststellen konnten, nicht weitergeleitet. Er wird also tatsächlich gewusst haben, dass es nie geplant war, Ware zu verschicken. Die Kontenanfrage bezüglich der Geldweiterleitungen läuft.«

»Das ist ja ein Ding. Sind Sie sicher, dass es Selbstmord war? Vielleicht haben die Hintermänner mitbekommen, dass Sie an ihm dran waren, und ihn als Sicherheitsrisiko eliminiert.«

»Nein, es ist sicher. Es war Selbstmord. Ich hätte ihn nicht so hart angehen dürfen.«

»Warum machen Sie sich Vorwürfe? Das ist eine vollkommen verkehrte Welt. Sie haben getan, was Ihre Aufgabe war. Freudenreich hat sich selbst in diese Lage gebracht. Durch Geldgier, Gewinnsucht, Naivität oder was auch immer. Der Selbstmord ist nicht Ihre Schuld.«

»Trotzdem. Eigentlich war der Mann selbst ein Opfer.«

»Nun hören Sie schon auf. Sie sind nicht schuld. Wenn, dann höchstens die, die ihn angeworben haben.«

»Es ist nicht nur das. Selbst wenn es schlimm klingt, wir haben jetzt keinen Informanten mehr, der uns zu den Hintermännern führt. Kann ich noch einen Kaffee haben? Auch wenn er scheußlich schmeckt.«

»Können Sie denn dann schlafen?«, wollte Iris wissen. Sie klang leicht vergrätzt. »Ich mag meinen Kaffee«, fügte sie hinzu.

»Ich kann sowieso nicht schlafen«, bekundete Schott, »ich bin wütend. Die Gauner suchen sich immer die Schwächsten aus, vom Leben benachteiligte Menschen, die deshalb nicht viel nachfragen, weil ihnen das Wasser bis zum Hals steht.«

»Was war dieser Freudenreich denn für einer?«

»Ein Polier, er hatte eine Festanstellung als Maurer, wurde nach einem schweren Unfall auf dem Bau aber arbeitslos, verlor einen Unterschenkel. Eigentlich Hartz IV, aber zu stolz, um zum Amt zu gehen, wie wir im Nachhinein festgestellt haben. Ein ganz Korrekter, sein Leben lang. Nach dem Unfall hatte er einen Berg von Schulden, der täglich anwuchs. Da greift man nach jedem Strohhalm.«

»Und was ist mit der Frau, dieser Roswitha Sommer? Könnten Sie die nicht als V-Frau anwerben?«

Schott zuckte mit den Achseln. Er sah hundemüde aus, war schon ganz grau im Gesicht vor Erschöpfung. Sie mussten beim LKA die letzte Nacht durchgearbeitet haben. »Ich weiß nicht, ob das geht, ich müsste das noch mal mit den anderen besprechen. Frau Sommer machte mir nicht den intelligentesten Eindruck. Aber versuchen sollten wir es wohl. Vielleicht stoßen wir im Laufe der Ermittlungen ja auch noch auf andere Finanzagenten, die sich als V-Leute eignen.«

Schott sah wirklich sehr müde aus.

»Ich mache uns noch mal neuen Kaffee.«

Der LKA-Mann nickte.

Als Iris mit einer weiteren Kanne zurückkam, lag er schnarchend auf ihrem Sofa.

Iris ging zu Bett, doch sie konnte die ganze Nacht nicht schlafen. Und wenn sie doch einmal eindöste, wurde sie von einem Menschen mit einer Pistole in der Hand verfolgt. Oder von einem Mann, der Baldassare Cossa ausgesprochen ähnlich sah und einen Sektkübel schwang.

***

Sobald er wieder in seiner Wohnung war, zückte Baldassare Cossa sein Handy und wählte.

»Sie hängt an der Angel, hat den Köder geschluckt, inklusive des Hakens.« Von seinem italienischen Akzent war bis auf ein leicht rollendes R nichts mehr zu hören. Ihm unterliefen auch keine Wortverdrehungen mehr.

»Das will ich Ihnen auch geraten haben«, erwiderte eine leise Stimme am anderen Ende der Leitung. Sie klang blechern, als käme sie aus dem Computer, war mit Sicherheit verfremdet, vermutlich mit einer Software. Man konnte solche Programme kostenlos im Internet finden. »Sie wissen, Versager haben bei uns keinen Platz. Insbesondere keine, die auch noch versuchen, mich anzulügen, und die mein Vertrauen in sie missbrauchen.«

»Was wollen Sie damit sagen?«

»Das werden Sie schon sehen, lesen Sie in den nächsten Tagen nur fleißig die Zeitung. Da geht es um einen gewissen Fund. Mehr will ich am Telefon dazu nicht sagen, das ist keine sichere Leitung. Überprüfen Sie K. Da stimmt was nicht. Vielleicht ist er … überfordert. Falls sich herausstellt, dass das stimmt, kaufen Sie ihm ein Ticket.«

Ticket – das bedeutete: Reise ohne Wiederkehr.

Es dauerte nach dem Gespräch eine Weile, bis Cossa einschlafen konnte. Die Stimme verfolgte ihn. Nicht ihr Klang, der war absichtlich verändert. Aber der Duktus, die Ausdrucksweise. Sie erinnerte ihn an jemanden. An *sie*. Doch das konnte nicht sein. Warum sollte sie sich als ein anderer ausgeben? Warum sich hinter dieser bewusst anonymen Kommunikation verstecken? Misstraute sie ihm? Vielleicht wollte sie ihn testen, herausfinden, ob er loyal war. Nach all den Jahren, die sie sich kannten? In denen er sie liebte, ohne dass diese Liebe jemals erwidert worden wäre. Sie musste doch wissen, dass er alles für sie tun würde. *Alles.* Was immer sie auch von ihm verlangte.

Nein, er musste sich irren. Die Stimme konnte genauso gut einem Mann gehören. Mit diesem Gedanken schlief er ein.

Schlechte Träume wegen des One-way-Tickets hatte er nicht.

6

Libes Tagebuch,

29. Juli 1946

jetzt ist Papa schon ganz lange weg. Kurz nachdem er mir das Tagebuch geschengt hat, ist er verschwunden. Mama sagt, er is untergetaucht. Ich weis nicht genau, was das heist, aber ich glaube, das hat nichts mit tauchen zu tun, sondern er lebt jetzt woanders. Ich vermisse ihn furchtbar. Und Mama weint dauernd. Sie will mir nicht sagen, wo Papa ist, sie glaubt, ich könte mich verplapern. Dabei kann ich Geheimnisse bewahren. Ganz sicher. Sie hat auch gesagt, ich mus aufpassen, was ich in mein Tagebuch schreibe, weil wenn die Leute widerkommen, die Papa suchen, dan dürfen sie nichts finden, was ihn belasten könnte. Priska sagt, das Wort belasten verwendet man, wenn jemand was Böses getan hat. Aber mein Papa hat nichts Böses getan. So einer ist er nicht. Das meint Priska auch, opwohl sie sagt, ich sei noch zu klein, um ales zu verstehen. Das bin ich aber gar nicht. Ich hab gut verstanden, als Mama mir erklärt hat, das Papa ein ganz berühmter Forscher ist, der forscht, wie man Menschen dazu bringen kann, nur noch das Richtige zu tun. Das sei manchen Leuten nicht recht, hat Mama gesagt. Und jetzt würden sie nach Papa suchen.

Priska glaubt, das Papa eine Formel entdeckt hat, die ale Menschen gut und glücklich macht, sodas es nie wider Mord und Krieg und Bomben gibt. Und das sei nichts Böses, sondern was ganz Gutes.

Da bin ich einmal mit Priska einer Meinung. Das passiert aber nicht oft. Ich wil nicht so albern werden und dauernd vor dem Spiegel stehen und giggeln und mich heimlich schminken, wenn ich mal sechzehn bin. Ich finde das ganz schön doof.

Libes Tagebuch, Mama sagt, es kann sein, das wir ganz schnel wegmüssen. Onkel Volker hat es noch nicht geschafft, die Papiere zu besorgen. Die brauchen wir aber, damit wir wider mit Papa zusammenleben könen. Ich sol also meine wichtigsten Sachen immer bei mir haben. Ich habe auch einen kleinen Kofer gepackt. Aber dich, libes Tagebuch, nehme ich jetzt imer mit, egal wohin, damit dich niemand findet, wenn ich mal nich da bin. Ich glaube nämlich, das Priska dich heimlich liest. Aber das wil ich nicht. Priska ist überhaupt doof. Dauernd nörgelt sie an alem rum, nix gefällt ihr. Blos wenn sie sich mit ihrem Freund trift, geht es. Ich hofe, der behält sie da, dann sind wir sie los.

So, jetzt mus ich Schlus machen, libes Tagesbuch.

Bis bald. Ich bete jeden Abend, das Papa schnel wieder bei uns ist.

Deine Trudi

7

Um sechs Uhr morgens klingelte an diesem Donnerstag der Wecker. Statt einen schlafenden Schott fand Iris nur einen Zettel auf dem Sofa: *»Sorry für meine Unhöflichkeit, danke für die Gastfreundschaft. Ich musste weiter. Melde mich.«*

Iris war in gewisser Weise froh. Der Sektkübel schwingende Cossa wirkte noch immer in ihr nach. Und ein altbekanntes Gefühl des Misstrauens bahnte sich seinen Weg, wurde immer stärker. Der Mann war einfach zu gut, um wahr zu sein.

Sie rief beim Revier Laufenburg an. Der Telefondienst tuende Kollege war mindestens ebenso verschlafen wie sie selbst. Er weigerte sich jedoch glattweg, für Iris Erkundigungen über Baldassare Cossa einzuziehen. Da könne ja jeder kommen, behauptete er. Soweit er wisse, sei sie inzwischen eine ganze normale Bürgerin, keine Polizeihauptkommissarin mehr. Er nehme von ihr keine Anweisungen entgegen.

Also rief Iris beim Landeskriminalamt an. Schotts Kollege Schütte vom Verfassungsschutz war trotz der frühen Morgenstunde bereits bei der Arbeit. »Was wollen Sie? Schott ist noch nicht da. Ich warte selbst auf ihn.«

»Ups, was macht denn der Verfassungsschutz beim Landeskriminalamt?«

»Ach, wir haben immer mal wieder das eine oder andere zu besprechen. Und was wollen Sie vom Kollegen Schütte?«

»Ich brauche unbedingt einen Zugang zur LKA-Personendatenbank auf meinem PC. Ich muss eine Person überprüfen, und der Laufenburger Kollege weigert sich, mir zu helfen.«

»Kein Wunder. Die Polizei ist schließlich keine Auskunftei für neugierige Bürger. Oder haben Sie bei dem Mann etwa verlauten lassen, dass Sie im verdeckten Einsatz sind?«

»Natürlich nicht.«

»Na, immerhin. Ich bin mir nicht sicher, ob wir Ihnen von außen den Zugriff auf die Datenbank ermöglichen können.«

»Fragen Sie Martin Felix. Der ist ja inzwischen auch in Stuttgart. Der weiß, wie das geht«, muffelte Iris zurück, wohl wissend, dass Schütte mit dem Wort *können* nicht unbedingt die technische Möglichkeit gemeint hatte, sondern eher das Wollen.

»Bis das geklärt ist, können Sie mir ja schon mal sagen, um wen es geht. Ich kümmere mich um die Abfrage«, erwiderte Schütte ungerührt. Kleine Gemeinheiten prallten an ihm ab. »Wie heißt der Mann?«

»Cossa, Baldassare Cossa.«

»Wir melden uns.« Damit hatte er auch schon wieder aufgelegt.

Iris schaute auf die Uhr. Sie musste schnellstens ins Krankenhaus, ihr Dienst begann in dreißig Minuten. Den Zug hatte sie bereits verpasst, bis der nächste vom Westbahnhof nach Bad Säckingen ging, dauerte es rund eine Stunde. Ob sie mit dem Auto fahren sollte? Der Tank ihres Twingos war fast leer. Also auf zum Tanken in die Schweiz? Jeder, der entlang der Grenze lebte, tankte in der Schweiz. Dort war das Benzin bedeutend billiger. Aber es kostete Zeit. Und es gab ja auch Busse. Außerdem hielt der Bus am Gloria Theater, das war näher am Krankenhaus als der Bad Säckinger Bahnhof, sie musste also nicht so weit laufen. Das sparte Zeit.

Iris sah nach, wann der nächste Bus fuhr. Wenn sie sich beeilte, schaffte sie es noch rechtzeitig zur Haltestelle. Sie hatte dann allerdings keine Zeit mehr für die eigentlich dringend benötigte Tasse Kaffee. Ins Krankenhaus würde sie rennen müssen. Und trotzdem nicht ganz pünktlich kommen.

***

Bis zehn Uhr dreißig war Max Trautmann an diesem Morgen ausgesprochen guter Dinge. Die Sonne schien, sein Detektivbüro lief gut. In den letzten beiden Jahren hatte sich herumgesprochen, dass er diskret und seriös arbeitete. Und er hatte seit langer Zeit wieder einmal ein Haiku gedichtet. Auf *sie*. Sein »Gänseblümchen«, das sich im wahren Leben allerdings als eine Mischung aus Mimose und Kaktus entpuppt hatte, ein Kräutlein Rührmichnichtan, das bei jeder auch noch so vorsichtigen Annäherung sofort zurückschreckte. Sein Verlangen, ihr nahe zu sein, blieb seit Jahren unerfüllt. Inzwischen wagte er es kaum noch, sich selbst einzugestehen, was er für sie empfand. Er verdrängte seine Gefühle für sie, um nicht immer wieder innerlich aus den Fugen zu geraten. Haikus waren die einzige Möglichkeit, die ihm blieb, um seine Sehnsucht in Worte zu fassen. An die unbedingt einzuhaltende Formalistik dieser kleinen Gedichte, vor Jahrhunderten entstanden aus der Tradition des Zen – fünf, sieben, dann wieder fünf Silben –, konnte er sich klammern, sie hielt seine manchmal fast überbordenden Emotionen im Zaum.

Wie schon so oft in den Jahren zuvor fragte er sich, was es war, das ihn an ihr so unwiderstehlich anzog. Sie kannten sich seit ihrer Kindheit. Doch er, der Ältere, hatte sie damals kaum wahrgenommen. Bis sie sich viele Jahre später wiedergetroffen hatten. Als seine erste große Liebe, seine Stiefschwester Klara, von der Laufenburger Altstadtbrücke in den Rhein und damit in den Tod gestürzt war.

Iris war nicht schön, beileibe nicht. Ihr feines dunkelblondes Haar mit den hellen Strähnchen war kurz geschnitten, aber das ließ ihren Schopf nicht fülliger wirken. Außerdem bekam sie die ersten grauen Haare. Und sie war das, was er für sich barock nannte, hatte also keineswegs eine Modelfigur. Doch er liebte es, wenn ihr Hintern hin- und herschwang und bei jedem ihrer energischen Schritte bebte. Wenn sie ihn unvermutet auf eine gewisse Weise fast zärtlich ansah, wenn ein scheues Lächeln die immer zahlreicher werdenden Fältchen in ihren Augenwinkeln vertiefte, wenn sich Grübchen in ihren Wangen bildeten, wenn ihr Lachen unvermittelt aus ihr herausblubberte, großzügig, ohne Dämme. Wenn sie so in die Welt schaute wie … ja, wie? Wie jemand, der noch staunen kann, großäugig wie ein Kind. Und das trotz ihrer verkorksten Jugend mit dem versoffenen Vater und der ichbezogenen Mutter, die ständig irgendwelche Männergeschichten gehabt hatte. Trotz all der Hänseleien und des Spotts, mit denen sie als Kind und Jugendliche überschüttet worden war. Dicke Iris, schlechtes Kind, dazu noch aus einer Asi-Familie. Das geborene Opfer.

Ja, sie hatte sich dieses gewisse Etwas bewahrt. Wie jemand, der an das Gute glaubte, allem Schlechten, allen Übeln dieser Welt zum Trotz. Womöglich existierte das Gute überhaupt nur, weil es Menschen wie sie gab, Menschen, die sich stur weigerten, damit aufzuhören, an das Gute zu glauben. Die sogar einfach voraussetzten, dass es das Gute gab, immer und überall. Dass es trotz aller menschlichen Unzulänglichkeiten möglich war, die Welt zu einem besseren, einem gerechteren Ort zu machen.

Gänseblümchen und
Löwenzahn zeigen ihre
Sonnenglut-Herzen

Um zehn Uhr dreißig trat er also fröhlich aus der Tür des Hauses am Brunnen neben dem Laufenburger Rathaus, um im gegenüberliegenden Hotel-Restaurant Rebstock seinen Morgenkaffee zu trinken, als ein Blumenbote mit einem dicken Strauß roter Rosen auf ihn zustrebte und fragte: »Können Sie mir sagen, wo Frau Terheyde wohnt?«

Max erstarrte. Jemand schickte *seinem Gänseblümchen* rote Rosen! Er war völlig durcheinander und starrte den Boten mit offenem Mund an. WER? WER wollte sie ihm wegnehmen?

»Können Sie mir sagen, wo Frau Terheyde wohnt, das muss hier doch irgendwo sein?«

Max atmete tief durch. Er benahm sich ja, als wäre er völlig verblödet. Doch die Frage hämmerte weiter in seinem Kopf: WER?

»Sie ist nicht daheim, sie arbeitet«, brachte er schließlich heraus.

Der Blumenbote, ein junger Mann mit Migrationshintergrund, vermutlich indischem, runzelte die Stirn. Es war klar, das brachte seine Zeitplanung durcheinander.

»Ich kann den Strauß gern entgegennehmen«, beeilte sich Max zu sagen, »sie wohnt direkt gegenüber. Wir pflegen hier gute Nachbarschaft.«

Der Blumenbote lächelte mit strahlend weißem Gebiss, das jeder Zahnpastawerbung Ehre gemacht hätte. »Das wäre sehr freundlich von Ihnen. Ich habe noch einige andere Auslieferungen heute.« Er zögerte. »Aber wenn sie den Strauß nicht bekommt, ich meine …«

»Kein Problem, ich werde ihn ihr ganz sicher geben«, erklärte

Max, stupste mit dem Zeigefinger seine dickglasige Brille von der Nasenspitze auf den Nasenrücken zurück, ohne diese immer und immer wieder notwendige Geste überhaupt noch wahrzunehmen, und versuchte sich nun ebenfalls an einem Lächeln, das vertrauenerweckend wirken sollte.

Der junge Mann reichte ihm die Rosen. »Danke!«

Max nickte und schloss die Haustür wieder auf. In seinem Wohnzimmer angekommen, legte er den Strauß auf den Tisch und griff nach dem Umschlag, der daraus hervorblitzte. Er war nur zugesteckt und enthielt eine Karte. Auf der Vorderseite war ein stilisiertes Herz abgebildet. EIN HERZ! Er drehte die Karte um.

Sehr verehrte, liebe Frau Terheyde, danke für Ihre einfühlsame Betreuung und Zuwendung und den beglückenden Abend, den ich mit Ihnen verbringen durfte. Das hat meinem kranken Herzen unendlich gutgetan. Wenn Sie gestatten, würde ich mich gern mit einer weiteren Einladung zum Abendessen revanchieren. Ich hoffe, Sie betrachten mein Anliegen nicht als einen plumpen Annäherungsversuch. Ich wäre überaus glücklich, wenn Sie sich entschließen könnten, sich wegen eines Termins bei mir zu melden. Meine Telefonnummer, ich hatte vergessen, Sie Ihnen zu geben: 0160-358769813. Ihr sehr ergebener Baldassare Cossa.

In Max schrillten alle Alarmglocken. *Betreuung, Zuwendung, Abend verbringen durfte, beglückend, Abendessen, melden?* Ha! Der Mann mochte sich zwar gewählt ausdrücken, aber er kannte die Männer, und er wusste genau, was dieser Typ von seinem Gänseblümchen wollte. Am Ende verletzte er sie noch, machte ihr falsche Hoffnungen. Das musste er verhindern!

Max betrachtete den Rosenstrauß. Dann marschierte er in die Küche und stopfte ihn in die Mülltonne, mit schlechtem Gewissen zwar, weil er an die Worte des Blumenboten dachte, aber dennoch entschlossen. Wenn es um das Wohlergehen seines Gänseblümchens ging, konnte er auf die Befindlichkeiten dieses jungen Mannes keine Rücksicht nehmen. Überhaupt konnte er auf die Befindlichkeiten anderer Männer bezüglich Iris Terheyde keine Rücksicht nehmen. Er kam ja kaum mit seinen eigenen klar.

Mit weichen Knien setzte er sich erst einmal hin und überlegte. Was, wenn sie ihn nach dem Strauß fragte? Er marschierte zum Mülleimer und zog die Rosen wieder heraus. Sie waren als Strauß nicht mehr zu verwenden. Da fiel ihm zu seiner großen Erleichterung ein: Sie konnte sich gar nicht nach diesen Rosen erkundigen, sie wusste ja nicht, dass der Strauß existierte. Und damit auch nichts von der Einladung zum Abendessen. Sie kannte auch die Telefonnummer dieses Cossa nicht. Der Kerl würde also vergeblich auf ihren Anruf warten.

Und wenn es doch herauskam? Sie hatten sich schon einmal getroffen. Wenn sie diesen Heini wiedersehen wollte, hatte sie sicher jede Menge Möglichkeiten, ihn zu kontaktieren. Überhaupt, *woher* kannten die beiden sich? Wann und wo hatten sie sich getroffen, anlässlich welcher Gelegenheit? Er musste sich etwas einfallen lassen, um das herauszufinden, wie er sie kannte, würde sie sich weigern, diese Fragen zu beantworten. Sie konnte ziemlich kiebig werden, wenn man sich in ihr Leben einmischte.

Und bis dahin? Bis dahin würde er mehr über diesen Cossa herausfinden. Und auch, warum Iris Terheyde plötzlich Männer mit kranken Herzen betreute. Ob sie einen neuen Fall hatte? Aber warum wusste er nichts davon? Seit sie als verdeckte Ermittlerin fürs Landeskriminalamt arbeitete, hatte er bei jedem neuen Fall Angst um sie. Das durfte sie jedoch niemals erfahren. Sie würde ihm die Augen auskratzen, wenn sie auch nur ahnte, dass er sich stillschweigend zu ihrem heimlichen Beschützer ernannt hatte.

Max bootete seinen PC und rief den Browser auf. Mit der Online-Rückwärtssuche in »Das Örtliche« fand er ausgehend von der Telefonnummer schnell heraus, wo Baldassare Cossa wohnte. Rappenstein, Le Croisicstraße, benannt nach der Laufenburger Partnerstadt in der südlichen Bretagne. Er beschloss, den Cafébesuch sausen zu lassen und sich diesen Typen anzusehen. Wenn der Mann ungefährlich war, konnte er immer noch einen neuen Rosenstrauß kaufen und ihr zukommen lassen.

Max schnaufte ziemlich, als er bei der im Telefonbuch angegebenen Adresse ankam. Das Haus stand auf einem Eckgrundstück direkt an der Abzweigung zur Rappensteinstraße. Er postierte sich hinter der Bushaltestelle vor der Hans-Thoma-Schule. Es war Unterricht, das gläserne Buswartehäuschen verwaist. Er beschloss, so zu tun, als wartete er auf den Bus. Sicherheitshalber hatte er den »Badischen Kurier« mitgenommen, hinter der Zeitung konnte er sich im Zweifelsfall verstecken.

Gut, das entsprach wirklich ganz und gar dem Klischee eines Detektivs, und er fand das auch abgeschmackt, aber bisher war ihm nichts Besseres eingefallen.

Eine Bentley-Limousine, so eine, wie sie auch die englische Königin fuhr, allerdings nicht schwarz, sondern anthrazit-metallic, näherte sich dem Haus. Max schaute sehnsuchtsvoll. Sein Traum war jedoch ein Coupé Continental GT Speed. Angetrieben von einer überarbeiteten Version des Sechsliter-W12-Twinturbos mit achtundvierzig Ventilen und vier Nockenwellen bei sechstausend Umdrehungen sowie sechshundertfünfundzwanzig PS brachte es eine Spitzengeschwindigkeit von dreihundertdreißig Kilometern pro Stunde. Der Preis war entsprechend, über vierhunderttausend Euro. Er war zwar nicht schlecht situiert, aber eine solche Summe lag weit jenseits seiner Möglichkeiten. Max tröstete sich damit, dass sich auch für Bentley die Welt verändert hatte und nicht mehr ganz so in Ordnung war. Die Marke gehörte inzwischen zu VW. Deswegen konnte es eigentlich nicht mehr dasselbe Fahrgefühl auslösen wie zu der Zeit, als die Luxuskarossen noch unter dem Label Rolls-Royce gebaut worden waren. Die Autos dieser Marke wurden allerdings noch immer in Handarbeit hergestellt, nach wie vor in England. Und die Warteliste war lang.

Der Bentley hielt vor Cossas Haus. Max entfaltete die Zeitung und linste mangels eines Lochs in der Mitte am Rand der Zeitungsseite vorbei. So weit, auch noch ein Loch in eine Zeitung zu schneiden, wollte er sich dem Klischee nun doch nicht hingeben. Außerdem hatte er den »Badischen Kurier« noch nicht gelesen.

Eine elegante Frau um die sechzig entstieg dem Fond des Bentley, nachdem ihr ein grobschlächtiger, stiernackiger Mann mit kahlem Schädel, offenbar ihr Fahrer, mit einer Verneigung die

Tür geöffnet hatte. Die Frau ging die drei Stufen zur Eingangstür hinauf, gefolgt von ihrem Fahrer, und klingelte bei Cossa. Max machte sich hinter seiner Zeitung so klein wie möglich und memorierte das Kennzeichen.

Die Stimme des Wohnungsinhabers war bis zu seinem Beobachtungsposten auf der anderen Straßenseite zu hören. Cossa war vor die Tür getreten, um sie seinem Gast und deren Begleitung aufzuhalten. »Ah, welch seltener Besuch, willkommen.«

Max versuchte, über den Rand seiner Zeitungsseite hinweg mehr von dem Mann zu erkennen. Entrüstet fuhr er zurück. Dieser Kerl sah aus wie ein Hochstapler, der geborene Casanova! Bestimmt konnte er Komplimente machen, ohne zu meinen, was er sagte. Vom Typ her ähnelte er dem spanischen Schauspieler Javier Bardem. Eine gepflegt-lässige Erscheinung, mit kragenlanger d'Artagnan-Frisur, allerdings gegelt und voll auf Anmache gebürstet. Mittelgroß, schlank, gut in Form. Die obersten Knöpfe des maßgeschneiderten Hemds waren geöffnet, die ebenfalls maßgeschneiderte Hose saß gerade so knapp über dem knackigen Hintern, dass es nicht gewollt wirkte, die natürlich handgefertigten maßgeschneiderten Schuhe wirkten, als wären sie schon länger getragen worden, obwohl sie vermutlich neu waren. Dieser ganze Cossa war ein maßgeschneiderter Mensch.

Und so ganz anders als er selbst.

Max starrte noch immer auf die Tür des Mehrfamilienhauses, als Gastgeber und Besucher sie längst hinter sich geschlossen hatten.

Schließlich löste er sich aus seiner Erstarrung. In seinem Magen hatte sich ein Klumpen geformt. Der weigerte sich hartnäckig zu verschwinden und hatte sich noch immer nicht aufgelöst, als Max wieder in seiner Wohnung angekommen war. Als Erstes packte er den Rosenstrauß, ging zur Hintertür und pfefferte ihn in die Kehrichttonne. Morgen war Müllabfuhr.

Dann machte er sich daran, mehr über Baldassare Cossa herauszufinden. Im Internetzeitalter war das meist kein Problem. Jeder nutzte irgendeine Form der Onlinekommunikation und hinterließ Spuren im Netz. Was Max' Arbeit als Detektiv oft sehr erleichterte. Doch Cossa schien zur inzwischen seltenen Spezies

Mensch zu gehören, die keine Spuren hinterließ. Er fand nur einen Eintrag, sosehr er auch suchte, und zwar in Wikipedia:

> *Johannes XXIII. (* um 1370 in Neapel; † 22. Dezember 1419 in Florenz), eigentlich Baldassare Cossa, Sohn des Grafen von Troia, war zunächst Offizier, wurde als Laie Kardinal, später erhielt er die geistlichen Weihen und amtierte von 1410 bis 1415 als Gegenpapst.*

Moment, war das nicht dieser Johannes, der in den Kirchenchroniken überhaupt nicht als Papst gezählt wurde, 1415 noch während des Konzils in Konstanz geflohen war und im damals habsburgischen Schweizer Laufenburg Unterschlupf gefunden hatte? In der Stadt wusste jedes Kind – na ja, einige zumindest –, dass besagter Johannes XXIII. damals im Gasthaus »Zum Pfauen« untergekommen war.

Wie auch immer, der konnte es nicht sein. In Max keimte ein Verdacht. Kannte der geschniegelte Kerl die Geschichte und segelte unter falschem Namen? Falls ja, war die Namenswahl nicht ohne hintergründigen Humor, das musste er widerstrebend zugeben.

Einwohnermeldebuch? Nein, auf dem Rathaus waren die Daten wahrscheinlich aktueller. Max rief also beim Einwohnermeldeamt an, das im Rathaus über dem Torbogen residierte, der den Weg in die mittelalterliche deutsche Altstadt freigab. In direkter Nachbarschaft also. Dort wusste man natürlich, dass er Inhaber eines Detektivbüros war, und ging automatisch davon aus, dass er die Auskunft für einen Auftrag benötigte. Es hatte manchmal auch Vorteile, in einer Kleinstadt zu leben.

Beim Einwohnermeldeamt war unter der Adresse, die Max nannte, kein Baldassare Cossa gemeldet. Wer dort als Bewohner von Cossas Haus eingetragen war, wollte ihm die Dame allerdings nicht sagen. »Datenschutz«, erklärte sie, und die Silben fielen wie Kieselsteine auf die Waage der Gewichtigkeit. Da wusste er, er würde nicht mehr erfahren. Nicht am Telefon.

Max nahm nun doch das Einwohnermeldebuch von Laufenburg aus dem Regal. Er schlug den Teil mit den Hausadressen auf.

Unter der entsprechenden Hausnummer in der Le Croisicstraße war ein Mann namens Carlos Mendez eingetragen. Von Baldassare Cossa stand da nichts. Gut, das Buch war vom letzten Jahr, da konnte sich viel verändert haben. Er musste sich dringend ein neues besorgen.

Als Nächstes rief er beim Laufenburger Grundbuchamt an und erfuhr, dass das Haus, in dem Cossa lebte, seit etwa anderthalb Jahren einer Schweizer Aktiengesellschaft namens Cisa mit Sitz in Zürich gehörte.

Hier stimmte etwas nicht. Das sagte ihm sein Instinkt. Hieß dieser Cossa am Ende eigentlich Carlos Mendez und warb unter falschem Namen um Iris Terheyde, vielleicht, um sie auszunehmen? Das wäre ja wirklich eine ziemlich plumpe Tour. Andererseits wusste er vermutlich nicht, dass sein Gänseblümchen eine erfahrene Ermittlerin war. Und wiederum andererseits wusste er selbst ja auch nicht, was sie derzeit so trieb.

Dass der Schmalztyp in der Le Croisicstraße nicht gemeldet war, musste nichts heißen. Vielleicht war der Mann einfach nur ein kurzzeitiger Untermieter von diesem Carlos Mendez. Oder von dieser Firma. Wie hieß die noch mal? Cisa.

Auch für Cossas Internetabstinenz konnte es viele Gründe geben. Es sollten ja tatsächlich noch Menschen existieren, die sich weder für Mails noch für soziale Netzwerke interessieren. Das war nicht strafbar, wenn auch ungewöhnlich. Allerdings gab es andere, die sich aus guten oder weniger guten Gründen bewusst fernhielten und versuchten, keine Spuren zu hinterlassen.

Gut, wenn der Name ihn nicht weiterbrachte, dann vielleicht die Firma. Max googelte erneut und begann mit der Rechtsform. In der Schweiz war ja vieles anders als auf der deutschen Rheinseite. Und AGs waren drüben sehr viel leichter zu gründen als in Deutschland, das wusste er. Er rief das Portal der »Schweizerischen Eidgenossenschaft für Kleinere und Mittlere Unternehmen« auf. Max kannte es schon von früheren Recherchen für einen Klienten, der dem Liebhaber seiner Frau geschäftlich ans Bein hatte pinkeln wollen. Das KMU-Portal versorgte die Wissensdurstigen mit allerlei erhellenden Informationen zum Thema mittelständische Unternehmen, von der Gründung über die Geschäftsführung bis hin zur Nachfolgeplanung. Es bot sogar einen Link zur Online-Gründung eines Unternehmens an. Das Dienstleistungsportal, das dahinterstand, nannte sich einfach, aber plastisch »StarBiz«.

Unter dem Stichwort »Aktiengesellschaft« erfuhr er Folgendes:

> *Zusammen mit der Einzelfirma (von denen es rund 157.300 gibt) ist die Aktiengesellschaft (AG) in der Schweiz die häufigste Rechtsform (rund 189.000), da sie bei Haftung, Kapitalvorschriften etc. auch für Kleinunternehmen vorteilhaft ist. Für die Verbindlichkeiten der Aktiengesellschaft haftet nur das Gesellschaftsvermögen, bei Konkurs verlieren die Gesellschafterinnen und Gesellschafter also höchstens ihr Aktienkapital.*

Schulden machen ohne größere Konsequenzen also. In Deutschland waren Kleinunternehmen trotzdem keine AGs. Jedenfalls nur selten, soweit er wusste.

Und Cisa? Das war ein seltsamer Name. Max bekam beim Googeln mehrere Möglichkeiten zur Auswahl. Demnach war CISA ein Agronym für »Certified Information Systems Auditor«, eine weltweit anerkannte Zertifizierung im Bereich Revision, Kontrolle und Sicherheit von Informationssystemen, die 1978 eingeführt worden war. Das war schon mal nicht die richtige Option.

Cisa war aber auch der Name einer Göttin der Sueben. Es gab da angeblich einen uralten gallischen Text, der einen Sieg über die Römer schilderte und in dem die Verehrung der suebischen Göttin Cisa erwähnt war. Den Quellen nach sollte die Göttin »einen hölzernen Tempel in barbarischer Weise« gehabt haben und außerdem einen eigenen Festtag, der mit Spielen und Lustbarkeiten begangen wurde, und zwar am neunundfünfzigsten Tag nach dem 1. August, also am 28. September.

Erst beim nächsten Eintrag hatte er das Gefühl, die richtige Information gefunden zu haben. Cisa war der Name einer Treuhandfirma, die laut Homepage auf den An- und Verkauf von Firmenmänteln und die Erbringung von umfassenden Treuhand- und Verwaltungsdienstleistungen spezialisiert war, von der

Buchhaltung über die Steuerplanung bis hin zur Übernahme von Verwaltungsratsmandaten.

Die Seite war sehr seriös aufgemacht. Grauhaarige, aber dennoch dynamisch und sportlich wirkende Herren schüttelten einander die Hände, darunter standen Sätze wie: *»Sie wollen schnell und preiswert eine Schweizer Firma auf die Beine stellen? Mit dem Firmenmantel einer Schweizer Aktiengesellschaft wirken Sie vertrauens- und kreditwürdig bei Geschäftspartnern, Lieferanten und …«*

Max las nicht weiter. Er klickte sich durch die Homepage. Cisa bot allerlei Firmenmäntel an, Kraut und Rüben sozusagen: eine Immobilienfirma, ein IT-Unternehmen, einen Autohandel, zwei Pizzerien, ein Sportzentrum. Insgesamt waren es fünfzehn. Alle angeblich ausgestattet mit einem Aktienkapital zwischen fünfzigtausend und einhunderttausend Franken. Wenn man das ganze Aktienkapital, das da angeboten wurde, zusammenrechnete, kam ganz schön was zusammen. Laut Homepage residierte die Firma am Limmatquai, einer der besten Zürcher Adressen.

Er rief die Homepage des Eidgenössischen Amtes für das Handelsregister auf, das eine Suche im Register nach in der Schweiz ansässigen Firmen anbot. Dort fand er von Cisa keine Spur. Vielleicht bei moneyhouse.ch. Er gab in der Suchmaske »Zürich« an und bekam einen Überblick über die dort ansässigen Firmen. Auch hier keine Spur von Cisa.

Hieß das, diese verdammte Treuhandfirma hatte ihren Hauptsitz überhaupt nicht in der Schweiz? Er suchte auf der Homepage, konnte aber nichts außer der Adresse am Limmatquai entdecken. Das roch.

Und was nun? Die Angelegenheit ließ Max keine Ruhe. Also heraus aus der virtuellen, rein in die reale Welt. Er machte sich auf und schlenderte erneut den steilen Berg hoch in die Le Croisicstraße. Seiner Umgebung bot er den Anblick eines etwas keuchend atmenden Spaziergängers, der den Sonnenschein genoss.

Als Max Cossas Haus erreichte, stand dort kein Bentley mehr. Im Vorgarten des Nachbarhauses werkelte eine Mittfünfzigerin, zupfte hier an einem Pflänzchen, zerrte dort ein gerade so eben aus der Erde sprießendes Unkraut aus ihren ansonsten makellos gepflegten Blumenbeeten.

Max machte halt. »Ein wunderschöner Garten. Ich beneide Sie. Sie haben sicher das, was man einen grünen Daumen nennt.«

Die Mittfünfzigerin richtete sich aus ihrer gebückten Stellung auf, sah zu Max, drückte ihren auch so schon nicht unbeträchtlichen Busen noch etwas weiter heraus und erwiderte: »Max, was machst du denn hier? Lange nicht gesehen. Wohnst du nicht in der Altstadt?«

Erst jetzt begriff er, dass das keine Mittfünfzigerin, sondern eine ehemalige Klassenkameradin war, also eine Anfangsfünfzigerin.

»Magst du auf einen Kaffee hereinkommen? Ich hab eh schon darüber nachgedacht, ob wir nicht mal wieder ein Klassentreffen veranstalten sollten. Was meinst du?«

Max grummelte etwas, das sich mit gutem Willen als Zustimmung deuten ließ. Ihm fiel der Name der Frau einfach nicht mehr ein.

Beim gemeinsamen Kaffee, ergänzt durch das eine oder anderen Zibärtle, ein ziemlich geistreicher Wildpflaumenschnaps, der durchaus als Medizin durchgehen könnte, weil ihn schon Hildegard von Bingen gekannt hatte, erfuhr er eine Menge Dinge, die er nicht wissen wollte. Zum Beispiel, dass die Klassenkameradin mit dem großen Busen bald Großmutter werden würde.

Er erfuhr aber auch, dass das Nachbarhaus der Frau mit dem Bentley gehörte, die angeblich geflissentlich über ihre Nachbarschaft hinwegsah und selten länger als eine Nacht im Haus blieb. War sich wohl zu fein. Aber warum kaufte man sich dann überhaupt solch ein Haus? Max konnte darauf auch keine Antwort geben und schnaubte mitfühlend, während die ehemalige Schulkollegin sich weiter über ihre Nachbarn ereiferte: Stattdessen nächtigten dort allerlei Herren, die sich dem äußeren Anschein nach den verschiedensten Nationalitäten zuordnen ließen und mal mehr, mal weniger lang im Nachbarhaus wohnten. Ein Italiener? Ja, einen, der aussah wie ein Italiener, habe sie dort auch schon gesehen. Ein charmanter Mann. Er grüße immer sehr höflich. Cossi oder Sossi. So ähnlich jedenfalls. Die Großmutter in spe bekam verträumte Augen.

Max lehnte ein weiteres Zibärtle dankend ab und begab sich auf den Heimweg, nicht ohne vorher hoch und heilig zu versprechen, dass er bald mal wieder vorbeischauen werde. Wegen der Planung für ein Klassentreffen. Er war völlig erschöpft. Es war anstrengend, eine Unterhaltung zu führen, ohne den Namen seines Gegenübers ein einziges Mal zu erwähnen. Draußen am Gartentor schaute er noch schnell auf das Klingelschild. Müller stand da. Max durchforstete sein Hirn. Nein, Müller hatte sie damals nicht geheißen. Sondern? Gähnende Leere. Wenigstens den Vornamen? Irgendwas mit T. Traudel, Trude, Theresa? Nein, das war ein Name gewesen, der nicht so oft vorkam. Tessa. Ja. Tessa Gruber hatte sie geheißen. Eigentlich ein netter Name. Viel zu nett für eine so aufdringliche Frau.

Nachdem die Namensfrage geklärt war, wanderten seine Gedanken zurück zu dem, was ihn momentan am meisten beschäftigte: Wenn er in dieser mysteriösen Dating-Angelegenheit weiterkommen wollte, musste er herausfinden, was sein Gänseblümchen gerade trieb. Das hieß, er musste versuchen, sie auszuhorchen. Für einen Besuch bei ihr brauchte er aber unbedingt einen Vorwand. Ihm fiel auf die Schnelle nur einer ein. Also kaufte er schweren Herzens einen neuen Rosenstrauß, allerdings einen sehr viel kleineren, und auch keine langstieligen Rosen, sondern fünf popelige Moosröschen, und steckte Cossas Karte hinein. Als am Abend bei ihr in der Wohnung genau der seinen gegenüber das Licht anging, schnappte er sich die Rosen und überquerte eiligen Schrittes die Altstadtstraße.

Iris machte nicht gerade ein erfreutes Gesicht, als sie die Tür öffnete und seiner ansichtig wurde. Dann fiel ihr Blick auf die Rosen. Sie errötete leicht. »Max Trautmann, der Rosenkavalier? Womit habe ich denn das verdient? Kommen Sie herein. Ich wollte mir gerade ein Glas Wein einschenken und die Füße hochlegen. Sie glauben nicht, wie einem nach einem Tag als Praktikantin im Bad Säckinger Krankenhaus die Füße wehtun.«

Sie. Innerlich war er mit ihr per Du. Sie kannten einander nun schon so lange. Doch in ihrer Beziehung, was auch immer man darunter verstehen mochte, verbot sich das Du. Damals, als sie nach Klaras Tod und dem gewaltsamen Ableben seines Stiefvaters gegen ihn ermittelt hatte, waren sie, ohne groß darüber zu reden, wieder zur distanzierten Form der Anrede übergegangen.

Und wieso Krankenhaus? Was, um Himmels willen, machte sie da? Bestimmt ein neuer Fall. Max beschloss, diese Fragen und die Richtigstellung bezüglich des Rosenspenders auf später zu verschieben. Sonst ließ sie ihn am Ende vor der Tür stehen. Und in gewisser Weise waren die Rosen ja auch von ihm.

Erst als die Blumen in einer Glasvase auf einer weißen Kommode standen, als er auf ihrem champagnerfarbenen Leinensofa mit den orangenen Kissen saß und ein gefülltes Glas roter Zweigelt vor ihm stand, rückte er mit der Sprache heraus und erklärte ihr, dass ein Blumenbote ihm die Rosen zur gefälligen Weiterleitung in die Hand gedrückt hatte.

Sofort nahm ihr Gesicht einen misstrauischen Ausdruck an. Sie griff nach dem Umschlag, den sie, noch ungeöffnet, auf den kleinen gläsernen Couchtisch gelegt hatte. »Haben Sie die Karte gelesen?«

Wahrheitswidrig schüttelte Max den Kopf. »Was denken Sie von mir?«

Er beobachtete sie genau, während sie die Karte studierte.

Ihr Gesicht zeigte Verblüffung, danach Ablehnung, schließlich lachte sie leise. »Das hätte er wohl gern, der Herr Cossa. Sich erst ins Krankenhaus einliefern lassen und dann die neue Praktikantin anbaggern.«

Das klang nicht euphorisch. Max war halb beruhigt. Er beschloss, es erst einmal dabei zu belassen, ihr nichts von seinen Nachforschungen zu erzählen.

Die Klärung einer anderen Frage erschien ihm mindestens ebenso dringlich. Und er wusste aus vorangegangenen Erfahrungen, dass sie ungern mehr als eine Frage auf einmal beantwortete. Sofern sie überhaupt irgendwelche Antworten gab, mit denen ein hoffnungslos und meist von fern Liebender etwas anfangen konnte. Wenn es möglich war, hielt er sich zurück, rückte ihr nicht zu nah auf die Pelle. Es wäre ihm unendlich peinlich gewesen, wenn sie ihn als Stalker betrachtet hätte. Zugegeben, er bewegte sich da manchmal auf einem schmalen Grat. Zum Beispiel jetzt. Aber was half's, er musste sie doch beschützen – vor Unholden aller Art. Ohne dass sie das merkte natürlich, sie hätte ihn sonst hochkant aus ihrem Leben geworfen. Iris Terheyde war eine Frau, die alles allein machen wollte und sich starrköpfig weigerte, Hilfe anzunehmen.

»Was, um Himmels willen, machen Sie als Praktikantin im Bad Säckinger Krankenhaus?«, fragte er also.

»Nun raten Sie mal«, antwortete sie kryptisch und fügte an, sie habe besagten Herrn Cossa dort als Herznotfallpatienten kennengelernt.

*Herz*notfallpatient? Max dachte sich seinen Teil.

Mehr würde er sowieso nicht erfahren, so, wie sie ihn jetzt ansah. Also handelte es sich tatsächlich um einen neuen Fall. Nun, sie konnte schweigen, soviel sie wollte. Er würde auch dieses Mal dahinterkommen, worum es dabei ging.

Es wurde ein gemütlicher Abend mit spontan gekochten Spaghetti Aglio e Olio mit Pepperoni und getrockneten Tomaten sowie Salbei samt grob geriebenem Parmesan und weiterem Wein, nach dem er ungeküsst, mit einer nicht unerheblichen Ausdünstung von Knoblauch, aber frohgemut und recht beduselt über die Altstadtstraße zurück in seine Wohnung tappte.

8

Die Junisonne erwärmte Herzen und Gemüter, und alles, was Beine und an diesem Freitag gegen siebzehn Uhr schon oder noch immer Zeit hatte, strebte dem Bad Säckinger Münsterplatz entgegen. Die Lokale und Restaurants, egal ob »Krone«, »Adler«, »Walfisch« oder »Flora«, gähnten den Gästen beim Eintreten zum Gang aufs Klo mit leeren Tischen und Stühlen entgegen. Niemand wollte drinnen sitzen. Draußen auf dem Münsterplatz hingegen herrschte Gedränge.

Iris und Sonja Vleiel trafen zeitgleich im »Flora« ein und hatten Glück, sie fanden einen letzten freien Tisch. Er stand direkt neben dem Brunnen und damit zwar ein bisschen abseits, aber das war Iris gerade recht. Es dauerte allerdings, bis die Bedienung bis zu ihnen vordrang.

Der Brunnen stammte aus der Werkstatt von Leonard Eder. 1983 hatte der Künstler die Welt am Hochrhein mit den Bestandteilen Luft, Fluss, Wald und Tal in Stein verewigt, dazu einige der zu dieser Zeit bekanntesten Köpfe der Stadt. Iris' Bad Säckinger Lieblingskunstwerk war jedoch die bronzene Badstele von Klaus Ringwald auf dem Rudolf-Eberle-Platz. Sie zeigte deftige Szenen aus der Geschichte des Badbetriebes. In den Augen mancher Bad Säckinger viel zu anzügliche. Schon die alten Römer waren gern hierhergekommen, um in den heilenden Quellen zu gesunden. Im Mittelalter hatte es dann – wenn man Ringwald glauben wollte – im Badbetrieb keine Trennung mehr zwischen Männlein und Weiblein gegeben. Ringelpiez mit Anfassen, dachte Iris immer. So etwas hinterließ Spuren im kollektiven Gedächtnis.

Als Figuren hatten »Römer« und »Siechenmännle« außerdem Eingang in die ebenfalls deftige alemannische Fasnacht gefunden, die man in dieser Stadt zu feiern pflegte. Eine Ganzjahreserinnerung an die wilden Tage der Fasnacht fanden die Touristen in der nahen Rheinbadstraße. Dort stand das neben der alten Holzbrücke, dem Trompeterschloss und dem Fridolinsmünster beliebteste Fotoobjekt der Touristen, nämlich der Narrenbrunnen, der wie der Brunnen am Münsterplatz aus der Werkstatt von Leonard Eder stammte und bei dem »Römer« und »Siechenmännle« zusammen mit dem »Maisenhardt-Joggele« dargestellt waren.

Scheffel, der Dichter des Eckehard und des Versepos »Der Trompeter von Säckingen« um die Liebesgeschichte der schönen Tochter der in der Region noch immer ansässigen Freiherrenfamilie derer von Schönau mit einem Bürgerlichen, hatte dem Joggele zu Berühmtheit verholfen. Die junge Freiherrentochter verliebt sich darin in einen Trompeter, was dem Freiherrn nicht gefällt. Diese Geschichte hatte sogar einen wahren Kern, was eine Grabplatte hinter dem Fridolinsmünster mit den Namen Maria Ursula von Schönau und Werner Kirchhofer bewies. Am Ende heirateten die beiden nämlich doch, auch wenn Kirchhofer kein Trompeter, sondern »nur« ein Säckinger Bürgerssohn gewesen war, geboren während des Dreißigjährigen Krieges. Die Grabplatte des Paares war ein weiteres gern fotografiertes Objekt. Iris entdeckte eine Gruppe Japaner mit Kameras, die über den Münsterplatz in diese Richtung strebten.

Hach, die Liebe. Die beiden wenigstens hatten sich gefunden. Iris seufzte in sich hinein und wandte ihre Gedanken wieder der Joggele-Geschichte zu. Keiner wusste genau, ob sie auch einen wahren Kern hatte oder einfach nur gut ausgedacht war. In Kurzform lautete die Überlieferung so: Einst war der Dichter hier Rechtspraktikant und mit seinem Pferdegespann nicht nur im Tal, sondern auch auf dem Hotzenwald unterwegs gewesen, wo er seine Sprechstunden in den Lokalen abzuhalten pflegte. Weil es dabei auch gehörig feucht zuging, kam »der Herr Notar« oft spät heim. Das Joggele, ein junger Hotzenwälder, habe die Pferde stets einfach an der Trense genommen, wenn er Sprechstunde hielt, und in Richtung der nächsten Kneipe geführt, soll Scheffel seiner besorgten Herbergswirtin anlässlich solcher Gelegenheiten erklärt und den Unschuldigen gespielt haben.

Iris gefiel die Geschichte. Den Säckingern auch. Sie fanden, diese Begebenheit passte – nicht nur wegen des darin angesprochenen Alkoholkonsums, sondern auch wegen der Schlitzohrigkeit des Dichters – hervorragend zur Fasnacht. Also hatten sie flugs die Laufnarren ihrer Narrenzunft nach dem Jungen vom Maisenhardthof benannt, der nun wohl auf unabsehbare Zeit mit seiner hölzernen Maske seinen Schabernack in den Gassen treiben wird.

Einige Abendspaziergänger schlenderten vorbei, warfen einen kurzen Blick auf die besetzten Stühle und schlugen dann die Richtung zum Rhein ein, um an der Uferpromenade mit Aussicht auf die alte Holzbrücke und die Fridolinsinsel die letzten Sonnenstrahlen des Tages zu genießen.

Iris schaute ihnen neidvoll hinterher. Der ohne Unterlass dahinströmende Fluss mit seinen Verwirbelungen und seinem Plätschern, dem Quaken von Enten, den Schwänen mit ihren Jungen, half ihr immer wieder, die innere Anspannung loszuwerden, die sie überfiel, wenn sie als verdeckte Ermittlerin im Einsatz war. Dabei fühlte sie sich oft, als wäre sie in Gefahr, durch den luftleeren Raum in einen schwarzen Schlund zu stürzen. Bei all dem Ärger mit Kollegen, vor allem aber mit einem gewissen Vorgesetzten, den sie früher kannte, dieses Gefühl hatte sie nie gehabt, als sie noch Bestandteil der Lörracher Mordkommission gewesen war. Dort hatte es Menschen gegeben, die sie im Zweifelsfall hätten auffangen können – und es auch getan hatten. Als verdeckte Ermittlerin erhielt sie natürlich ebenfalls Unterstützung, aber dennoch kam sie sich so vor, als agierte sie ohne Netz und doppelten Boden.

»Was für ein wunderbarer Tag. Nicht zu heiß und nicht zu kalt, genau richtig«, sagte Sonja Vleiel. »Und, wie gefällt es dir bei uns als Praktikantin?« Sie schaute freundlich und interessiert.

Iris überlegte, was sie sagen sollte. Ihr gefiel es nämlich nicht. Ganz so, wie sie erwartet hatte.

Sie dachte sehnsüchtig an den zumindest anfangs vergleichsweise bequemen ersten Tag als Praktikantin zurück. Auf der Inneren gab es kaum mal eine Minute Zeit für eine kurze Pause. Ihre Füße fühlten sich an, als hätte sie die Sohlen durchgelaufen, und ihr Rücken protestierte gegen die ungewohnte Schwerstarbeit, die überwiegend die Hilfskräfte zu verrichten hatten: Patienten von im Schnitt gefühlten einhundert Kilogramm herumwuchten, um das Bett zu machen, Tabletts in Zimmer schleppen und abräumen, die gebückte Haltung, wenn ein Kranker gewaschen werden musste, zum Beispiel im Falle einer Inkontinenz oder wenn sich jemand hatte übergeben müssen. Darüber hinaus waren die gelernten Schwestern und Pfleger wegen der dünnen Personaldecke ständig überfordert. Iris vermutete, ohne billige Aushilfen wie sie könnte der Krankenhausbetrieb kaum noch aufrechterhalten werden. Selbst die Ärzte, insbesondere die Assistenzärzte, die sich noch zu beweisen hatten, waren dauernd übermüdet.

Iris gab sich Mühe, sich ihre Gedanken nicht anmerken zu lassen. »Ich habe noch viel zu lernen«, erklärte sie stattdessen mit einem Lächeln, von dem sie hoffte, dass es nicht allzu bemüht wirkte.

Die Bedienung unterbrach das Gespräch mit der Frage nach den Wünschen der beiden Damen. Iris bestellte sich ein frisch gezapftes Pils, Sonja Vleiel einen leichten badischen Weißwein.

»Auf dich und dein Praktikum, hoffentlich bleibst du uns lange erhalten. Ich höre nur Gutes von dir.«

»Wenn ich dich und deine Hilfe nicht gehabt hätte, ich glaube, ich wäre hoffnungslos untergegangen.«

»Aber nicht doch, die Patienten schwärmen von dir und deiner umsichtigen Art. Insbesondere die älteren.«

Iris fühlte, dass sie leicht errötete. Sie musste endlich aufhören, diese Frau sympathisch zu finden, sie war Teil ihrer Ermittlungen und zog die alten Menschen, die angeblich so von ihr schwärmten, möglicherweise ohne Gewissensbisse über den Tisch, indem sie sie um ihre Ersparnisse erleichterte.

Iris beschloss, den Stier bei den Hörnern zu packen. »Du sollst dich auch in deiner Freizeit um einige Senioren kümmern, haben die Kollegen erzählt. Das finde ich toll, es gibt nicht viele, die so was nach einem anstrengenden Arbeitstag noch tun würden.«

Sonja Vleiels Gesicht wurde ernst, sie machte eine wegwerfende Handbewegung. »Ach, das ist doch nichts. Was tue ich denn schon? Mal nach Dienstschluss auf ein Gespräch vorbeischauen, Einkäufe erledigen oder irgendwelche anderen Geschäfte, zu denen die alten Menschen nicht mehr in der Lage sind. Nicht immer haben die Kinder Zeit oder sind willens, das zu tun. Viele haben auch niemanden mehr. Du würdest nicht glauben, wie viele alleinstehende Senioren es heutzutage gibt.« Sonja nippte an ihrem Wein.

Doch, das glaubte Iris. Sie hatte es in einem ihrer skurrilsten Fälle, als eine Enkelin bei der Lörracher Mordkommission aufgetaucht war und das Verschwinden des Leichnams ihrer Großmutter gemeldet hatte, sehr direkt erfahren. Und auch, wie sehr das Alleinleben Kriminelle aller Art anlockte.

»Auf eine gewisse Weise mache ich damit nur gut, was ich bei meiner eigenen Mutter versäumt habe«, fuhr Sonja fort.

»Wie meinst du das?«

»Ich erzähle das nicht gern. Aber bei dir – mir ist, als würden wir uns schon ewig kennen. Meinen Vater habe ich nie getroffen. Ich bin bei meiner Mutter aufgewachsen, in der Schweiz übrigens, in der Nähe von Zürich. Sie war Deutsche, Krankenschwester wie ich. Sie hat dort eine gut bezahlte Stelle bekommen und ist geblieben. In der Schweiz zahlen sie um Klassen besser als hier.«

Iris schaute mitfühlend und sagte nichts.

»Na ja, wir haben uns nicht gut verstanden, meine Mutter und ich. Ich bin daher so früh wie möglich von daheim weg, nach Deutschland, in die alte Heimat, wenn du so willst. Und dann war sie eines Tages tot. Drei Tage lag sie in der Wohnung, ohne dass es jemand gemerkt hat. Ich habe mich in Grund und Boden geschämt. Wenn ich mich mit meiner Mutter besser verstanden hätte, dann hätte ich sie vielleicht retten können. Dabei wollte ich sie noch so vieles fragen, über meinen Vater zum Beispiel …« Sonja brach ab.

»Es gibt viele Töchter, die sich mit ihren Müttern nicht gut verstehen. Aber die wenigsten zeigen so viel ehrenamtliches Engagement wie du.« Noch während sie das sagte, überlegte Iris, was sie störte. Die Geschichte selbst, die Art, wie Sonja sie erzählte? Es wirkte irgendwie … auswendig gelernt.

»Das klingt, als wärst du auch so ein Fall«, mutmaßte Sonja.

Iris wurde einer Antwort enthoben.

»Hallo, Frau Vleiel, wie gut, dass ich Sie hier treffe!«, rief eine helle Stimme. Die dazugehörige Person tauchte neben Iris auf.

»Felicitas. Dich hatte ich hier nicht erwartet.« Das klang verärgert.

Zu Iris' Überraschung wurde die junge Frau bleich. Sie mochte etwa sechzehn Jahre alt sein, hatte kurze rote Haare, jede

Menge Piercings an allen möglichen und unmöglichen Stellen und trug Schwarz. In Form eines Pullovers, obwohl es doch so warm war.

»Ich wollte Sie nicht stören. Es tut mir leid.« Mit hängenden Schultern stand das Mädchen vor ihnen, offensichtlich ratlos, ob es gleich wieder gehen oder sagen sollte, weshalb es an ihren Tisch gekommen war.

»Was gibt es denn?«, fragte Sonja Vleiel reserviert.

Täuschte sie sich, oder warf Sonja dieser Felicitas einen warnenden Blick zu, so als wollte sie sie daran hindern, mehr zu erzählen?

»Äh, also ja, ich war doch krank. Und da wollte ich fragen, wann das nächste Treffen ist.«

»Du bekommst eine Nachricht, wenn ich es weiß, ich maile dir oder schicke eine SMS.«

Die Kleine geriet noch mehr in Verlegenheit. »Ja, also ich geh dann mal. Tut mir wirklich leid, wenn ich gestört hab.«

Sonja nickte huldvoll und griff nach ihrem Weinglas. Felicitas wandte sich um und stapfte in Richtung Steinbrückstraße davon, ohne Iris weiter zu beachten.

»Nettes Mädchen. Wen du alles kennst!«

»Ach, das war nur eine von meinen Schützlingen. Felicitas Körber ist eines dieser Kinder aus zerrütteten Familien, um die ich mich hin und wieder kümmere, damit sie nicht auf die schiefe Bahn geraten.«

»Wow. Woher nimmst du bloß die Zeit? Hat das auch mit der persönlichen Geschichte zu tun, von der du mir erzählt hast?«

Sonja lachte freudlos. »Du bist eine gute Beobachterin. Es sind keine angenehmen Erinnerungen. Lassen wir das also lieber, der Abend ist zu schön, um ihn mit einem Gespräch über Probleme zu verplempern.«

Iris griff nach ihrem Bier. »Wohl wahr. Du bist jedenfalls eine ziemlich bemerkenswerte Person, liebe Sonja. Und ich finde toll, was du machst. Falls du mal Hilfe brauchst – gern. Auf uns.« Sie prostete ihr zu.

Sonja hob ebenfalls ihr Weinglas. »Auf uns. Kann gut sein, dass ich drauf zurückkomme, Iris. Es wäre ein Segen, jemanden wie dich an unserer Seite zu haben. Die Frauen, mit denen ich den Besuchsdienst betreibe, sind alle sehr nett und engagiert. Die meisten sind Hausfrauen, deren Kinder inzwischen groß sind und deren Männer sich nun für andere, jüngere Frauen interessieren. Sie sind frustriert und hoffen, sich durch die Hilfe, die sie anderen zukommen lassen, besser zu fühlen, mehr wert, eben als jemand, der noch seinen Platz im Leben hat. Du glaubst gar nicht, wie viele Frauen es trotz der angeblichen Fortschritte bei der Emanzipation noch immer gibt, die zeit ihres Lebens den alleinigen Fokus auf Ehe und Familie gelegt haben. Manchmal kümmert sich da der Lahme um den Blinden, um es mal so auszudrücken.«

Sie lehnte sich zurück und lächelte Iris an. »Ja, du kannst gern mitkommen. Wenn ich so darüber nachdenke – wie wäre es denn gleich morgen? Da mache ich meine Tour durch die Bad Säckinger Altenheime. Ich biete nach Absprache mit den Heimleitungen einen Beratungsdienst an. Den Großteil meiner Schützlinge habe ich zwar im Krankenhaus kennengelernt, als sie bei uns auf der Inneren lagen, vergessen von ihren Familien. Aber ich betreue auch alte Menschen in Seniorenheimen in Rheinfelden und Lörrach. So etwas spricht sich herum, weißt du. Es kommen immer mehr Anfragen, und so bin ich fast täglich woanders unterwegs. Morgen ist Bad Säckingen dran, das wäre für den Anfang nicht so weit weg. Und morgen ist ja Samstag – oder hast du Wochenenddienst?«

Iris hatte keinen Wochenenddienst. Aber sie hatte sich darauf gefreut, die Beine hochlegen und endlich mal dieses Brennen in den Fußsohlen loswerden zu können. Spät aufstehen, nichts tun, Badewanne, dumm in die Gegend schauen, lesen – das wäre es gewesen. Doch als verdeckte Ermittlerin hatte sie sehr wohl Wochenenddienst. Sie musste die Gelegenheit am Schopf packen, mehr über die außerdienstlichen Aktivitäten von Sonja Vleiel zu erfahren, dafür war sie ja schließlich im Einsatz. »Gern, wo treffen wir uns?«, erklärte sie mit so viel Begeisterung, wie sie aufbringen konnte.

»Am besten fangen wir in St. Franziskus an.«

***

Schott hielt sich nicht mit einer höflichen Begrüßung auf, nachdem Iris ans Telefon gegangen war. »Wo haben Sie gesteckt?«

»Wo wohl? Tagsüber im Krankenhaus. Da herrscht Handyverbot. Danach habe ich mich mit Sonja Vleiel im ›Flora‹ getroffen oder besser davor. Schade, dass Sie nicht dabei sein konnten. Es war ein wunderbarer Abend.« Sie konnte sich die Spitze nicht verkneifen.

Schott ging nicht darauf ein. »Fein, dass es mit der Kontaktaufnahme so gut klappt. Und, haben Sie etwas erfahren?«

»Nicht viel. Außer, dass Sonja Vleiels Mutter alleinerziehend war und eine Arbeitsstelle in der Schweiz hatte, Nähe Zürich. Sie ist aber tot, starb allein in ihrer Wohnung. Das scheint Sonja Vleiel ziemlich zuzusetzen. Falls die Geschichte stimmt. Ich bin mir da keineswegs sicher. Sie hat mich eingeladen, morgen mit ihr in die Bad Säckinger Altenheime zu gehen. Offenbar bietet sie da so eine Art Sprechstunde an.«

»Na, dann bin ich ja mal gespannt. Sie melden sich bitte sofort, wenn Sie etwas haben. Zürich, sagten Sie? Soso. Zufälle gibt es.«

»Was wollen Sie damit sagen?«

»Nichts von Bedeutung, vorerst zumindest. Wir haben ein Amtshilfeersuchen von den Schweizern auf dem Tisch. In der Limmat, etwas außerhalb von Zürich, ist eine Männerleiche gefunden worden. Ohne Hände, die wurden ihm abgehackt. Ziemlich sicher post mortem. Mit der Identifizierung anhand von Fingerabdrücken ist also Essig. Vor seinem Tod wurde der Mann noch anständig vermöbelt. Jemand scheint ziemlich wütend auf ihn gewesen zu sein. Nun versuchen die Kollegen, auf andere Art herauszufinden, wer das sein könnte, und haben uns Fahndungsbilder geschickt. Bei Zahnärzten eingeholte Erkundigungen haben nämlich bisher nur das Ergebnis gebracht, dass der Mann möglicherweise Russe gewesen sein könnte. Vielleicht auch Pole. Jedenfalls stammen seine Zahnfüllungen aus dem Osten. Was nicht viel heißen will. Heutzutage fahren ja viele Deutsche nach Polen, Ungarn oder sonst wohin, um sich Zahnersatz einpassen zu lassen, weil der bei uns zu teuer ist. Und in der Schweiz sowieso. Da langen die Zahnklempner noch heftiger zu.«

»Ich kann mir nicht vorstellen, dass das etwas mit meinem Fall zu tun hat.«

»Man weiß nie. Nicht dass es am Ende wieder heißt, die Kommunikation sei beim Landeskriminalamt ebenso miserabel wie beim Verfassungsschutz. Denken Sie nur an den Skandal um die Zwickauer Terrorzelle. Ich maile Ihnen sicherheitshalber das Foto des Toten und die dazugehörige Beschreibung. Schauen Sie mal, ob Ihnen das Bild was sagt, Sie kennen ja viele Leute in der Region. Morgen wird das Foto auch in den Zeitungen beiderseits der Grenze erscheinen. Außerdem will die Kantonspolizei das Bild auf Facebook posten. Die Schweizer befürchten, dass der Fall etwas mit Bandenkriminalität zu tun hat. Deswegen geht ihnen die Muffe, und sie ergreifen jeden Strohhalm, um der Angelegenheit auf den Grund zu gehen. Aber zurück zu Ihnen. Gibt es sonst noch was Neues?«

»Eigentlich nicht. Obwohl, da ist eine junge Frau an unseren Tisch gekommen, sechzehn Jahre vielleicht, Typ Grufti. Felicitas Körber. Sonja Vleiel sagt, sie würde zu einer Gruppe von Mädchen aus zerrütteten Familien gehören, um die sie sich kümmert.«

»Diese Frau ist ja eine wahre Mutter Teresa. Wir werden das überprüfen.«

»Sie stehen miteinander in Mail- und Mobiltelefonkontakt.«

»Soso. Wie praktisch, wir haben nämlich inzwischen den Internetcrack Felix von seinen derzeitigen Aufgaben bei der Dienststelle für Informations- und Kommunikationskriminalität bei der Generalstaatsanwaltschaft entbinden lassen und mit ins Boot geholt, der kann sich gleich darum kümmern. Das freut Sie doch sicher. Sie sind schließlich alte Kollegen, Martin Felix und Sie.«

Damit legte Schott auf – mal wieder, ohne sich zu verabschieden. Iris fand diese Angewohnheit zunehmend irritierend.

So kam sie nicht mehr dazu, zu erklären, dass sie sich tatsächlich freute, wieder mit dem Glücklichen zusammenzuarbeiten. Und dass sie sich das Bild anschauen würde. Und dass sie das Gefühl hatte, dass Schott ihr etwas verschwieg.

Sie schaltete den Drucker ein, der samt PC in ihrem Schlafzimmer stand, fuhr den Computer hoch und rief die Mail ab.

Kurz darauf setzte der Drucker aus Millionen von Pixeln das Schwarz-Weiß-Bild eines stiernackigen Toten mit einem kahl rasierten Schädel zusammen. Iris betrachtete es eine Weile. Der Mann sah nicht gerade vertrauenerweckend aus. Sie packte den Ausdruck in die bisher noch recht dünne Akte mit der Aufschrift »Sonja Vleiel«. Dann legte sie den Ordner auf ihren Couchtisch, um ihn griffbereit zu haben.

9

Libes Tagebuch,

14. August 1946

heute kan ich Dir endlich wieder schreiben, in der letzten Zeit war das schwirig, weil Mama dauernd schlechte Laune hat und Priska auch, und das haben sie immer an mir ausgelasen. Dabei kan ich doch auch nix dafür, das wir Papa nicht mehr sehen. Es hat auch so lange gedauert, bis die Papiere da waren. Das sind aber nicht die richtigen, hat Mama gesagt. Eigentlich brauchen wir etwas, das sich Wisa nennt. Aber das konte Onkel Volker nicht kriegen, obwohl er doch ganz gute Kontakte nach Italien hat, sogar bis zum Watikan, sagt Mama. Priska sagt, das is da, wo der Papst wohnt. Was das mit einem Land zu tun hat, in dem man Spanisch spricht, das weis ich auch nicht.

Der Papst, das is der Nächste nach Gott, das weis ich. Wahrscheinlich wil er Papa deshalb helfen, weil der doch mit seiner Forschung so vielen Menschen Gutes tut. Ich glaube, ich mag den Papst, und ich bete jetzt jeden Abend noch vil fester auch für ihn. Ich glaube zwar nicht, das der das braucht, aber man weiß ja nie. Priska sagt, Gott kann ziemlich unberechenbar sein. Als ich sie gefragt habe, was das heißt, hat sie gesagt, das man nie weiß, was er als Nächstes tut.

Bei uns ist das so ähnlich, den gestern hat Mama mich miten in der Nacht aus dem Bett geworfen und gesagt, wir müsten sofort weg. Wir würden jetzt eine ganz tolle, abenteuerliche Zugfahrt machen. Das mit dem Abenteuer sagen Erwachsene imer, wen sie nicht wolen, das Kinder Angst haben. Aber ich hab sowieso keine Angst.

Priska hat den ganzen Weg zum Bahnhof geheult und gesagt, sie wil nicht weg. Aber Mama hat nicht drauf gehört.

Dan sind wir die halbe Nacht im Zug gesessen und heute an einem Ort angekommen, den ich nicht kenne. Er liegt an einem Fluss. Mama sagt, das ist der Rein. Und auf der anderen Seite vom Rein, da liegt die Schweiz. Da müsen wir hin. Mama weiß blos noch nicht, wie.

Jedenfalls werden wir dan von der Schweiz aus ein Flugzeug nehmen und ganz lange, ganz weit weg fliegen, und da wartet dan Papa. Ich bin schon ganz aufgeregt, das ich zum ersten Mal im Leben fliegen werde.

Mama, Priska und ich wohnen jetzt erst mal in einer Villa, die ist schön. Weiter unten ist ein ganz tolles Schwimmbad, da kann ich hören, wie die Kinder sich freuen, wen sie ins Wasser dürfen. Ich wolte auch dahin, aber Mama lässt mich nicht. Das sei nichts für mich, hat sie gesagt. Ich finde das aber schon.

Auf dem Dachboden hab ich lauter alte Sachen gefunden, auch Briefe und so. Aber ich konte die Schrift nicht lesen. Mama sagt, hier hat vor ganz langer Zeit mal eine Rusin gelebt. Und die Rusen schreiben so. In einem der Briefe haben wir ein Foto dieser Rusin gefunden, und ich finde, sie war sehr schön.

Priska sagt, das sind bestimmt Libesbriefe, und sie malt sich aus, das die Russin hier ganz traurig war, weil sie nicht zu ihrem Freund konnte, weil doch damals in Rusland Revolution geherrscht hat. Revolution, das ist, wen Leute die bewährte Ordnung über den Haufen schmeißen. Ich verstehe nicht, warum jemand etwas über den Haufen schmeißen wil, das sich bewährt. Aber vielleicht war das in Rusland ja damals anders als bei uns. Bei uns hat sich die Ordnung bewährt, sagt Papa. Und wenn wir nicht in einen Krieg gemust hätten, wäre alles noch gut. In Rusland haben die Kommunisten selbst ales über den Haufen geworfen, und die anständigen Leute musten fliehen.

Das mit den Briefen ist jedenfalls schon ganz lange her, das mus um die Zeit des Ersten Weltkrigs gewesen sein. Vielleicht haben die auch gar nix mit Libe zu tun. Priska denkt sich blos dauernd Libesgeschichten aus, weil sie doch so Sehnsucht nach ihrem Freund hat. Mama erlaubt ihr noch nicht einmal, ihm zu schreiben. Das darf sie erst, wen wir in Sicherheit sind. Ich weiß nicht genau, was das nun wider heißt, mir erklärt ja keiner was, aber ich glaube, das ist dan, wenn wir bei Papa angekommen sind.

Eigentlich finde ich es hier ganz prima, ich darf nur nicht weit weggehen, damit Mama mich imer findet. Den wenn sie einen Weg gefunden hat, um in die Schweiz zu komen, und dann auch die Papiere hat, mit denen wir durch die Schweiz bis zum Flughafen dürfen, dann mus wieder alles ganz schnel gehen. Wir brauchen einen Schweizer Ersatzpass, sagt Mama. Das ist ein Dokument, das Leute kriegen, die keine Heimat mehr haben und die einfach in eine neue Heimat wolen und dafür durch die Schweiz reisen müsen. Und das müsen wir, weil unser Flugzeug in Zürich abgeht. Solche Leute nennt man »displaced persons«, sagt Priska. Das ist Englisch.

Ich bin schon ganz aufgeregt. Aber Mama sagt, wir müsen noch warten, bis Verwandte von Papa komen, die auch mitfliegen wollen. Dieses Haus ist nämlich so was wie eine Operationsbasis, sagt Priska.

Ich habe sie gefragt, ob man hier auch den Leuten den Bauch aufschneidet. Ich weiß von Papa, das er so was gemacht hat. Aber Priska hat nur gelacht und gesagt, ich sei ganz dumm. Ich bin aber gar nicht dumm, libes Tagebuch, ich bin blos noch jung. Aber ich kan viel lernen, und dan helfe ich Papa, wen er die Leute gut macht und die Welt auch, und dan lobt mich jeder, wie klug ich bin, und dan wird Priska schon sehen, was sie davon hat, weil sie dan niemand mehr beachtet, sondern ale wollen bloß mit mir zusammensein.

So, jetzt mus ich aber Schlus machen. Es ist Schlafenszeit. Bis bald, libes Tagebuch.

Deine Trudi

10

Sonja Vleiel schien im Bad Säckinger Seniorenheim St. Franziskus gern gesehen zu sein. Die Pflegerinnen lächelten bei ihrem Anblick. Iris erntete fragende Blicke. Doch nachdem Sonja sie der Heimleiterin mit den Worten »meine neue Assistentin« vorgestellt hatte, entspannten sich die Mienen.

Iris konnte sich denken, warum niemand groß nachfragte. Am Wochenende war die Personaldecke immer dünner als üblich, Pflegekräfte mussten ja auch mal freimachen, schon, damit es nicht zu viele teure Überstunden gab. Da blieb meist nur eine Sparbesetzung. Sonja Vleiel half, sie erleichterte den Pflegekräften die Arbeit. Es kam auch niemand vom Personal mit ihnen in den Speisesaal, der jetzt, zwischen Frühstück und Mittagessen, verwaist dalag, um herauszufinden, was Sonja mit ihren Schützlingen besprach.

Nicht lange, dann trudelten nacheinander die alten Herrschaften ein, mit Rollator und ohne, mit hellen und stumpfen Augen, einige zerbrechlich, andere massig. Die Geschichten und Bitten, die Sonja und Iris zu hören bekamen, ähnelten einander. Sieben Menschen, sieben Leben, in denen gelacht und geweint worden war, geschuftet und Urlaub gemacht. In denen Kinder großgezogen worden waren oder auch nicht. In denen sich einige Hoffnungen erfüllt hatten, während andere zerstoben waren.

Und jetzt? Die meisten schienen nur noch zu hoffen, dass es schnell zu Ende gehen möge, jetzt, wo sie nicht mehr selbst für sich sorgen konnten. Aber andererseits auch wieder nicht. Bei einigen war es noch da, dieses Fünkchen Hoffnung, dass sie vom lebenswerten Leben vielleicht noch einen Zipfel erwischen würden, dass sie doch noch mehr zu erwarten hatten als nur den Tod.

Da wünschte sich eine Seniorin eine ganz besondere Tagescreme. Iris war zutiefst berührt und beeindruckt. Ob sie im Alter auch so sein würde, so stark, nicht willens aufzugeben?

»Kannst du das notieren, Iris, hier ist ein Block«, sagte Sonja Vleiel in ihre Gedanken hinein.

Iris nickte und notierte.

Sonja Vleiel lächelte, als die alte Dame draußen war. »Sie muss jetzt auf die neunzig zugehen. Aber sie achtet immer noch auf sich. Wenn dir jemand erzählt, dass alte Menschen keine Wünsche und Sehnsüchte mehr haben, ist das eine Lüge. Innen drin ist immer noch der junge Mensch, der auf Liebe und Zuwendung hofft, auf ein wenig Glück. Ganz besonders dann, wenn sie finden, dass das Leben ihnen etwas schuldig geblieben ist. Dieser junge Mensch steckt in allen, man spürt ihn selbst bei den Dementen, wenn sie einen klaren Augenblick haben. Und sogar bei denen, die resigniert haben und sich damit abfinden, dass sie aufgrund ihrer körperlichen Unzulänglichkeiten für den Rest ihrer Tage nur noch mehr oder weniger dahinvegetieren werden, ist er noch vorhanden. Wir gehen nachher zu Frau Schreiber, die ist bettlägerig, aber geistig völlig klar. Ihr Mann ist schon seit Jahren tot, das einzige Kind, eine Tochter, bei einem Autounfall verstorben. Es gibt noch einen Neffen, für den spart sie. Aber ich habe ihn noch nie hier gesehen.«

»Es muss schlimm sein, das eigene Kind zu überleben«, meinte Iris. »Vielleicht ist es ganz gut, dass ich keine Kinder habe.«

»Ja, ähnlich denke ich manchmal auch.«

»Und deshalb nimmst du dich Mädchen wie dieser Felicitas an?«

»Vermutlich.«

»Nimmst du mich da auch mal mit?«

Sonja warf ihr einen scharfen Blick zu. »Wir werden sehen, eines nach dem anderen. Jetzt führe ich dich erst einmal in *diese* Welt ein.«

Iris kam nicht dazu, weiter nachzufragen, denn gerade betrat ein Senior den Raum, der händeringend darum bat, dass Sonja ihm Zigaretten und eine gute Flasche badischen Rotwein besorgen möge. Die Schwestern weigerten sich, weil er doch einen Schlaganfall gehabt habe. Sonja schmunzelte und versprach es ihm.

Iris notierte das Gewünschte, allerdings mit einem mulmigen Gefühl. »Ist das nicht schlecht für seine Gesundheit?«, fragte sie, als der alte Herr wieder aus dem Zimmer war.

»Doch«, sagte Sonja. »Aber ich glaube, ein freudloses Dasein ist ebenso schlecht für die Gesundheit. So, und jetzt zu Frau Schreiber. Sie wartet sicher schon.«

Frau Schreiber war eine zerbrechliche kleine Gestalt in einem großen weißen Bett, aber geistig wirklich fit. Ihre blauen Augen strahlten Sonja Vleiel an. »Ah, da ist er ja, mein Engel!«

Iris musste in den kommenden Tagen noch oft an diesen Blick denken. »Na, na, jetzt übertreiben Sie nicht, Frau Schreiber«, erwiderte Sonja Vleiel und lächelte der Seniorin zu.

Am Abend gab es nichts, was Iris Schotte hätte berichten können. In keinem Fall war es um Geld gegangen. Iris hatte fast den Eindruck, dass es wirklich Sonja Vleiels einziges Anliegen war, den alten Menschen zu helfen. Andererseits bestand die Möglichkeit, dass sie zunächst einmal getestet werden sollte, dass Sonja erst herausfinden wollte, inwieweit sie ihr trauen konnte, bevor sie sie in die Geheimnisse der finanziellen Beratungsleistungen einweihte. Es war allerdings ebenso gut denkbar, dass das nie passieren würde. Wenn Sonja Vleiel allein operierte und die betuchten Senioren grundsätzlich nur unter vier Augen auf Investitionsmöglichkeiten ansprach, konnte Iris nichts anderes tun, als zu hoffen, dass einer von Sonjas Schützlingen das Thema von sich aus anschnitt.

Wieder musste Iris daran denken, wie Sonja die Geschichte ihrer Mutter erzählt hatte. Das hatte falsch geklungen. Unecht.

***

Es war Sonntagabend, und Max Trautmann traute seinen Augen nicht. Oder besser: Er wollte ihnen nicht trauen. Da war er, ohne etwas Böses zu ahnen, hinaus auf seinen Balkon getreten, um ein wenig frische Luft zu schnappen, und was musste er sehen? Sein Gänseblümchen marschierte mit diesem Cossa in Richtung Laufenburger Rheinbrücke! Seite an Seite und ziemlich eng beieinander. Entschieden zu eng für seinen Geschmack. Sie lachte, es wirkte vertraut. Jetzt legte er sogar den Arm um ihre Schultern.

Max' Herz hüpfte frohlockend beim Anblick von Cossas Fauxpas. Gleich würde sie seinen Arm abschütteln, Abstand zwischen sich und ihn bringen. Sie mochte solche Zudringlichkeiten nicht.

Doch was tat sie? Nichts! Im Gegenteil, er hatte das Gefühl, sie schmiegte sich noch etwas näher an diesen Hochstapler. Jetzt sagte der Typ etwas. Und sie lachte schon wieder. Er sah inzwischen zwar nur noch ihren Rücken, doch er kannte sie gut genug, um das zu wissen.

Max kochte innerlich, er war verletzt, verzweifelt, verwirrt, alles miteinander. Das durfte sie nicht. Nicht mit diesem Heini, nicht mit einem Mann, der sie doch nur belog. Er musste mit ihr reden, schnellstens und unbedingt, ihr klarmachen, dass sie sich hier womöglich mit einem Heiratsschwindler einließ, einem Kriminellen. Vielleicht sogar einem Schwerkriminellen!

Schon im nächsten Moment wurde er von einer tiefen Resignation gepackt. Es nützte ja doch nichts, sie würde nicht zuhören. Er würde sie nie für sich erobern können. Nie. Der Gedanke machte ihn unendlich müde. Er spielte kurz mit der Überlegung, sich ins Bett zu begeben und nie wieder aufzustehen. Dann würde sie einen abgemagerten, ausgemergelten Max vorfinden, wenn sie irgendwann nach ihm schaute. Falls sie ihn überhaupt vermisste, was er noch nicht einmal für sicher hielt.

Er sah an sich herab, und sein Blick blieb an der markanten Rundung hängen, die sich unter dem blauen Hemd über der dunkelbraunen Cordhose abzeichnete. Bis die verschwunden, bis er ein ausgemergelter Max war, das dauerte ewig. Reiß dich am Riemen, Max, schalt er sich, hör auf mit diesem dämlichen Selbstmitleid.

Immerhin ging es ja nicht um ihn, sondern um sie.

Er wollte doch nur, dass sie glücklich war. Wenn es sein musste, dann eben mit einem anderen Mann. Er glaubte sich das selbst nicht so recht und fragte sich wieder einmal, ob sie ein Techtelmechtel hatte, von dem er nichts wusste, einen Liebhaber. Sie war noch nicht so alt. Sie musste doch auch das Bedürfnis nach Zärtlichkeit haben. Vielleicht hatte die Ehehölle der Eltern sie aber auch derartig traumatisiert, dass sie alle Männer mied. Dabei hätte er sie heilen können. Da war er sich sicher.

Aber es sollte nicht sein. Er wusste, sie glaubte noch immer, dass er einen Menschen getötet hatte. Sie sprachen nicht darüber. Aber er wusste es. Und auf eine gewisse Weise war er froh darüber. Was hätte er ihr sagen sollen? Sicherlich nicht die Wahrheit. Und eine Lüge würde ebenso zuverlässig zwischen ihnen stehen wie dieser unausgesprochene Verdacht.

Er wusste nur eines: Er würde sie beschützen. Er hatte damals versagt, bei Klara, seiner Stiefschwester. Sie war in den Tod gesprungen. Allein, verzweifelt. Er würde nicht noch einmal versagen bei einem Menschen, den er liebte.

Ob er den beiden folgen sollte? Wo wollten sie hin? Max lehnte sich über das schmiedeeiserne Balkongeländer, um besser sehen zu können. Ah, jetzt gingen sie die Stufen zum Chinesen hoch, der in den Räumen über der ehemaligen, längst aufgelassenen Laufenburger Zollstation seine Gäste bewirtete. Darunter, in der einstigen Zollstation, residierte schon seit einigen Jahren die »Galerie am Laufen«.

Über die alte Laufenbrücke fuhr seit Jahren kein Auto mehr. Max lebte jedoch lange genug auf der deutschen Seite der einst vereinigten Laufenburger Altstadt, um sich an die Abgase und an den Lärm zu erinnern, die durch die täglichen Karawanen der Pendler verursacht worden waren. Das war noch gar nicht *so* lange her. Zehn Jahre etwa. Es standen heute auch keine Zöllner mehr an der alten Brücke in die Schweiz. An der neuen weiter im Osten, außerhalb der Stadt, oft ebenfalls nicht. Für die Schweizer, die im nahen Laufenpark in einem der zahlreichen Discounter einkauften, gab es dort aber die Möglichkeit, die grünen Zettel vorzuweisen, die sie bei ihrem Einkauf bekamen, um sich die Mehrwertsteuer zurückzuholen.

Max musste unwillkürlich schmunzeln, als er daran dachte, wie der Brückenbau bundesweit – ach was, weltweit – in die Schlagzeilen geraten war. Das hing damit zusammen, dass die Eidgenossen und die Deutschen unterschiedliche Bezugspunkte für das hatten, was sie als Normalnull betrachteten. Für die Schweizer war es das Mittelmeer, für die Deutschen die Nordsee. Dazwischen bestand, rein rechnerisch gesehen, ein Unterschied von siebenundzwanzig Zentimetern. Die Planer – die Schweizer Planer übrigens, denn der Brückenbau war eine Sache der Schweiz gewesen – hatten diesen aber nicht ausgeglichen, sondern aus Versehen verdoppelt. Weshalb der Brückenbau, als er dann das deutsche Ufer erreicht hatte, vierundfünfzig Zentimeter zu hoch geendet und in der Luft gehangen hatte, bis die deutsche Zufahrtsstraße angepasst worden war.

Max grinste noch einmal. Die Erinnerung an diese Geschichte hatte ihn etwas entspannt, er konnte wieder klarer denken. Nicht viel, aber immerhin. Er beschloss, hier auf sie zu warten und zu ihr hinüberzugehen, wenn sie wieder daheim war. Aber was, wenn sie diesen Mann mit nach oben zu sich nahm? Ihm wurde übel bei dem Gedanken. Er musste die beiden unbedingt abpassen. Das durfte nicht geschehen.

Max rückte seinen alten und schon ziemlich ausgeblichenen Holzklappstuhl, einer von zweien, die sommers wie winters auf seiner Terrasse standen und so etwas wie das Zentrum seines »Gartens« darstellten, näher an das Geländer. Es wurde bald dunkel, und wenn sie mit diesem Typen zurückkam, würde sie nicht sehen, dass er auf sie wartete.

Zwei Stunden später, die Straßenlaternen waren längst angegangen, hätte er sie beinahe verpasst. Er war auf seinem Stuhl eingedöst. Ihr leises Lachen, gefolgt vom Murmeln einer Männerstimme, weckte ihn.

Er peilte vorsichtig über das Geländer. Da waren sie! Sie wirkten immer noch vertraut. Und was war das? Cossa zog sie an sich. Richtig nah. Ihr Körper an seinem Körper. Und sie? Was tat sie? Sie wehrte sich kein bisschen.

Der Stich der Eifersucht zog Max das Herz zusammen. Treulos, das war einfach treulos. Gleich darauf musste er sich eingestehen, dass er kein Recht auf sie hatte. Lieber Gott, mach, dass sie ihn nicht mit nach oben nimmt, betete er inbrünstig. Er, der überzeugte Atheist. Manchmal musste Mann halt nach jedem Strohhalm greifen.

Was war das nun wieder? Sie hob das Gesicht diesem Mann entgegen. Und dann! Max musste an sich halten, um nicht aufzuheulen: Sie ließ sich von ihm küssen, sie küsste ihn. Ewigkeiten! Schließlich, Max war kurz davor zu ersticken, so lange hatte er den Atem angehalten, löste sie sich von ihm, ganz sanft, und sagte etwas. Leise, zärtlich. Max konnte es nicht verstehen.

Cossa erwiderte etwas, er klang unverkennbar enttäuscht. Dann verneigte er sich elegant, griff nach ihrer Hand und küsste sie, formvollendet. In Max keimten Mordgelüste. Cossa wandte sich um und schlenderte in Richtung Parkhaus Rheinterrasse. Iris sah ihm hinterher, bis er verschwunden war, drehte schließlich den Kopf in Richtung Balkongeländer und schaute zu ihm hoch. »Sie können Ihren Beobachtungsposten jetzt verlassen und runterkommen, Trautmann. Wollen Sie noch ein Glas Wein?«

Max wäre am liebsten in Grund und Boden versunken. Er hätte am liebsten Nein gesagt und wäre ihr nie wieder begegnet. Oder frühestens in einem Monat. Aber das ging nicht. Er musste sie vor diesem Cossa warnen. »Ich, äh …« Er räusperte sich. »Ja, also, es ist heute so schön draußen …«

»Na gut, wenn Sie lieber Wurzeln schlagen und den Mond anglubschen wollen …«

»Es ist Neumond«, antwortete Max.

Sie seufzte und kramte in ihrer Tasche nach dem Schlüssel.

»Warten Sie, warten Sie, ich komme.«

»Bringen Sie Chips mit. Schokolade geht auch. Und beeilen Sie sich.«

Chips waren normalerweise ihr Seelentröster. Sie brauchte eine Aufmunterung? Die Säule auf Max' Hoffnungsbarometer schnellte hoch, blieb für einen Sekundenbruchteil in der oberen Hälfte der Skala stehen und wurde wieder zurückkatapultiert. Wie bei diesen Maschinen, die es auf Jahrmärkten gab. Wie nannte man die noch? Hau den Lukas. Er griff sich die Salzstangen aus dem linken oberen Küchenschrank über der Spüle, in dem er seine Vorräte aufzubewahren pflegte. Außer den Salzstangen befand sich nur noch eine Dose Ravioli darin. Vermutlich gefüllt mit Pferdefleisch, dachte er in Erinnerung an den diesbezüglichen Lebensmittelskandal, der durch die Presse gegangen war. Dann stürzte er die enge Treppe seines Altstadthauses hinunter und über die Straße.

Sie hatte vor dem Haus auf ihn gewartet. »Da sind Sie ja endlich.«

Er fand den vorwurfsvollen Unterton ungerecht, er hatte sich wirklich beeilt, sagte aber nichts.

»Wenn ich nicht solche Lust auf Schokolade oder Chips hätte, hätte ich Sie ohnehin ignoriert. Es gehört sich nicht, seinen Nachbarn nachzuspionieren.«

»Ich wollte nur etwas frische Luft schnappen!«

»Zweieinhalb Stunden lang? Passen Sie auf, dass Sie Ihre Lungen nicht mit zu viel Ozon füllen. Das könnte am Ende noch schädlich sein. Es beeinträchtigt manchmal die Fähigkeit, zwischen Wahrheit und Lüge zu unterscheiden.«

»Ich bin eingedöst«, erklärte er kläglich und hasste sich selbst dafür.

Sie sah ihn an. Max zog unwillkürlich den Kopf ein. Doch die erwartete Standpauke kam nicht. Sie fragte nicht, ob er eifersüchtig gewesen war. Sie sah ihn nur an.

Und wieder war da diese Gewissheit, die ihm zwischendurch immer wieder verloren ging, wenn er zweifelte, einsam und unglücklich war: Sie war ebenso einsam, sie war ebenso unglücklich. Und sie empfand dasselbe für ihn wie er für sie. Doch sie hatte auch diese tief sitzende Angst, verraten, verletzt, belogen zu werden.

Mit diesem Cossa konnte sie flirten, sich auch küssen lassen. Mit ihm konnte sie es nicht. Weil er ihr wirklich etwas bedeutete. Dieser Schmalzheini bedeutete ihr nichts. Das Band zwischen ihnen, es war da. Sie wussten es beide. Was sie jedoch noch immer nicht wussten, nach all den Jahren, war, wie sie damit umgehen sollten. Sie waren erwachsene Menschen, doch angesichts dieser widerstreitenden Gefühle hilflos wie kleine Kinder.

»Haben Sie wenigstens Chips oder Schokolade?«

Max hielt ihr das Paket mit den Salzstangen unter die Nase. Er sah genau, dass sie davon nicht begeistert war.

Doch sie nickte. »Na ja, wenn nun mal nichts Besseres da ist.«

Er war sich nicht sicher, ob sie ihn oder die Salzstangen meinte.

Ohne ein weiteres Wort stiegen sie Seite an Seite die Stufen zu ihrer Wohnung im ersten Stock empor.

Oben angekommen, meinte sie knapp: »Setzen Sie sich. Ich geh in der Küche den Wein und die Weingläser holen.«

Max war innerlich viel zu angespannt, um sich hinzusetzen. So legte er die Tüte mit den Salzstangen auf den Couchtisch. Nur, um sie loszuwerden. Dabei entdeckte er einen roten Schnellhefter. Er trug die Aufschrift »Sonja Vleiel«. Er konnte der Versuchung nicht widerstehen. Vom obersten Blatt starrte ihm das Gesicht eines Toten entgegen. Stiernackig, glatt rasierter Schädel.

»Wollen Sie auch noch mein Tagebuch lesen?«

Max fuhr herum, dabei segelte der Schnellhefter zu Boden und entließ seinen Inhalt. Das Foto einer Frau und das Foto des Toten zwischen Datenblättern. Er bückte sich eilig, um alles aufzusammeln, und entdeckte einen Fahndungsaufruf der Zürcher Kantonspolizei mit der Bitte um zweckdienliche Hinweise, wer der Unbekannte auf dem Foto sein könnte. Mit feuerrotem Gesicht legte er das Papier und die beiden Bilder wieder zurück in die Mappe und deponierte sie so vorsichtig auf ihrem Couchtisch, als wäre er ein rohes Ei. Dann schluckte er. »Tut mir leid. Berufskrankheit. Das müssten Sie ja nachvollziehen können. Und, äh, also …«, er beschloss, die Flucht nach vorne anzutreten. »Ähäm. Den Mann kenn ich.«

»Woher?« Sie stellte die Weingläser so heftig neben den Salzstangen ab, dass sie klirrten.

»Ich, also, ja, wie soll ich das sagen. Ich hab da neulich einen Spaziergang auf dem Rappenstein gemacht. Da kam mir ein Bentley mit Schweizer Kennzeichen entgegen. Der hat mich natürlich interessiert. Ich bin ein Autofan. Aber das wissen Sie.«

»Ja, und?«

»Ähm. Es fahren ja nicht so viele Bentleys hier herum. Da hab ich ihm nachgeschaut. Ähm.«

»Und?«

»Er hat vor einem Haus in der Le Croisicstraße gehalten. Ein Mann und eine Frau sind ausgestiegen und haben an der Tür geklingelt. Die Frau war sehr elegant, der Mann offensichtlich der Chauffeur. Er hat die Mütze abgenommen, ehe er der Dame die Tür zum Fond des Wagens öffnete.«

»Herrgott, Traumann, jetzt lassen Sie sich doch nicht jeden Wurm einzeln aus der Nase ziehen.«

»Na ja, der Chauffeur, das war der Mann auf dem Bild.«

»Sind Sie sicher?«

Max nickte unglücklich.

»Und in welches Haus sind sie gegangen?«

Max trat von einem Bein auf das andere. »Also, ähäm. In das Haus, in dem … jedenfalls kam der Herr heraus, mit dem Sie gerade …«

Sie schaute ihn fassungslos an. »Cossa?« Dann dämmerte es ihr. »Der Blumenstrauß! Sie waren gar nicht zufällig da, sondern haben mal wieder herumspioniert. Wie haben Sie ihn gefunden? Über die Telefonnummer in der Karte?«

»Der Typ kommt mir verdächtig vor«, polterte Max los, um seine Unsicherheit zu kaschieren. »Mit dem stimmt was nicht. Außerdem haben Sie einen neuen Fall. Geben Sie es zu. Ich merke das sofort, wenn Sie wieder einen neuen Fall haben.« Er war inzwischen zu dem Schluss gekommen, Angriff sei die beste Verteidigung.

»Es ist nicht zu fassen! Schon wieder mischen Sie sich in meine verdeckten Ermittlungen ein. Irgendwann fliege ich noch auf. Ihretwegen.«

Sie machte eine Pause. Er konnte sehen, wie sie mit sich kämpfte. Da war einerseits ihre Empörung, andererseits ihre Professionalität, die ihr sagte, dass er eventuell etwas beizusteuern hatte.

Die Professionalität gewann. »Also. Wer ist der Tote?«

Max fiel ein Stein vom Herzen, er schüttelte den Kopf. »Ich weiß es nicht. Aber ich habe mir das Kennzeichen gemerkt. Haben Sie einen Zettel?«

Sie wies auf die Mappe. »Schreiben Sie die Autonummer hinten auf das Bild. Und was haben Sie über Cossa herausgefunden?«

»Eigentlich nicht viel. Gerade genug, um zu bezweifeln, dass er wirklich Cossa heißt. Das Haus, in dem er wohnt, gehört laut Grundbuchamt nämlich einer Schweizer Aktiengesellschaft, angeblich mit Sitz in Zürich, die es wohl an einen gewissen Mendez untervermietet hat, Carlos Mendez. Zumindest steht der unter der Adresse im Einwohnermeldebuch. Die AG ist eine Treuhandgesellschaft, die online diverse Firmenmäntel zum Kauf anbietet. Pizzerien, Sportzentren und allerlei anderes. Allerdings konnte ich sie in den entsprechenden Onlineregistern für Firmen in der Schweiz nicht finden. Die Nachbarin hat erzählt, das Haus würde der Frau mit Chauffeur gehören, es würden aber ständig neue Leute dort auftauchen und eine Weile darin wohnen. Das ist alles sehr merkwürdig. Jedenfalls glaube ich, dass der Hauptsitz der AG gar nicht in Zürich ist. Der Name ist Cisa. Das ist eine Göttin der Sueben.«

»Die Nachbarin heißt Cisa?«

»Nein, die Aktiengesellschaft.«

»Eine Schweizer Aktiengesellschaft. Soso. Kennen Sie die Namen von Verwaltungsräten oder Anteilseignern?«

»Nein, weiter bin ich noch nicht gekommen. Soll ich ...?«

»Unterstehen Sie sich, überlassen Sie das den Profis.«

»Ich bin Profi, schon vergessen?«

Statt einer Antwort begann Iris, am Nagel ihres Zeigefingers zu kauen. Max ahnte schon, dass sie ihn gleich verabschieden würde. Sie kaute immer Nägel, wenn sie nachdachte. »Ehrlich gesagt, das hilft uns vielleicht wirklich weiter«, meinte sie schließlich überraschend ruhig. »Aber weil das so ist, muss ich Sie jetzt bitten zu gehen. Ich muss telefonieren.«

»Trinken wir keinen Wein mehr zusammen?«

Max sah das Blitzen in ihren Augen, als sie antwortete. Das war ihre Rache. Sie wusste genau, wie gern er noch etwas Zeit mit ihr verbracht hätte.

»Tja, das haben Sie sich selbst zuzuschreiben.«

Er meinte jedoch, neben der Ironie auch ein gewisses Bedauern im Klang ihrer Stimme auszumachen.

»Na, dann geh ich mal«, sagte er angelegentlich und konnte nicht verhindern, dass in seiner Stimme die Hoffnung mitschwang, sie möge ihn doch noch zurückhalten.

Sie tat es nicht.

***

Schott anrufen oder nicht Schott anrufen?, überlegte Iris, nachdem sich die Tür hinter Trautmann geschlossen hatte. Nein, sie hatte Lust auf eine freundliche Stimme, und Martin Felix war jetzt mit im Boot.

Iris blätterte in ihrem kleinen Telefonbüchlein, das sie immer bei sich trug. Sie hatte sich abgewöhnt, sensible Daten im PC zu speichern, nachdem Trautmann es bei ihrem letzten Fall doch tatsächlich geschafft hatte, sich in ihren Computer zu hacken.

Der Glückliche war sofort am Handy. »Du klingst kein Stückchen älter«, meinte er als Erstes.

Wie nett, dachte sie. Seit damals, seit seinem Abschied, waren sie per Du. Als sie noch zusammengearbeitet hatten, sie die Chefin, er der Untergebene, hatte sie auf Distanz bestanden. Trotz oder gerade wegen der ständigen gegenseitigen Sticheleien. Aber auch durch Sticheleien konnte man zu Freunden werden. »Schön, dich zu sprechen.«

Felix lachte leise. »Es liegt dir nicht, Komplimente zu machen. Was ist? Du hast bestimmt einen guten Grund, mich mitten in der Nacht anzurufen. Übrigens, ich freue mich sehr, dass wir wieder miteinander zu tun haben. Ich habe sogar vor, die Gelegenheit zu nutzen, um mal wieder an den Hochrhein zu kommen. Ich finde, wir sollten uns unbedingt wiedersehen. Ich will aber deine Arbeit nicht gefährden.«

»Das wäre schön«, meinte Iris von Herzen. »Und du gefährdest mich nicht. Wir treffen uns einfach irgendwo außerhalb von Laufenburg, wo mich niemand kennt. In Jestetten vielleicht, was hältst du davon?«

Sie hörte erneut sein leises Lachen. Warum nicht *er*? Warum konnte es nicht *er* sein? Das wäre so einfach, so vertraut. Sie wusste, auch er war so etwas wie ein einsamer Wolf, sehnte sich wie sie nach einer beständigen Beziehung und blieb doch allein. Trotz seines guten Aussehens, trotz seiner Manieren, trotz des guten Geldes, das er verdiente. Viele Frauen hatten sich schon um Martin Felix bemüht. Er war selten öfter als dreimal mit einer ausgegangen. Iris hatte sich ab und an gefragt, ob der Glückliche schwul war. Oder bi. Sie würde sich nicht danach erkundigen. Wenn er wollte, dass sie es wusste, würde er es ihr sagen. Er war ein Freund. So, wie er war. Und er nahm sie, wie sie war.

»Ui, so viel Sehnsucht nach mir?«

»Eingebildeter Fatzke.«

»Frau Terheyde, wie ich sie kenne und liebe. Also, was ist?«

»Hat Schott dir schon von dem zu verfolgenden Mailwechsel zwischen einer gewissen Felicitas Körber und Sonja Vleiel erzählt?«

»Hat er. Ich bin dran. So schnell geht das mit dem Ausspähen privater Mails aber nicht. Das ist bei uns ein bisschen anders als bei der NSA. Seit mehr und mehr über die Rolle unseres Verfassungsschutzes im Abhörskandal der Amerikaner durchsickert, gehen wir lieber dreimal auf Nummer sicher und holen uns die entsprechenden Genehmigungen. Das LKA hat aber etwas herausgefunden, was dich interessieren dürfte: Es existiert eine Akte Felicitas Körber. Sie und eine andere junge Frau sind auf der Friedrichshafener Uferpromenade, ganz in der Nähe eines Eiscafés, wie hieß das noch mal, ah ja, ›Dolomiti‹, mit Messern aufeinander losgegangen. Laut Zeugenaussagen haben sie sich dabei übel beschimpft. Es schien um Fremdenfeindlichkeit zu gehen. Jedenfalls hat die Körber das andere Mädchen ›Judentussi‹ genannt. Eine Nadine Seibold.«

»So? Interessant«, meinte Iris. »Und ist diese Nadine Seibold Jüdin?«

»Ist sie nicht. Dafür hat sie Felicitas Körber ›Islamistenschlampe‹ geschimpft. Wir wissen nicht, warum, keines der beiden Mädchen hat einen entsprechenden Hintergrund. Sie stammen beide aus Lörrach und sind sogar miteinander verwandt. Die Eltern scheinen anständige Leute zu sein. Die Väter sind Vettern. Betreiben zusammen ein Lörracher Autohaus. Nach der Auseinandersetzung haben die Eltern die Mädchen auf der zuständigen Polizeiwache in Friedrichshafen abgeholt. Sie waren völlig aus dem Häuschen über das Verhalten ihrer Töchter und beteuerten immer wieder, die beiden Mädchen seien doch eigentlich Freundinnen. Außerdem hat keine der beiden Parteien Anzeige erstattet. Da hat die Polizei sie laufen lassen. Wegen des möglichen fremdenfeindlichen Hintergrunds wurde aber der Verfassungsschutz eingeschaltet. Der Kollege Schütte ist damit befasst.«

Iris nickte, obwohl Felix das am Telefon natürlich nicht sehen konnte.

»Nach den ganzen Fahndungspannen bei den NSU-Morden …«, fuhr Felix fort, doch Iris unterbrach ihn.

»Du meinst die Zwickauer Terrorzelle beziehungsweise den Prozess Zschäpe, der gerade läuft?«

»Ja, genau. Nach diesen Fahndungspannen hält Schütte es für sinnvoll, einmal mehr nachzuhaken, besonders wenn es sich um eine Angelegenheit aus der rechten Ecke oder dem islamistischen Spektrum handeln könnte. Bisher ohne greifbares Ergebnis.«

»Hm. Ich hätte da noch ein Anliegen. Es gibt offenbar eine Schweizer Aktiengesellschaft namens Cisa. Kannst du herausfinden, wer da so alles im Verwaltungsrat sitzt? Und was die Herrschaften wirklich treiben? Soweit ich weiß, bieten die auf ihrer Homepage Firmenmäntel an.«

»Mach ich. Ich informiere auch den Kollegen Schott. Sobald ich etwas habe, melde ich mich.«

»Schott? Das sollte ich vielleicht selbst machen, ich hab da ohnehin was mit ihm zu besprechen. Ach, ich hätte noch eine Bitte. Könntest du Trautmann vielleicht daran hindern, wieder heimlich Ermittlungen aufzunehmen? Oder dich zumindest in seinen Computer hacken, damit wir wissen, was er so treibt?«

»Wie? Mischt er sich schon wieder ein?«

»Das tut er. Und ich hab Angst, dass ich durch seinen Eifer womöglich enttarnt werde.«

»Mädchen, das geht nicht, ich kann nicht einfach so bei jemandem einen Trojaner einschleusen.«

»Na komm. Es geht immerhin um einen verdeckten Einsatz. Ich weiß, ihr habt da Spielräume. Was ist, wenn ich auffliege, weil Trautmann einen Fehler macht? Weiß der Teufel, was in unserem Fall auf uns zukommt. Einen Selbstmord hat es schon gegeben.«

»Du willst jetzt aber nicht sagen, dass du selbstmordgefährdet bist.«

»Man weiß nie, die Seele spielt zu den unmöglichsten Gelegenheiten verrückt.« Sie kicherte leise.

»Das ist allerdings wahr. Du solltest mit so einem Thema aber nicht spaßen. Da hab ich keinen Humor. Schon gar nicht, wenn es um dich geht.«

Iris fühlte, wie ihr das Herz warm wurde. »Machst du's? Er hat sich schließlich schon einmal in meinen PC gehackt. Was, wenn ihm das wieder gelungen ist?«

»Ich werd sehen, was ich tun kann«, sagte Felix nach einer Pause.

»Danke«, erwiderte sie leise.

Nachdem Iris aufgelegt hatte, wählte sie sogleich die nächste Nummer. Schott meldete sich mit verschlafener Stimme. »Müssen Sie denn nicht morgens früh aufstehen?«, meinte er anklagend.

»Doch.« Dann wiederholte sie, was sie schon Felix erzählt hatte, und fügte an: »Ich habe womöglich einen Hinweis auf den Toten, der in der Limmat gefunden wurde. Ich dachte, das würden Sie schnellstens wissen wollen. Ein Nachbar, der heute bei mir zu Besuch war, hat ihn in ein Haus gehen sehen, das in der Le Croisicstraße liegt, einer Schweizer Aktiengesellschaft namens Cisa gehört und an einen gewissen Carlos Mendez untervermietet sein soll. Felix kümmert sich schon um die Cisa. Der Typ ist zusammen mit einer Frau in einem Bentley vorgefahren, wohl als ihr Chauffeur. Ich schicke Ihnen gleich eine SMS mit dem Kennzeichen. Und geöffnet wurde den beiden von einem Herrn, den ich zusammen mit dem DRK als angeblichen Herznotfallpatienten ins Bad Säckinger Krankenhaus gebracht habe und der mir seitdem ziemlich heftig den Hof macht. Ein gewisser Baldassare Cossa.«

»Ziemlicher Zufall, das.«

»Allerdings. Das Dumme ist nur, dass ich nicht an Zufälle glaube.«

»Ich kümmere mich drum«, sagte Schott. »Ich werde die Kollegen vom Revier Laufenburg in die Le Croisicstraße schicken. Sie sollen mit dem Bild des Toten die Nachbarschaft abklappern und natürlich bei den Bewohnern des Hauses selbst nachhaken. So, jetzt gehen Sie aber endlich schlafen. Hin und wieder brauche ich nämlich auch meine Nachtruhe. Und zwar genau jetzt.«

Damit klackte es in der Leitung. Schott hatte mal wieder ohne Abschied aufgelegt.

***

Am Montagmorgen wählte sich Trautmanns Modem nicht mehr ins Netz ein. Er probierte es einige Male, dann steckte er es aus. Das Ding hängte sich manchmal auf. Er steckte es wieder ein. Es funktionierte immer noch nicht. Also telefonierte Max mit seinem Provider. Um tatsächlich jemanden zu erreichen, musste er mit Hilfe der Telefontasten verschiedene Fragen vom Band abarbeiten. »Wenn Sie ein Loch in der Leitung haben, wählen Sie die Eins«, murmelte er vor sich hin. Dieses Spielchen kannte er schon von früheren Telefonaten. Endlich bekam er eine Verbindung zu einem lebendigen Menschen. Die Frau versprach sogar überraschend schnelle Abhilfe, es befinde sich ein Techniker ganz in der Nähe. Sie machten einen Termin für den frühen Nachmittag aus. Zur Sicherheit, falls der Techniker früher kommen sollte, ließ Max seinen Morgenkaffee im »Rebstock« ausfallen, auch sein Morgenschwätzchen im Laden von Ursula Bauer und seine morgendliche Zeitungslesetour im Buchladen von Linda in der Andelsbachstraße. Was ihm ziemlich gegen den Strich ging. Nicht allein, dass er in Sachen Cisa nicht weiterkam, sein ganzer Tagesplan geriet deswegen durcheinander. Max mochte es, wenn er sich auf bestimmte, lieb gewonnene Abläufe einstellen konnte.

Die Stunden verstrichen, ohne dass der angekündigte Techniker erschien. Max fühlte, wie der Frust einen Kloß in seinem Magen bildete, woraufhin er ein gewisses Trockengefühl im Mund verspürte. Er schaute auf die Uhr. Es war bereits nach achtzehn Uhr. Der angekündigte Techniker hatte bestimmt längst Feierabend gemacht. Ob er noch einmal beim Provider anrufen sollte? Nein, besser morgen. Noch mehr Frust verkraftete er nicht.

Gemäß der alten Trautmann-Weisheit: »Wenn es dir schlecht geht, tu dir etwas Gutes«, beschloss er, so richtig fein essen zu gehen. Mit Vorspeise, Hauptgang, Dessert, dazu den passenden Wein. Aufgrund der Vermächtnisse von zwei lange vor ihrer Zeit verstorbenen Frauen konnte er es sich leisten. Die eine war seine Stiefschwester Klara gewesen. Sie hatte reich geheiratet. Die andere seine Ehefrau, mit deren plötzlichem und sehr unglücklichem gewaltsamem Ableben er aber nichts, also rein gar nichts zu tun gehabt hatte. Das wusste selbst das Gänseblümchen.

Ach, das Gänseblümchen. Wie schön wäre es, sie beim Essen dabeizuhaben. Er schaute hinüber zu ihrer Wohnung. Ob sie da war? Und wenn sie wieder diesen Cossa traf? Als er ihr von ihm erzählte, hatte sie nicht mit der Wimper gezuckt.

Nein, Schluss, er musste damit aufhören, sich die beiden in inniger Umarmung oder sogar gemeinsam im Bett vorzustellen. Sonst verlor er noch den Verstand.

Max beschloss, sich nach Rheinfelden zu begeben, obwohl er eigentlich nicht gern Auto fuhr. Aber heute war ihm danach. Vor anderthalb Jahren hatte er sich nach langer Fahrabstinenz einen alten grünen Citroën Berlingo gekauft, einen aus der ersten Generation, und für das Auto einen Platz auf dem Unterdeck des nahen Parkplatzes »Rheinterrasse« gemietet. Er war nun Privatdetektiv, und als solcher konnte er schlecht auf den öffentlichen Personennahverkehr vertrauen, viele Überwachungen erfolgten nachts. Da war der Personennahverkehr so gut wie nicht existent. Ein Citroën Berlingo war es deshalb geworden, weil es im Laufenburger Osten ein Citroën-Autohaus gab. Und Grün hatte es sein müssen, weil er diese Farbe liebte, die Farbe der Hoffnung.

Doch wohin? Zum Italiener ins Haus Salmegg am Rheinfelder Zoll? Nein, das würde ihn nur deprimieren, dort hatte er sein erstes und sehr missglücktes Date mit dem Gänseblümchen gehabt. Aber ein Italiener, das wäre schon etwas. Max liebte Pizza. Und Nudeln. Überhaupt alles, was kalorienreich war. Da immerhin hatte er eine Gemeinsamkeit mit Iris. Das war überhaupt eines der Dinge, die er an ihr mochte: dass sie genießen konnte, rückhaltlos. Von einem Moment auf den anderen verwandelte sich dann ihr Gesicht, wurde weich und irgendwie glücklich. Er lächelte bei dem Gedanken, als er ins Auto einstieg, und noch während der ganzen Fahrt.

Am Ende landete er mangels einer besseren Idee dann doch im »Ristorante i Fratelli« im Haus am Salmegg direkt am Grenzübergang ins Schweizer Rheinfelden. Auch weil es nicht weit davon entfernt Parkplätze gab. Außerdem war das Essen hervorragend.

Er hatte keinen Tisch bestellt, doch zu seinem Glück gab es noch einen nicht reservierten Zweiertisch ziemlich weit hinten. Trotzdem wäre Max beinahe rückwärts wieder aus dem Restaurant gegangen. Denn an einem der anderen Tische, direkt an der Fensterfront zum Rhein hin, saß ein Herr, den er nicht mochte:

dieser italienische Schmierenheini Cossa. Und wie es schien, baggerte er gerade eine mittelalterliche Dame an. In Max stieg die Galle hoch. Hatte er es sich doch gedacht, der Typ war ein Heiratsschwindler. Mindestens. Seine Mutter war das jedenfalls nicht. Es musste eine Art Blind Date sein, denn auf dem Tisch stand eine Vase mit zwei roten Rosen. Das sah schon sehr nach einer ersten Verabredung aus. Ob Cossa noch ganz altmodisch Anzeigen aufgab? Oder auf Anzeigen antwortete? Max nahm sich vor, sich einmal näher mit dem Thema Partnerschaftssuche zu beschäftigen. Und vielleicht sollte er das seinem Gänseblümchen auch mitteilen. Womöglich wurde sie dann ja ihrerseits ein wenig eifersüchtig. Ach, das wäre zu schön.

Während Max bestellte, zunächst Antipasti, danach Spaghetti mit Trüffeln und zum Nachtisch ein richtig schön dick machendes Eis mit Schlagsahne, beobachtete er Cossa und seine Angebetete. Die beiden wirkten auch auf den zweiten Blick nicht so, als würden sie sich gut kennen, sondern eher wie zwei Menschen, die einander abtasten und versuchen herauszufinden, ob es Gemeinsamkeiten gibt. Cossa lächelte, zwinkerte, flirtete, was das Zeug hielt. Sie blieb eher zurückhaltend. Max fand sie mit jeder Minute sympathischer.

Ein Windstoß fuhr durch den Raum. Zwei Frauen kamen ins Restaurant, und Max merkte auf. Die eine war die elegante weißhaarige Dame, die er neulich vor Cossas Haus gesehen hatte. Sie war in Begleitung einer schlanken, auf rotblond getrimmten Mittdreißigerin. Als Cossa die beiden erblickte, zuckte er zusammen und wurde bleich. Im selben Augenblick hatte die elegante Dame ihn entdeckt. Ihr Blick wurde hart, um gleich darauf gleichgültig über Cossa und seine Begleiterin hinweg in Richtung Kellner zu schweifen. Kein Zeichen des Erkennens.

Merkwürdig. Es sah fast so aus, als wäre diese Begegnung nicht geplant gewesen und diesem Cossa sehr unangenehm. Interessant, interessant. Der Kellner führte die beiden Frauen zu einem anderen Tisch weiter hinten am Fenster und nahm das Schildchen mit der Aufschrift »Reserviert« fort.

Cossa fühlte sich auch jetzt noch sichtlich unwohl. Er rutschte unruhig auf seinem Stuhl hin und her, wirkte wie einer, der nach einer Ausrede suchte, um schnell aufzubrechen. Und tatsächlich: Er sah auf seine Uhr, legte etwas auf den Tisch und verabschiedete sich hastig. Seine Begleiterin saß da wie bestellt und nicht abgeholt. Wahrscheinlich dachte sie, es sei ihre Schuld, dass ihr Begleiter so überstürzt aufgebrochen war.

Hm. Vielleicht konnte ihm Cossas sitzen gelassene Tischdame bezüglich dieses Typen weiterhelfen? Aber wie kam er an sie heran?

Max beschloss, es zu wagen. Er war kein guter Frauenanmacher, aber es musste sein. Er stand auf, ging an ihren Tisch und verneigte sich leicht. »Gnädige Frau, bitte entschuldigen Sie, dass ich Sie anspreche. Ich kam nicht umhin zu bemerken, dass Ihr Begleiter eilig aufbrechen musste. Da Sie nun auch allein sind, würde ich mich freuen, Ihnen noch eine Weile Gesellschaft leisten zu dürfen. Ich für mein Teil hatte einen wirklich schlechten Tag. Ich würde mich gleich besser fühlen, wenn mich eine bezaubernde Dame anlächeln würde. Würden Sie?«

Und tatsächlich, sie lächelte.

11

Am Donnerstag konnte Iris kaum noch laufen. Sie wagte es nicht einmal, nach unten zu schauen. Sie konnte sich nicht erinnern, dass ihr die Beine jemals so wehgetan hätten. Selbst nach mehr als einer Woche Dienst im Krankenhaus hatten sie sich nicht mit der vielen Lauferei abgefunden. Ihre Fußballen brannten trotz der neuen Birkenstock-Schlappen. Das nahm sie den Dingern regelrecht übel. Die Anschaffung war ein Verzweiflungsakt gewesen. Eigentlich hasste sie Birkenstock-Sandalen. Aber die meisten Krankenhausmitarbeiter trugen welche, und angesichts ihrer malträtierten Füße und Beine war es ihr unerlässlich erschienen, sich welche zu kaufen. Nur wofür? Ihre Fersen waren trotz des so hochgepriesenen Fußbetts inzwischen vermutlich völlig verschwunden, ihre Waden ebenfalls. Sie ging auf den Kniekehlen. Ach, ein Königreich für ein Bett! Nur einen kurzen Moment ausruhen und den Rücken entlasten, bevor die Abendroutine begann: Medikamente verteilen, Essen und was noch so alles, ehe das Krankenhaus und die Patienten endlich zur Ruhe kamen. Noch wuselten überall in den Gängen die Besucher herum.

Sie schaute ins Schwesternzimmer. Es war leer. Iris setzte sich auf einen der Stühle. Es war nicht erlaubt, aber sie legte trotzdem kurz die Beine hoch und seufzte vor Erleichterung. Ihr Blick fiel auf eine Handtasche auf dem Nebenstuhl. Groß, braun, oben mit Reißverschluss und Tragegriff, auch als Rucksack zu verwenden. Die gehörte Sonja Vleiel.

Iris nahm die Beine wieder herunter, sah sich um, öffnete den Reißverschluss und fegte die Tasche mit einer energischen Bewegung vom Stuhl. Der guten Ausrede wegen. Der Inhalt ergoss sich über den Boden. Iris bückte sich zufrieden und begann, die Tasche wieder einzuräumen. Das Portemonnaie enthielt achtzig Euro und Briefmarken sowie eine EC-Karte der Hochrheinkasse. In der Brieftasche fand sich ein deutscher Personalausweis, ausgestellt auf Sonja Vleiel, geboren in Zürich, Adresse: Im Dorf in Bad Säckingen.

Dann entdeckte Iris die Rechnung von einem gewissen »Versand 88« für dreißig T-Hemden. T-Hemden? Welch seltsame Wortwahl. Normalerweise hieß so was doch T-Shirts. Und wieso brauchte Sonja Vleiel gleich dreißig davon? Wollte sie einen Klamottenhandel aufmachen? Iris suchte auf der Rechnung nach der Anschrift des Versandhauses, konnte aber nur ein Postfach in Lörrach und eine Internetadresse entdecken.

Schließlich fiel ihr noch ein Briefumschlag in die Hand. Absender war ein Senioren-Informationsdienst SID. Aber hoppla, das war doch einer der beiden Namen, die im Zusammenhang mit der Abzocke alter Leute aufgetaucht waren? Der andere lautete »Abendrot«. Für den sollte Sonja ja angeblich tätig sein.

Der Brief war noch zugeklebt. Ob sie ihn öffnen sollte? Lieber nicht. Eine Adresse war auf dem Umschlag nicht angegeben. Ob dieser Senioren-Informationsdienst tatsächlich etwas mit diesem ominösen Sparverein »Abendrot« zu tun hatte? Arbeitete Sonja am Ende für beide Abzock-Vereine?

Iris betrachtete nachdenklich den Brief. Hoffentlich konnte sie sich das alles merken. Vielleicht schrieb sie sich die Daten besser auf. Auf dem Schreibtisch waren doch immer Stifte und irgendwelche Zettel. Aber dazu musste sie aufstehen. Ihr Rücken schmerzte schon allein bei dem Gedanken.

»Was machst du denn da mit meiner Tasche?«

Iris sah hoch. Sonja Vleiel stand im Türrahmen, die Stirn in Falten gelegt. Ihre Augenbrauen bildeten eine ungewohnt harsche, gerade Linie. »Es tut mir so leid, Sonja, ich wollte mich nur mal kurz hinsetzen und hab einen Stuhl vom Tisch weggezogen, und da ist deine Tasche runtergefallen. Ich hatte sie nicht gesehen.«

Sonja starrte Iris noch einen Moment an, dann verschwand das Misstrauen aus ihrem Blick. »Ist doch nicht schlimm, das kann ja immer mal passieren. Ich muss wohl vergessen haben, den Reißverschluss zuzumachen. Wie ist es, treffen wir uns heute wieder nach dem Dienst im ›Flora‹?«

Iris stöhnte, sie musste sich noch nicht einmal sehr anstrengen, um völlig fertig zu wirken. »Ich würde so gern. Aber ich glaube, ich sollte heute so früh wie möglich ins Bett. Meine Beine tun weh, meine Füße spüre ich kaum noch. Im Grunde weiß ich nicht, ob ich nicht schon auf den Knochen laufe.«

Sonja lachte und ging neben Iris in die Hocke, um ihr beim Einsammeln der restlichen Gegenstände zu helfen: ein Haustürschlüssel, der Autoschlüssel, Wimperntusche, ein Kamm, ein Paket Papiertaschentücher und eine Cremetube. Letztere reichte sie Iris. »Hier, nimm das, reib dir deine Beine damit ein. Und besorg dir ein Fußbad in der Apotheke. Ich kenne das auch, am Anfang ist es schrecklich. Aber man gewöhnt sich nach und nach dran. Du wirst sehen, es wird besser. Übrigens, hast du am Wochenende Zeit? Es soll traumhaftes Wetter werden. Ich treffe mich mit einigen Freunden in der Nähe von Solothurn. Willst du nicht mitkommen? Nette Leute. Die würden dich bestimmt interessieren.«

»Wenn ich dann wieder laufen kann.«

»Wirst du. Und wenn nicht, verpassen wir dir eine so wunderbare Fuß- und Beinmassage, dass du danach regelrecht durch die Gegend schwebst.«

Iris musste lachen. »Na, wenn das so ist, komme ich gern mit.«

Später am Abend stellte Iris fest, dass sie nicht gelogen hatte, was ihren körperlichen Zustand betraf. Doch sie hatte keine Chance, sich zu entspannen, denn sie hatte eine Verabredung mit Felix. Endlich. Vielleicht gab es Neuigkeiten, die es ihr gestatteten, den Einsatz im Krankenhaus bald zu beenden. Bisher hatte Schott sie beim täglichen Anruf immer nur abgewimmelt. Nichts Neues, Vorschriften, grenzüberschreitende Stockungen, was auch immer. Was machten die denn da beim LKA in Stuttgart, während sie sich abschinden musste? Die saßen an ihren Schreibtischen und hatten gut vor sich hin bummeln, während sie schon auf den Kniekehlen ging.

Glücklicherweise hatte Felix einem Treffen im benachbarten »Rebstock« zugestimmt und nicht, wie ursprünglich angedacht, auf einer Lokalität in Jestetten bestanden. Das wäre vielleicht keine ganz kluge Wahl gewesen, aber sie sah sich einfach außerstande, noch so weit zu fahren. Und es würde schon gut gehen. Der Glückliche war in Laufenburg kein bekanntes Gesicht. Und Trautmann würde hoffentlich nicht ausgerechnet an diesem Abend im »Rebstock« sitzen. Sonst mischte er sich am Ende noch in ihr

Gespräch ein. Und das wäre absolut nicht in ihrem Sinne. Auch nicht in dem von Felix.

Iris entdeckte ihren ehemaligen Assistenten draußen auf dem Rheinbalkon des Lokals. Er saß an einem Zweiertisch direkt an der Hauswand. Sie hätte einen der Tische am Geländer vorgezogen. Von dort aus hatte man einen wunderbaren Blick über den Rhein auf die Schweiz. Nach Osten hin sanft geschwungene Hügel, Wiesen und Waldstücke, das Freibad und die Hochrheinbrücke. Wer mit Blickrichtung gen Westen saß, schaute auf die Schweizer Altstadt von Laufenburg, die Burgruine und die meist fröhlich wehende gelbe Fahne mit dem roten Habsburger Löwen. Weiter unten am Burgberg thronte barock die reformierte Kirche St. Johann, und darunter staffelten sich am Fels entlang die mittelalterlichen Häuser bis hinunter zum Marktplatz und zu der alten, mit Blumenkübeln versehenen Laufenbrücke, die das badische Laufenburg mit dem Schweizer Ortsteil verband. Doch diese Tische waren alle besetzt.

Felix entdeckte sie nicht gleich, er sah gedankenverloren auf das Tischtuch. Worüber er wohl nachgrübelte? Iris ging etwas schneller. Ja, das war der Glückliche, wie er leibte und lebte, er schien einfach nicht älter zu werden.

Wann hatten sie sich zuletzt gesehen? Das musste etwa zwei Jahre her sein. Damals, als es um den Fall des »Wächters« und dessen Bombendrohungen gegen Umweltfrevler gegangen war. Insbesondere das geplante Pumpspeicherwerk Atdorf hatte den »Wächter« erbost. Inzwischen wackelten diese Pläne gewaltig, denn der größte Partner, RWE, hatte sich zurückgezogen. Ja, so änderten sich die Zeiten. Und während bei ihr die Falten immer tiefer wurden, war Felix' dunkler Schopf noch immer dicht, sein Kinn noch immer energisch männlich, sein Hinterteil vermutlich noch immer knackig. Aber er saß drauf, also konnte sie das nicht erkennen. Und er war noch immer lässig-geschmackvoll gekleidet, heute mit einem weiß-blau gestreiften Hemd mit offenem Kragenknopf, darüber trug er eine hellbraune Wildlederjacke, die seine dunkelbraunen Augen betonte und die leicht, knuffig und teuer aussah, vermutlich aus Kalbs- oder Ziegenleder. Iris verstand nicht so viel von Lederjacken. Das Ensemble wurde durch eine Jeans komplettiert – und durch jene Ruhe, die er ständig auszustrahlen schien, und die sie früher in den Wahnsinn getrieben hatte. Inzwischen wusste sie, dass er dahinter nur eine gewisse Unsicherheit verbarg.

Als ob er ihre Nähe gespürt hätte, schaute Martin Felix hoch. Seine Augen leuchteten auf. Er erhob sich. Iris strahlte, ihre Grübchen erschienen. »Schön, dich zu sehen«, sagten beide wie aus einem Mund und mussten lachen.

Er machte eine einladende Handbewegung. »Hunger? Durst?«

Da kam auch schon die Bedienung, sie brachte die Speisenkarte. Iris lächelte ihr entgegen. Annegret Bender mochte um die vierzig sein. Sie arbeitete schon seit Jahren im »Rebstock«, war immer freundlich und professionell und, wenn Zeit war, auch einem kleinen Schwätzchen nicht abgeneigt. Iris fragte sich unwillkürlich, ob ihr abends auch die Füße wehtaten. Vermutlich.

Annegret Benders Blick blieb für einen Moment am Glücklichen hängen. Ob sie ihn erkannte? Kaum. Das war einfach die Wirkung, die er auf alle Frauen hatte.

»Und, was Neues?«, fragte er, nachdem sie sich gesetzt hatte.

»Ja, es gäbe da einiges zu überprüfen. Der Name Sonja Vleiel sagt dir ja bereits was, nicht wahr?«

»Das ist die Dame, auf die du angesetzt wurdest. Eine Krankenschwester, die sich als ehrenamtlicher Seniorenengel ausgibt und womöglich alte Menschen um ihr Vermögen prellt. Die Genehmigung, ihren Mailverkehr zu durchforsten, müsste übrigens bald eintrudeln. Tut mir ja leid, dass es ein bisschen dauert. Wenn wir etwas Konkreteres gegen sie in der Hand hätten als einen Verdacht und die Aussage dieser alten Dame, Frau Schulz, wäre es leichter gewesen, sie zu bekommen.«

»Hoffentlich wissen wir bald mehr. Ich treffe sie zwar öfter im Krankenhaus, hab allerdings noch nicht herausfinden können, wer ihre Hintermänner sind beziehungsweise ob sie überhaupt welche hat. Wir haben uns bereits angefreundet, aber ich wollte das Thema nicht zu früh ansprechen, um keinen Verdacht zu erregen. Dafür habe ich heute interessante Sachen in ihrer Handtasche gefunden. Eine Rechnung von einem Unternehmen namens ›Versand 88‹ über dreißig ›T-Hemden‹, wie es kryptisch heißt, und einen Brief von einem Senioren-Informationsdienst, kurz SID, den ich aber nicht lesen konnte. Er war noch zugeklebt. Und dann kam auch schon Sonja dazu. Sie hätte mich beinahe erwischt.«

»Na, das ist aber doch schon was. Vielleicht hat der Seniorendienst etwas mit diesem ominösen Sparverein ›Abendrot‹ zu tun.«

»Ja, das wäre möglich. Es ist schon das zweite Mal, dass uns der SID unterkommt. Eine gewisse Daniela Schön hat Anzeige erstattet, weil ihre pflegebedürftige Mutter diesem Dienst nach und nach ihr gesamtes Vermögen überwiesen hat. Schott hat mit ihr gesprochen. Das müsstest du auch in den Akten finden.«

»Gut, ich kümmere mich darum. Und ich sag's dem Kollegen Schott. Du musst also nicht mehr mitten in der Nacht bei ihm anrufen.« Felix grinste.

Iris kam nicht mehr dazu zu antworten.

»Darf ich Ihnen vielleicht schon etwas zu trinken bringen?«, unterbrach die freundliche Annegret Bender ihr Gespräch.

»Ich hätte gern eine Apfelsaftschorle«, antwortete Felix.

»Und ich einen Grauburgunder, haben Sie einen da?«

»Leider nein, aber einen wunderbaren Spätburgunder, Jahrgang 2011 aus ökologischem Anbau. Ein trockener Rosé aus Baden, vom Tuniberg im Breisgau, falls Ihnen das etwas sagt.«

Iris hatte keine Ahnung von Weinen. Aber das hörte sich gut an. »Gern.«

»Und, gibt es sonst etwas Neues?«, fragte sie nun ihrerseits, sobald Annegret Bender gegangen war.

»Allerdings, ich bringe so einige Neuigkeiten. Wir sind an anderer Stelle ein ganzes Stück weitergekommen.«

»Nun spann mich nicht auf die Folter. Herrje, meine Füße und mein Rücken tun schon weh genug.«

»In Ordnung. Also, zuerst zu diesem Toten aus der Limmat. Wir wissen jetzt, wer er war. Er heißt, oder besser hieß, Oleg Katuschin. Dein Hinweis beziehungsweise die Beobachtungen von Trautmann und der Aufruf der Zürcher Kantonspolizei in Facebook haben den Durchbruch gebracht. Es hat sich ein Zeuge gemeldet, der den Mann kennt. Katuschin lebte in Rheinfelden. Was er machte, wovon er gelebt hat, konnte uns der Zeuge allerdings nicht sagen, nur, dass er wohl einen irgendwie russischstämmigen Hintergrund hat. Als wir ankamen, war die Wohnung von oben bis unten durchwühlt. Jemand hat dort händeringend etwas gesucht. Schubladen rausgerissen, Regale leer geräumt, das volle Programm. Derjenige hat das, was er suchte, wie ich hoffe, nicht gefunden. Dafür sind wir fündig geworden. Katuschin lebte in einer Altbauwohnung. Die Decke des Schlafzimmers war abgehängt. Nicht viel, vielleicht zehn Zentimeter. Das fiel auf den ersten Blick gar nicht auf. Jedenfalls war in der Decke eine Platte eingefügt, dahinter lag ein Hohlraum. Ein raffiniertes Versteck, bei Tageslicht kaum zu erkennen. Die Leute von der Spurensicherung haben gute Augen, sag ich dir. Also, langer Rede kurzer Sinn – wir haben Katuschins Laptop. Unter den Papieren am Boden haben wir außerdem seinen russischen Pass gefunden. Den hat der Eindringling womöglich übersehen. Oder er war ihm nicht wichtig. Unsere Nachforschungen haben ergeben, dass Katuschin 1999 ein Kämpfer in den Reihen der tschetschenischen Separatisten gewesen sein könnte, der vor der Verfolgung der Behörden nach Deutschland floh. Muslim. Weil er außerdem deutsche Vorfahren hat, konnte er ohne Probleme bleiben. Ich bin dabei, seinen Computer auszuwerten, oder besser, ich versuche es. Ich habe lange gebraucht, um das Passwort zu knacken. Und als wir drin waren, haben wir festgestellt, dass alle Dateien, aber auch wirklich jede einzelne, verschlüsselt sind. Nun versuchen wir, den Code zu knacken. Doch das kann dauern, der Mann war ein Profi, wie es aussieht.«

»Das finde ich aber ziemlich verdächtig.«

»Allerdings. Und dann die blauen Flecken.«

»Ist er gefoltert worden?«

»Nein, dem vorläufigen Bericht der Rechtsmedizin zufolge sieht es eher so aus, als habe ihn jemand getreten, als er am Boden lag. Dieser Jemand scheint sehr wütend gewesen zu sein.«

»Todesursache?«

»Wissen wir noch nicht. Die Rechtsmediziner sitzen ja in der Schweiz. Und von da bis zu uns dauert es halt manchmal etwas länger. Nicht, dass die Kollegen nicht wollten, aber auch sie haben ihre Vorschriften.«

»Hm. Vorschriften können ziemlich eng ausgelegt werden. Besonders, wenn der Zuständige die Deutschen nicht mag. Da greift dann auch die Vernunft nicht mehr. Solche Aversionen soll es bei den Eidgenossen ja geben. Vermutlich, weil wir uns zu ähnlich sind. Die eigenen Fehler stören einen am anderen immer besonders. Geht uns ja ebenso.« Iris schmunzelte, wurde aber gleich darauf wieder ernst. »Tschetschenienkämpfer, sagst du? Ein Muslim, ja?«

»Bei einem ehemaligen Separatisten dürfte es sich um einen fanatisierten Muslim handeln.«

»Wie kommst du zu dieser Schlussfolgerung?«

»Na ja, der zweite Tschetschenienkrieg begann – nach einigen Terroranschlägen auf russischem Territorium – damit, dass wahhabitische Einheiten unter Schamil Bassajew und Ibn al-Chattab in Dagestan einmarschiert sind, um es einem islamisch-fundamentalistischen Kalifatstaat anzuschließen. Das konnte Putin natürlich nicht dulden.«

Iris begann, am Nagel ihres rechten Mittelfingers zu kauen. »Komisch.«

»Was ist komisch?«

»Na ja, Trautmann hat den Mann als Chauffeur einer eleganten Dame mit Bentley und Schweizer Kennzeichen eingestuft. Er behauptet, sie sei die Chefin einer Treuhandfirma namens Cisa, der auch das Haus gehört. Und Treuhandfirmen investieren bekanntlich in die verschiedensten Bereiche. Ein Terrorist, der die Besitzerin einer Schweizer Treuhandfirma durch die Gegend chauffiert? Diese Kombination gibt mir zu denken. Hatte der Typ hier in der Region etwas vor? Plante er einen Anschlag? Andererseits würde ein Islamist die Hinweise auf seine religiösen Überzeugungen doch nicht so offensichtlich aufbewahren, dass sie leicht zu finden sind, und gleichzeitig seine Dateien so sorgfältig verschlüsseln. Vielleicht *sollten* wir den Pass ja entdecken, sollen glauben, dass er etwas mit der islamistischen Szene zu tun hat.«

Der Glückliche schaute nachdenklich. »Ich verstehe, was du meinst. Könnte eine reine Ablenkungstaktik gewesen sein. Der Pass ist jedenfalls echt. Das haben wir überprüft. Es ist natürlich nicht auszuschließen, dass das gar nichts zu bedeuten hat, dass wir tatsächlich zu viel hineininterpretieren. Andererseits, wenn er tatsächlich ein Attentäter ist …«

»Dann haben wir ein Problem. Trotzdem, seine Tätigkeit für

die Chefin der Cisa scheint mir hier die wesentliche Rolle zu spielen. Womöglich ist Katuschin aus einem ganz bestimmten Grund als Chauffeur in die Firma eingeschleust worden. So eine Treuhandfirma könnte doch auch für Kriminelle interessant sein, die Schwarzgeld waschen wollen, oder nicht? Das Thema hatten wir schon im Zusammenhang mit den geprellten Senioren. Oder noch anders: Vielleicht sind die von Cisa mit ihren Investitionen jemandem auf die Füße getreten oder haben einen Kunden nicht ordentlich bedient, dessen Schwarzgeld nicht gut genug versteckt, und nun ist der sauer?«

»Ja, Geldwäsche ist sicher ein Aspekt. Das LKA ist noch dran, da wir bei der Überprüfung der Firma mit den Schweizern zusammenarbeiten müssen …«

»Ich weiß schon, die Vorschriften.«

»Genau. Übrigens hat Max Trautmann …«

»Oh, ich hörte meinen Namen. Was hat Trautmann?« Ein Schatten fiel auf ihren Tisch. »Ah, die alten Kollegen beisammen, das ist ein Anblick, der mir lange nicht mehr vergönnt war.«

Iris und der Glückliche schauten hoch. »Der Herr Detektiv! Wie lange belauschen Sie uns schon?«, fragte Felix amüsiert. »Ja, ich besuche eine ehemalige Kollegin. Wir wollten mal wieder ein bisschen plaudern. Über alte Zeiten.«

Trautmann grinste. »Ich, lauschen? Nie und nimmer. Plaudern, soso. Geben Sie sich keine Mühe, ich weiß …« Er brach abrupt ab, Iris hatte ihm einen zornigen Blick zugeworfen.

»Und was machen *Sie* hier?«, wollte Felix wissen.

Max Trautmann griff in seine Umhängetasche und zog einen Laptop hervor. »Arbeiten. Ich habe den ›Rebstock‹ zu meinem Büro erklärt. Seltsamerweise komme ich daheim nämlich nicht mehr ins Netz, und das schon seit Montag.« Sein Blick blieb an Felix hängen. »Haben Sie mir vielleicht einen Rat? Ich hörte, Sie kennen sich da aus.«

Iris horchte auf. Trautmann sagte das mit so einem seltsamen Unterton. Ob der Glückliche dahintersteckte, dass Trautmann nicht mehr ins Internet kam? Sie hatte ihn schließlich gebeten, ihren selbst ernannten Beschützer von weiteren Nachforschungen abzuhalten.

Felix feixte. »Wieso sollte ich? Haben Sie Ihren Provider angerufen?«

»Natürlich. Doch der Techniker hat mich heute schon zum zweiten Mal versetzt. Da bin ich losgezogen und habe mir dieses Ding gekauft. Hier im ›Rebstock‹ haben sie ja WLAN. So kann ich wenigstens recherchieren.«

»Na, Sie sollten hier aber keine Bankgeschäfte machen, das ist nicht sicher, die Leitung ist offen wie ein Scheunentor. Bei einem so bekannten Detektiv, wie Sie inzwischen einer sind, könnte es doch durchaus sein, dass sich jemand für die Daten Ihrer teils sicher recht namhaften Klienten interessiert. Wie läuft denn das Geschäft? Recherchieren Sie gerade etwas Bestimmtes?«

»Über meine aktuellen Klienten werde ich Ihnen bestimmt nichts sagen. Das verstehen Sie sicher. Aber vielleicht habe ich trotzdem etwas, das Sie beide interessieren könnte.«

Felix und Iris schauten Trautmann erwartungsvoll an.

»Wollen Sie mich nicht einladen, mich zu Ihnen zu setzen?«

»Also schön. Holen Sie sich einen Stuhl«, meinte der Glückliche.

»Ich finde, es wird langsam ziemlich eng hier«, murrte Iris.

»Danke, dass Sie mich so nett einladen«, erwiderte Trautmann strahlend und ging zum Nebentisch. »Kann ich diesen Stuhl haben?«

Die Herrschaften, ein junges Paar, das heftig turtelte und seine Umwelt bis auf diese Unterbrechung kaum wahrnahm, hatte keine Einwände.

Felix und Iris schauten schweigend zu, wie Max Trautmann den Stuhl an ihren Minitisch zog und sich setzte. Auch Annegret Bender sagte nichts, obwohl sie nun ziemliche Mühe hatte, sich zu den anderen Tischen durchzuzwängen, denn Max hatte aufgrund seines Körperumfanges eine ziemlich raumgreifende Sitzweise.

Der Glückliche fand eine Lösung: »Rücken Sie doch durch auf meinen Platz«, meinte er freundlich. Trautmann nahm das Angebot sofort an.

»Und, was jetzt?« Iris hielt es nicht mehr aus.

»Also, ähäm.« Trautmann konnte seine Befriedigung über ihr Interesse nicht ganz verbergen. Iris hätte sich dafür, dass sie es gezeigt hatte, am liebsten in den Bauch gebissen.

Wieder half Felix: »Jetzt bin ich aber schon neugierig, Herr Trautmann.«

»Ja, ich habe da neulich eine Dame getroffen, ganz zufällig. Am Montagabend, um genau zu sein. Sie saß mit einem gewissen Baldassare Cossa beim Essen in Rheinfelden. In ebender Lokalität, in der auch ich speisen wollte. Frau Terheyde kennt das Restaurant übrigens ebenfalls. Wir haben da mal gemeinsam gegessen. Aber das ist Jahre her. Der Italiener im Haus zum Salmegg. Sie erinnern sich?«

Iris kniff die Lippen zusammen.

»Jedenfalls, die Dame und dieser Cossa saßen da. Und dann musste er ganz plötzlich aufbrechen. War ziemlich auffällig. Da dachte ich mir, es wäre vielleicht nicht schlecht, etwas mehr über den Mann zu erfahren, und habe mit der sitzen gelassenen Dame ein Gespräch angefangen. Eine sehr charmante Frau, das muss ich schon sagen. Wir haben uns für nächste Woche wieder verabredet.«

Iris registrierte den prüfenden Blick sehr wohl, den Trautmann ihr zuwarf, um ihre Reaktion auf die angekündigte Verabredung herauszufinden. Sie bemühte sich um eine unbewegte Miene. Aber recht war es ihr nicht, wie sie sich eingestehen musste.

»Und warum fanden Sie, dass Sie mehr über Cossa wissen sollten?«, erkundigte sich der Glückliche.

»Ich hab bei diesem Typen ein ziemlich komisches Gefühl. Wenn Sie meine unmaßgebliche Meinung hören wollen, handelt es sich bei Baldassare Cossa – es tut mir leid, Frau Terheyde, dass ich das schon wieder sagen muss – um einen ganz windigen Zeitgenossen, einen Hochstapler, womöglich sogar um einen Heiratsschwindler. Es würde mich nicht wundern, wenn sogar schon diesbezügliche Anzeigen von enttäuschten Frauen bei der Polizei eingegangen sind. Hier, ich habe den Namen und die Adresse der sitzen gelassenen Dame notiert. Könnte doch eine Zeugin sein. Zur gefälligen Verwendung.« Trautmann schob Felix den Zettel hin und warf Iris einen Blick zu.

Felix nickte, Iris blieb weiter stumm.

Trautmann seufzte und fuhr fort. »Also, ich habe die Dame angesprochen, und wir haben sehr nett geplaudert. Sie hat mir erklärt, dass besagter Herr sich ihr nicht als Cossa, sondern als

Carlos Mendez vorgestellt hat. Das ist – für mich wenig überraschend – der Name des Mieters eines bestimmten Hauses auf dem Rappenstein. Frau Terheyde hat Ihnen sicher davon erzählt.«

Felix schaute nur.

»Ja, wenn Sie nicht mehr wissen wollen … Ich hätte da nämlich noch etwas zu erzählen. Aber da Sie zu glauben scheinen, dass ich nicht vertrauenswürdig bin …«

Iris und der Glückliche seufzten unisono. »Wir werden es wohl auch dieses Mal nicht schaffen, dass er sich raushält«, meinte Felix schließlich zu Iris.

»Da hast du wohl recht. Und bevor ich durch ihn noch auffliege, sollten wir diesen aufdringlichen Herrn vielleicht besser einbeziehen.«

»Die letzten Male hat er uns ja auch geholfen«, meinte Felix.

»Sehen Sie?« Trautmann sah plötzlich sehr zufrieden aus. »Vielleicht könnten Sie mich, ehe ich weiterrede, zunächst über die Hintergründe aufklären.«

Iris gab dem Glücklichen einen Wink, dass er das übernehmen sollte. Felix tat es, so knapp wie möglich, erzählte nur, dass es wohl in erster Linie um Internetbetrug gehe und darum, alten Menschen ihr Vermögen mittels eines angeblichen Sparvereins abzuluchsen. Es bestünde der Verdacht, dass eine gewisse Sonja Vleiel involviert war, Krankenschwester in Bad Säckingen und selbst ernannte Leiterin eines Besuchsdienstes. Weshalb Iris jetzt im Krankenhaus arbeite, um ihr Vertrauen zu gewinnen. Bei einem Einsatz habe sie Cossa kennengelernt, der aber ihres Wissens nichts mit der ganzen Angelegenheit zu tun hatte. Allerdings sei es schon seltsam, dass er in seiner angeblichen Wohnung nicht gemeldet war.

»Und dass er womöglich mehrere Namen verwendet. Das tun Leute, die etwas zu verstecken haben. Insbesondere Heiratsschwindler. Falls eine geprellte Dame gegen Carlos Mendez Anzeige erstatten sollte, stoßen die Ermittler erst einmal nur auf einen Herrn gleicher Statur und gleichen Aussehens namens Cossa.«

»Hm. Mendez heißt der eigentliche Mieter, sagten Sie? Nun, dann ist es wohl an der Zeit zu überprüfen, ob Cossa und Mendez nicht ein und dieselbe Person sein könnten«, meinte Felix.

»Das sehe ich auch so.« Trautmann sah aus wie eine Katze, die gerade Sahne geschluckt hat. »Doch zurück zu dem, was Sie mir erzählt haben: Sie haben sich also auf die Spur des Geldes und der Hintermänner dieser Frau Vleiel begeben?«

»So ist es. Aber wir sind noch nicht sehr weit«, antwortete Felix.

»Und was haben *Sie* jetzt noch beizusteuern?«, erkundigte sich Iris.

»Wie ich schon sagte, die Dame, die sich mit Cossa respektive Mendez getroffen hat, wurde sehr plötzlich sitzen gelassen. Ich ahne auch, warum. Er hat sich nämlich ziemlich erschrocken, als eine sehr elegante Dame, die ich übrigens dem schon erwähnten Bentley habe entsteigen sehen, in Begleitung einer jüngeren Frau das Restaurant betrat. Kurz darauf ging er.«

»Eine elegante Dame – nun sagen Sie bloß noch, dass Sie auch wissen, wie sie heißt.«

»Schwalbe, Gertrud Schwalbe«, erklärte Trautmann und warf Iris einen triumphierenden Blick zu. »Sie ist die Vorstandsvorsitzende dieser ominösen Schweizer Aktiengesellschaft namens Cisa. Das habe ich noch herausgefunden, ehe mein Internetzugang zusammengebrochen ist. Ich bin ja eigentlich hergekommen, um weiter zu recherchieren.«

Es war Trautmann deutlich anzusehen, dass er die Situation in vollen Zügen genoss. »Sie werden verstehen, dass ich Ihnen keine Namen nennen kann, aber ich kenne da ein paar Leute in Hackerkreisen. Mit dieser Schweizer Aktiengesellschaft ist es jedenfalls so eine Sache. Die Cisa verkauft Firmenmäntel …«

»Das wissen wir«, sagte Iris, doch Max ignorierte den Einwurf: »… und ist unter anderem an einem Internethandel beteiligt, der sich ›Versand 88‹ nennt – wenn Sie mich fragen, sind die in der rechten Ecke anzusiedeln. Die verkaufen T-Shirts, auf denen ›Nationalisten‹ steht, und Klamotten von Marken wie ›Nordic Pride‹ oder ›Ansgar Aryan‹. Die sind, wie ich inzwischen weiß, in der rechten Szene sehr beliebt. Außerdem ist der Versandfirma ein kleiner Verlag mit Sitz in Lörrach angegliedert. Der bietet so Esoterikzeug an, aber auch Literatur, die man ebenfalls der rechten Szene zuordnen könnte, zum Beispiel einen sogenannten ›Rechtsratgeber für nationale Aktivisten‹. Und wofür 88 steht, das wissen Sie?«

»Klären Sie uns auf«, forderte Iris, die sofort an die Rechnung in Sonja Vleiels Handtasche dachte.

»Es steht für ›Heil Hitler‹. H ist ja der achte Buchstabe im Alphabet.«

»Also haben wir es womöglich mit einer rechtsradikalen Gruppierung zu tun.« Iris begann mit nachdenklicher Miene am Nagel ihres Zeigefingers zu kauen.

»Gertrud Schwalbe ist übrigens Schweizerin, lebt in Zürich und ist – zumindest dem Auto nach – nicht ganz arm. Mehr weiß ich allerdings noch nicht über sie. Sie scheint die Anonymität zu lieben.«

»Ich denke, die Schweizer Kollegen können uns da weiterhelfen«, sagte der Glückliche.

»Haben Sie mittlerweile eigentlich herausgefunden, wie der Tote hieß? Ich meine den Mann, den ich mit Gertrud Schwalbe in Rappenstein gesehen habe.«

»Er hieß Katuschin, Oleg Katuschin. Soweit wir inzwischen wissen, war er ein Moslem, aber mit deutschen Vorfahren. Er scheint in den Neunzigern in Tschetschenien an der Seite der Separatisten gekämpft zu haben. Vielleicht liegt da auch das Mordmotiv.«

Iris kaute jetzt am Ringfinger. »Ach, bevor ich es vergesse, Trautmann, das wollte ich schon die ganze Zeit fragen: Wie sah denn die Frau aus, in deren Begleitung Gertrud Schwalbe war?«

»Mitte dreißig, rotblond gefärbt. Sie hat dunkle Strähnen, ist schlank, lachte viel und offenbar gern. Ach, von ihr habe ich übrigens auch ein Bild bei Ihnen gesehen, in der Mappe, die mir so unglücklich heruntergefallen ist.«

»Sonja Vleiel«, sagten der Glückliche und Iris wie aus einem Mund.

Iris machte sich dazu so ihre Gedanken, sprach sie aber nicht aus. Sie würde später mit dem Glücklichen und Schott darüber reden. Trautmann musste ja nicht alle ihre Überlegungen mitbekommen. Was hatten eine elegante Schweizerin mit Bentley, ihre Firma Cisa, deren Anteile an einem mutmaßlich rechtsgerichteten Versandunternehmen mit angegliedertem Verlag, ein hochstaplerischer Verehrer, ein toter Tschetschenienkämpfer mit deutschen Vorfahren, der dem Islam anhing, eine betrügerische

Krankenschwester, ein Mädchen namens Felicitas, der Sparverein »Abendrot« und der Senioren-Informationsdienst miteinander zu tun? Mal von den Personen abgesehen, bei denen die Fäden offenbar zusammenliefen, da sie sich kannten: Cossa/Mendez, Gertrud Schwalbe, Katuschin, Sonja Vleiel. Wie die in diese Runde passte, war ihr allerdings am allerwenigsten klar.

★★★

»Wieso haben Sie den Laptop aus Katuschins Wohnung nicht sofort gesichert?« Die Stimme klang ausgesprochen verärgert. »Auf dem Gerät sind hypersensible Daten.«

Cossa alias Mendez bekam eine Gänsehaut, er zog die Schultern hoch. Die Kälte kroch durch das Handy, den Arm hoch und weiter in die Brust, dann in den Bauch und übers Rückgrat in seinen Kopf. Nein, *sie* würde niemals auf diese Weise mit ihm reden. Am anderen Ende der Leitung sprach ein Mensch, mit dem ihn nur die gemeinsame Überzeugung verband, ein gemeinsames Ziel, und dem er ansonsten völlig gleichgültig war, der ihn ohne Skrupel würde über die Klinge springen lassen, wenn er nicht spurte. »Wieso, ich hatte doch gar keinen Aufräumdienst?«

»Oh doch, den hatten Sie sehr wohl! Sie als Sicherheitschef unserer Organisation haben den Notfallplan für etwaige Probleme mit einem unserer Mitarbeiter schließlich selbst entworfen. Wozu bezahle ich Sie? Sie werden nachlässig, Mendez. Das werde ich nicht dulden. Das könnte alles gefährden, was wir in den letzten anderthalb Jahren so mühsam aufgebaut haben.«

»Ich …«

»Versuchen Sie sich nicht in weiteren Ausreden. Das ist erbärmlich. Katuschin hat das getan. Er hat mich belogen, hat versucht, mich für dumm zu verkaufen. Lügner und Versager mag ich nicht.«

»Entschuldigung. Ich werde das wiedergutmachen.«

»Das würde ich Ihnen auch dringend raten. Sie haben sofort Gelegenheit dazu. Denn jetzt, wo die Polizei Katuschins Computer hat, könnte es eng werden. Gut, ich glaube nicht, dass die es schaffen, den Verschlüsselungscode zu knacken, das müsste mit dem Teufel zugehen. Aber wir brauchen Sicherheit. Denken Sie,

Sie schaffen es, diese Kommissarin umzudrehen, damit sie Ihnen erzählt, was wir wissen müssen? Eine verliebte Frau ist zu vielem fähig.« Die Stimme lachte blechern und leise.

»Natürlich«, sagte er fest. »Das ist nur eine Frage der Zeit. Wenn ich sie erst im Bett habe, wird sie mir aus der Hand fressen.«

»Zeit haben wir nicht, es muss möglichst schnell gehen. Machen Sie Druck. Lassen Sie durchblicken, dass es noch andere gibt, machen Sie sie eifersüchtig. Herrgott, *Sie* sind der Verführer, Sie müssen doch selbst wissen, wie das geht.«

»Selbstverständlich. Machen Sie sich keine Sorgen.«

»Sie sollten übrigens aufpassen, dass Ihnen hinsichtlich Ihrer Weibergeschichten nicht der Gaul durchgeht. Ich will nicht, dass Sie sich übernehmen. Die Kommissarin hat absoluten Vorrang. Sie sind in Rheinfelden mit einer anderen Frau gesehen worden.«

Er fröstelte erneut. Hatte Gertrud Schwalbe das weitergetragen? Oder Sonja? Kannten die beiden am Ende die Identität der Stimme? Wieso schwiegen sie dann ihm gegenüber? Ausgerechnet *ihm* gegenüber?

»Hat es Ihnen die Sprache verschlagen?«

»Verzeihen Sie, nein. Die Frau, mit der ich gesehen wurde, ist das geborene Opfer. Und sie hat eine Menge Geld. Hunderttausend lassen sich aus ihr locker herausholen.«

»Das Geld können wir brauchen, nachdem dieser Esel von Katuschin das Gold verloren hat. Heuert zwei absolute Volltrottel an, die nichts Besseres zu tun hatten, als sich zu besaufen, sobald die Barren in der Schweiz waren. Kein Wunder, dass der Bauamtsleiter und sein Mitarbeiter das Gold in der Zwischenzeit gefunden haben. Es ist nicht zu fassen, dieser Dilettant! Und Sie empfehlen uns einen solchen Mann auch noch. Der Organisation ist dadurch ein immenser Schaden entstanden. So etwas darf nie wieder vorkommen. Achten Sie künftig besser darauf, welche Leute Sie auswählen.«

»Das werde ich.«

»Gut, Sie bekommen noch eine Chance. Eine einzige. Und es ist besser, Sie versagen nicht.«

12

Libes Tagebuch,

13. September 1946

jetzt hab ich schon ganz lange nicht mehr geschrieben. Es war aber auch so viel los. Wir sind immer noch in der Villa der russischen Frau. Inzwischen weiß ich auch, das wir in Laufenburg sind. Aber wir kennen hier nicht viele Leute, Mama sagt, es ist beser, wir machen nicht zu sehr auf uns aufmerksam. Aber ich wolte dir ja erzählen, was hier so alles los ist.

Zuerst ist Karl gekommen, er ist so alt wie ich und ganz tapfer. Sein Papa sitzt im Gefängnis, und das nur, weil er an dasselbe glaubt wie mein Papa. Stell dir das mal vor. Seine Mama ist tot. Und jetzt ist er ganz allein. Er kommt mit uns, sagt Mama. Onkel Volker hat nämlich eine neue Familie für ihn gefunden. Ich sol mir ein Beispiel an Karl nehmen, sagt Mama. Der weint gar nicht. Dabei weine ich doch auch nicht. Ich hab doch dich, libes Tagebuch. Blos Mama weint die ganze Zeit.

Außerdem ist es schön, das Karl jetzt da ist. Der spielt mit mir Verstecken oder Fangeles im Garten der Villa. Er tut imer, was ich sage, schaut mich mit so Glubschaugen an und sagt, er wil mich heiraten, wenn wir mal gros sind. Das ist mir aber egal. Ich wil nich heiraten. Aber ich spiele gern mit ihm. Manchmal ist er das Pferd und ich der Reiter. Dan knalle ich mit der Peitsche und gebe Kommandos. Das gefält ihm besonders.

Ich hab das schon vermist, das ich keine anderen Kinder zum Spielen habe. Das ich nicht in die Schule gehen kan, ist dagegen nicht so schlimm. Mama sagt, das kan ich alles nachholen, wenn wir in unserer neuen Heimat angekommen sind. Sie will mir blos nicht sagen, wo das ist.

Ich weiß es aber trotzdem. Es ist nämlich ein Brief angekommen an eine Familie Schlottauer. So heißen wir nicht, aber ich weiß, das Mamas Mama früher so geheißen hat. Mama sagt, es ist besser für Papa, wen nicht jeder weiß, wer wir sind. Und das es auch nicht mehr lange dauern kan, bis wir bei Papa sind. Ich hab den Brief auf Mamas Nachttisch liegen sehen und genau gemerkt, das das die Schrift von Papa ist. Da hab ich ihn heimlich gelesen.

Papa schreibt, das er auf uns wartet, das alles vorbereitet ist und das bald Nachricht kommt, wie wir über den Rhein komen. Das Wasserkraftwerk, das gar nicht weit weg ist, hat einen Übergang in die Schweiz. Den habe er genutzt. Aber das sei inzwischen schwierig, deswegen müssen wir vielleicht mit dem Boot fahren. Die Brücke könnten wir jedenfalls nicht nehmen, das sei wegen der Zöllner zu gefährlich. Wir bekämen die Transitpapiere nämlich erst in der Schweiz, da gebe es eine Wohnung in der Marktgasse in Bern, die gehört Freunden. Was Transitpapiere sind, weiß ich aber nicht. Jedenfals, dort soll Mama uns hinbringen, da würden dan auch die Papiere liegen. Von da solen wir dann nach Zürich und den Flieger nehmen. Mama wisse ja wohin, er wole jetzt aus Sicherheitsgründen keine Namen nennen. Aber ich kan es mir denken, weil ich den Stempel der Briefmarke gesehen habe. Da stand Argentinien drauf.

Ich bin schon ganz aufgeregt und freue mich sehr auf die Bootsfahrt.

Bis bald, libes Tagebuch

Deine Trudi

13

Wider Erwarten genoss Iris den Ausflug am Samstag. »Wo geht es denn hin?«

»Wart es ab, eine Überraschung.« Sonja Vleiel klang fröhlich. Sie hatte Iris in einem offenen Audi Coupé in Laufenburg abgeholt – schick, weiß und offensichtlich relativ neu.

»Wow«, war es Iris herausgerutscht.

Worauf Sonja lauthals gelacht hatte. »Nein, nein, mach dir keine Illusionen, Krankenschwestern können sich so etwas nicht leisten. Der Wagen ist die Leihgabe einer Freundin. Du wirst sie heute kennenlernen. Sie ist ein ganz besonderer Mensch.«

»Das muss sie wohl sein, wenn sie ihren Freundinnen solche Autos leiht«, hatte Iris beeindruckt erwidert.

Nun saß sie in diesem Wagen, den Sommerwind in den Haaren, die Sonne im Gesicht, und ließ sich durch die herrliche Hochrheinlandschaft kutschieren. Sie hatten in Bad Säckingen die Grenze passiert und fuhren auf kleineren Straßen, die sie über die ersten Ausläufer des Schweizer Juragebirges ins Aargauer Hinterland führten: Kaisten, Frick, Wegenstätten. Es duftete nach Wiesen, Blumen, klarer Luft und Sommerfrische. In einigen Senken hatten Bauern Höfe gebaut, Pferde grasten auf den Koppeln, aber auch Rinder. Die Vögel zwitscherten, alles war grün, an den Obstbäumen, die verstreut in der Landschaft standen, hatten sich die ersten kleinen Früchte gebildet. Verschlungene Wege führten bergauf, hinein in dichte Wälder, die zumeist aus Fichten bestanden, aber auch aus Buchen und Eichen. Mal verstellte ihnen ein felsiger Hügel den Blick, dann wieder tat sich überraschend der Ausblick in ein Tal auf, durch das ein Bach über große Steine rauschte. Vorbei am eher kühl wirkenden Sissach mit seinem Gewerbegebiet ging es weiter, über Gelderkinden und Buckten, Dörfer wie gemalt, alte Häuser mit Geranien an den Fenstern.

Für die Menschen dieser Weiler hatte während des Zweiten Weltkrieges nie die Gefahr bestanden, in Grund und Boden gebombt zu werden. In der Schweiz war die Vergangenheit vielerorts lebendige Gegenwart. Mittelalterlich anmutende Gebäude hatten sich nahtlos durch die Zeit geschoben, in Erwartung der Zukunft. Diese Kontinuität war allerorten zu spüren.

Zwischen Hügeln eingebettet, die ihnen wie Wellen entgegenströmten, ein weiteres Dorf, ein kleiner Bahnhof an einer Schmalspurbahn. »Gleich sind wir da«, sagte Sonja. »Wir sind hier übrigens im oberen Frenkental, das gehört zu Basel Land.«

Iris lächelte ihr zu, nickte. Sie war zufrieden, bedauerte nur, dass die Fahrt sich dem Ende zuneigte. Sie hätte noch tagelang so weiterfahren können.

Nach einer Weile parkte Sonja den Wagen auf einem kleinen Marktplatz. »Ist es nicht schön?«

»Allerdings. Weißt du etwas über die Geschichte der Region?«

»Hab ich mir doch gedacht, dass dich das interessieren wird, vermutlich geht das bei jemandem, der in der Laufenburger Altstadt wohnt, auch nicht anders. Diese Gegend wurde früh besiedelt. Wahrscheinlich haben in der Gegend schon die Römer ein Fort zur Sicherung der Oberen Hauensteinstraße gebaut. Von hier aus kann man wunderbare Tageswanderungen unternehmen, über die Gerstelflue, den Schällenberg zum Chilchzimmersattel. Weiter Richtung Belchenfluh, Gwidem, Höchi Flue zur Tiefmatt und zur Roggenschnarz. Auf der Roggenflue hat man eine herrliche Aussicht ins Tal und auf die Alpen. Wenn du Lust hast, können wir hier ja mal wandern.«

Iris brummte etwas. Ihr war dieser Tage nicht nach Laufen. Doch das musste sie gleich darauf. Es ging durch ein schmiedeeisernes Tor und auf einem geteerten Weg am Westhang des Tales ein ganzes Stück bergauf.

Als Sonja schließlich sagte: »Wir sind da«, und mit dem Finger nach vorne wies, verschlug es Iris die Sprache, so fasziniert war sie vom Anblick, der sich ihr bot. Hinter alten Bäumen war unversehens eine wunderbar gepflegte weiße Gründerzeitvilla mit Erkern und einem Türmchen aufgetaucht, von einem italienischen Garten mit Wasserspielen umgeben. Und Iris, das Mädchen aus sehr einfachen Verhältnissen, wünschte sich spontan Vorfahren in jenem Großbürgertum, das es sich im späten 19. Jahrhundert hatte leisten können, solche Häuser zu bauen: Fensterläden, Sandsteinwände und ein Schieferwalmdach mit kunstvollen Dachaufsätzen und

Zinkblechzinnen, das sie an französische Schlösser der Renaissance erinnerte.

Sonja lachte, als sie ihr verzücktes Gesicht sah. »Ja, so habe ich bei meinem ersten Besuch auch gestaunt. Jetzt komm. Du musst erst mal sehen, wie toll es drinnen ist.« Damit steuerte sie auf ein rotes Sandsteintor zu und zog die stattliche alte Eichentür auf.

Sie betraten eine Art Windfang. Drei Schritte weiter erreichten sie zwei Pendeltüren, die den Weg zu einigen Treppenstufen freigaben, die in die etwas höher gelegene Eingangshalle führten.

Nun fiel Iris erst recht nichts mehr ein. Sie kannte sich in Baustilen nicht so aus, aber hier atmete alles noch den Stil des Erbauers. Das geschnitzte Treppengeländer, die Fliesen, die Ornament-Tapeten im Jugendstil, die wunderbare hölzerne Kassettendecke ... Sie wäre gern einfach nur dagestanden und hätte geschaut.

Doch sie kam nicht dazu. Eine schlanke weißhaarige Dame schwebte die wuchtige Holztreppe herunter. Sie schien den zwanziger Jahren entstiegen zu sein, war völlig in helles Beige gekleidet, ihr seidenes Blusenkleid umspielte die Beine. Darüber trug sie eine leichte Jacke aus demselben Material. Dazu die beigen Pumps, der sorgsam frisierte Bubikopf, kaum Falten und junge Augen – so müsste man aussehen, wenn man um die sechzig war! So alt jedenfalls schätzte Iris ihre Gastgeberin, die jetzt den Fuß der Treppe erreicht hatte und ihnen lächelnd entgegenkam. Sie konnte aber auch älter sein. Manche Menschen waren schlecht zu schätzen. »Sonja, wie schön! Und du hast einen Gast mitgebracht.«

»Iris, darf ich dir meine Freundin Gertrud Schwalbe und ihr Belisama-Zentrum für bewussteres Leben vorstellen? Wir vollziehen hier den spirituellen Weg der keltischen Druiden nach und beschäftigen uns mit ihrer uralten Heilkunst, so, wie sie in der Region schon im zweiten Jahrhundert vor Christus praktiziert wurde. Bei Frick und an vielen anderen Orten haben Archäologen Überreste von Dörfern der Rauraker ausgegraben. In Basel haben sie 1911 sogar die Reste einer hoch entwickelten Stadt entdeckt, das weißt du vielleicht. Und vom Castrum Rauracense bei Kaiseraugst hast du bestimmt auch schon gehört. Wir versuchen, an das alte Wissen anzuknüpfen und es für uns Heutige wieder erfahrbar zu machen.« Sonja wandte sich wieder der weißhaarigen Dame zu. »Herrin, das ist Iris Terheyde, wir arbeiten zusammen im Krankenhaus. Ich hatte das Gefühl, sie könnte zu uns passen. Denn sie ist ganz sicher eine Suchende.«

Als der Name Gertrud Schwalbe gefallen war, hätte Iris sich beinahe verschluckt. Gertrud Schwalbe, Vorstandsvorsitzende von Cisa. Sie hatte große Mühe, sich zu beherrschen und ein höflich-interessiertes Gesicht zu machen. Ihre anfängliche Begeisterung war binnen Sekunden auf den Nullpunkt abgekühlt.

»Sie wird finden«, sagte Gertrud Schwalbe im Tonfall einer Schweizerin, die Hochdeutsch spricht. Plötzlich erschien um ihren Mund ein harter Zug. Doch der verschwand so schnell wieder, dass Iris glaubte, sich getäuscht zu haben.

»Gertrud hat hier wahre Wunder vollbracht«, sagte Sonja. »Ich weiß nicht, wie vielen Menschen sie schon geholfen hat, die in einer tiefen Lebenskrise steckten, unter anderem auch mir. Wir lieben und verehren sie alle. Sie ist so etwas wie unser Schutzengel und ihre Villa ein ganz besonderer Rückzugsort. Wer Ruhe und Besinnung sucht, kann hier sogar wohnen.«

Iris hörte jetzt Stimmen, Gelächter, schaute sich um. Immer mehr Menschen, in den unterschiedlichsten Modestilen gekleidet, aber alle in Beige, traten durch die Türen an den Seiten der Halle oder kamen die Treppe herunter und versammelten sich vor einer doppelflügigen geschnitzten Eichentür zu Iris' Rechten.

Gertrud Schwalbe legte ihr leicht eine Hand auf den Arm, mit der anderen machte sie eine einladende Geste. »Bitte, kommen Sie doch mit. Es ist schön, dass Sie sich entschlossen haben, an unserer Meditation teilzunehmen. Wir freuen uns immer sehr über Gäste.«

Vor ihnen öffnete sich die Eichentür und gab den Blick in einen hohen Raum frei, der völlig mit beigen Kissen ausgelegt war. Iris sah Klangschalen, über denen sich Rauchfäden aus glühenden Weihrauchstäbchen in Richtung Decke schlängelten. Allerlei andere Duftnoten stiegen ihr in die Nase. Sie hörte psychedelische Musik. Weitere beige gekleidete Menschen mit beseeltem Gesichtsausdruck strömten an ihr vorbei und ließen sich auf den Kissen nieder. Iris und Sonja taten es ihnen nach.

Rings um sie herum waren in Abständen von etwa einem Meter Kupferschalen angeordnet, in denen sich getrocknete Kräuter befanden. An der Kopfseite des Raumes stand ein etwas erhöhter, fast thronartiger Sitz. Gertrud Schwalbe nahm darauf Platz. Iris hatte das Gefühl, in einer Art Kirche oder Sekte gelandet zu sein, in der Gertrud Schwalbe als Priesterin fungierte.

»Thig a-staigh! Fàilte«, sagte sie und hob die Hände.

»Das ist gälisch und heißt: Kommen Sie herein, willkommen«, flüsterte Sonja.

»Fàilte!«, echoten die Menschen im Raum.

Die Türen wurden geschlossen.

»Tha latha math an diugh«, sagte Gertrud Schwalbe. »Heute ist ein schöner Tag, denn wir haben einen Gast. Iris, ich hoffe, ich darf Sie so nennen, wollen Sie sich uns kurz vorstellen?«

Iris war überfordert. Was sollte sie sagen? Sie sei eine Suchende, hatte Sonja zur Einführung behauptet. Gut, also die alte Cover-up-Geschichte: »Ich heiße Iris, lebe allein und will mein Leben ändern. Deshalb habe ich ein Praktikum im Krankenhaus angefangen. Ich möchte etwas Sinnvolles tun, etwas, das die Gemeinschaft weiterbringt. Um ganz ehrlich zu sein, ich suche nach dem Sinn des Lebens, meines Lebens.« Iris verstummte, sie fand, sie hatte ihre Sache gut gemacht. Und so ganz unwahr war es ja auch nicht, was sie da gesagt hatte.

Die anderen Menschen im Raum nickten ihr zu. Viele lächelten. »Bratercatis pe iactis«, murmelten einige.

»Das ist gallisch-keltisch und heißt ›Bruderschaft und Grüße‹, raunte Sonja ihr zu.

*Bruder*schaft? Die alten Kelten hatten es wohl nicht so mit der Gleichberechtigung, dachte Iris.

»Vielen Dank, Iris. Das war eine gute Vorstellung«, lobte Gertrud Schwalbe sanft. Iris begann zu begreifen, wie diese Frau die Menschen in ihren Bann zog.

Auf Gertrud Schwalbes Zeichen wurden die Kräuter in den Schalen angezündet. Ein Iris unbekannter Geruch waberte schwer durch den Raum und legte sich über die Menschen. Sie hatte anfangs Mühe, nicht zu husten. Doch das gab sich.

Die Meditation dauerte eine halbe Stunde. Iris vermochte

danach nicht zu sagen, was genau geschehen war. Die sanfte, regelrecht hypnotisierende Stimme von Gertrud Schwalbe, die in einer fremden Sprache wiederkehrende Beschwörungsformeln sprach, die Kräuterdüfte, die Musik, die nach und nach von einem monotonen Trommeln im Rhythmus ihres Herzschlags abgelöst wurde – ganz gegen ihren Willen wurde Iris in eine Art Trance gezogen, aus der sie wieder aufschreckte, als sich die Menschen erhoben und inbrünstig ein Gebet sprachen, dessen Worte sie ebenfalls nicht verstand. Es schien aber so etwas wie ein »Mutter Unser« zu sein, gerichtet an eine Göttin mit dem Namen Belisama.

Sonja lächelte, als Iris sie auf der Heimfahrt danach fragte. »Das ist unsere Schutzpatronin, unsere Schutzgöttin, wenn du so willst. Gertrud ist ihre Hohepriesterin. Der Name Belisama bedeutet ›die Leuchtendste‹, ›die Strahlendste‹. Sie wurde in Gallien und Britannien als Göttin verehrt und war mit Seen und Flüssen, Handwerk und Künsten, Feuer und Licht verbunden. Sie war die Gefährtin des Belenos, das ist der Quell- und Heilgott der Kelten. Die Römer kannten ihn als Apollon. Der Name des Belchen bezieht sich darauf.«

»Du meinst *die* Belchen? Es gibt ja mehrere. Du sprichst doch von den Bergen, oder?«

»Natürlich. Du hast bestimmt schon vom magischen Belchen-Dreieck gehört.«

»Ganz am Rande«, musste Iris zugeben.

»Die drei Belchen, der deutsche, der französische und der Schweizer, hatten für unsere keltischen Vorfahren, und nicht nur für sie, eine ganz besondere Bedeutung. Die Gipfel des deutschen und des französischen Berges verlaufen in Ost-West-Richtung, vollziehen also den Zug der Sonne vom Aufgang bis zum Untergang nach. Mit ihrer Hilfe konnten unsere Vorfahren von einem bestimmten Standort aus den Zeitpunkt der für das Sähen und Ernten wichtigen Tagundnachtgleiche ermitteln. Vom französischen Gipfel aus sind noch zwei weitere besondere Peilachsen zu anderen Bergen möglich: die für die Sonnenwenden. Die Sommersonnenwende fällt mit der Blickrichtung zum Kleinen Belchen im Elsass, die Wintersonnenwende mit dem Blick zum Schweizer Blauen zusammen. Zwischen diesen markanten Gipfeln zeichnet sich zudem ein Netz von Visierlinien ab, das mit verschiedenen Siedlungen und Kultstätten in Beziehung zu stehen scheint. Die spätkeltische Siedlung Basel-Gasfabrik liegt zum Beispiel genau im Schnittpunkt zweier Linien. Eine verbindet den Schweizer Jurabelchen mit dem französischen Belchen, die andere den Schweizer Jurablauen mit dem badischen Blauen.« Sonja lachte. »So, jetzt habe ich dir aber einen richtigen Vortrag gehalten.«

Die restliche Fahrt über genossen beide wieder den Wind und die schöne Aussicht. Daheim angekommen, musste Iris sich erst einmal setzen und nachdenken. Sie fand das alles sehr bemerkenswert. Cisa, Belisama – Gertrud Schwalbe schien eine ausgesprochen vielseitige Frau zu sein, kümmerte sich ums Geldeinnehmen und ums Seelenheil der Menschen. Doch mit welcher Priorität? Dieses kleine Dorf im Schatten des Oberen Hauenstein war jedenfalls wie gemacht dafür, dort ein esoterisches Zentrum einzurichten. Weit genug abseits, um nicht unangenehm aufzufallen, aber durch die weiße Villa derart beeindruckend, dass man einfachere Gemüter leicht davon überzeugen konnte, hier würden Leute agieren, die im Leben erfolgreich waren.

Iris schnaubte. Bei diesem Belisama-Zentrum für bewussteres Leben ging es darum, Menschen zu manipulieren und mit ihren Hoffnungen und Wünschen Geld zu machen. Im Namen der alten keltischen Götter. Sie rief sich diesen seltsamen Geruch in Erinnerung, der den Räucherschalen in der Meditationshalle entstiegen war. Bevorzugte Methode: einnebeln.

Iris bootete ihren PC, googelte den Namen Belisama und hatte ein Aha-Erlebnis. Mit der Göttin wurde namensmäßig eine ziemlich gefährliche Pflanze assoziiert: *belenuntia*, *bellinuncium*, *bellenium*, das Bilsenkraut. Man schrieb der auch als Hexenkraut bekannten hochtoxischen Pflanze zu, in niedriger Dosierung eine halluzinogene Wirkung zu haben. Iris kam der Verdacht, dass das Einnebeln in der Villa tatsächlich Methode hatte. Konnte ein mit Bilsenkraut und anderen Ingredienzien angereicherter Rauch süchtig und damit vom Zentrum abhängig machen? Eine gruselige Vorstellung. Dieses »Geschäftsmodell« war allerdings nicht neu, sondern wurde insbesondere im Drogenmilieu gern angewandt. Süchtige taten eine Menge, um an ihre Droge zu kommen.

Sie verließ den Internetbrowser und wollte ihren PC gerade herunterfahren, da klingelte das Telefon. Schott war dran. »Sie hatten mir doch von Felicitas Körber erzählt«, hob er an, mal wieder, ohne sich mit den üblichen Grußformeln aufzuhalten.

Iris brauchte einen Moment, bis sie ihren Kopf vom Thema Hexen befreit hatte. »Ja, warum?«

»Das sag ich Ihnen gleich, erzählen Sie mir zunächst, an was Sie sich in Bezug auf das Mädchen erinnern.«

»Hm, lassen Sie mich mal überlegen, ich muss mir die Situation noch einmal vergegenwärtigen: eher durchschnittlich von der Größe, vielleicht etwas pummelig oder besser handfest und durchtrainiert. Etwa eins fünfundsechzig groß, sehr kurze rote Haare. Als ich sie sah, trug sie Schwarz, eine schwarze Hose zum schwarzen Pulli. Sie war gepierct, an allen möglichen Stellen. Ich meine, mich unter anderem an ein Unterlippen-Piercing zu erinnern. Ich hab nicht genau hingeschaut, aber wenn ich das Bild richtig im Kopf habe, war da etwas Glitzerndes. Ein Brilli wohl nicht, eher ein winziger Zirkon oder ein Kristall. Braune Augen, eine leicht kartoffelig aussehende Nase. Schwarz lackierte Fingernägel und ebenso schwarz angemalte Lippen. Es würde mich nicht wundern, wenn sie außerdem das übliche Arschgeweih über dem Steißbein hätte. Sonja Vleiel hat gesagt … lassen Sie mich überlegen. Ah ja, sie sagte, dass Felicitas zu einer Gruppe von Mädchen aus zerrütteten Familien gehört, die sie betreut. Es soll demnächst ein Treffen geben. Wann, weiß ich nicht. Deshalb sollen Sie ja Sonja Vleiels E-Mail-Kommunikation ausspionieren. Es war ihr offenbar unangenehm, dass ich Felicitas kennengelernt habe, ich hatte den Eindruck, sie wollte sie so schnell wie möglich loswerden. Jedenfalls hat sie das Mädchen ziemlich abgebürstet. Bauchgefühl, wenn Sie so wollen.«

»Bauchgefühl, soso.« Schott lachte leise.

Was sollte das nun wieder heißen? Kompliment oder kein Kompliment? Wenn sie selbst über sich spottete, war das okay. Selbstironie, fand Iris, war eine Tugend. Sie hatte sich darin schon als Kind bis zur Selbstaufgabe geübt, nachdem sie entdeckt hatte, dass man dem Spott und der Häme der andern auf diese Weise die Spitze nehmen konnte. Irgendwann, wenn die Quälgeister erst einmal davon überzeugt waren, dass die Bosheiten an ihrem Opfer abprallten, ließen sie einen in Ruhe. Nur wenige Menschen in ihrem Leben durften ihr ungestraft mit kleinen Sticheleien begegnen. Der Glückliche zum Beispiel war so einer, bei dem sie immer einschätzen konnte, wie etwas gemeint war. Aber Schott – sie war sich nicht sicher, ob er schon zu dem Kreis von Leuten gehörte, denen sie diese Form von Frotzelei gestattete. Iris entschied, es gut sein zu lassen. Sonst endete das noch in einer Diskussion, und sie erfuhr erst morgen früh, was er eigentlich wollte. Und wurde ihre eigenen Neuigkeiten auch nicht los.

»Sie schulden mir noch eine Antwort«, sagte sie.

»Wir haben ein anderes Mädchen namens Nadine Seibold tot aufgefunden. Ihre Leiche lag in Lörrach unter einer Wiesebrücke. Jemand hat sie brutal erschlagen.«

»Nadine Seibold? Ist das nicht die entfernte Cousine, die sich mit Felicitas Körber eine Messerstecherei geliefert hat?«

»Ja, so ist es.«

»Ah, ich verstehe. Sie verdächtigen Felicitas Körber.«

»Sie ist bisher unsere einzige Verdächtige. Nadine Seibold wurde nämlich weder vergewaltigt noch überfallen und ausgeraubt. Sie hatte ihren Geldbeutel bei sich, ebenso ihre Papiere. Außerdem scheint sie glücklich gestorben zu sein.«

»Was soll das jetzt wieder heißen?«

»Na, das Mädel war voll zugedröhnt. Mit einer Droge, deren Zusammensetzung uns völlig neu ist. Wir wissen nur so viel: Sie enthält Bilsenkraut.«

»Bilsenkraut?«

»Sie sagen das so seltsam.«

»Nicht ohne Grund. Ich war heute mit Sonja Vleiel in der Schweiz und habe dort eine Gruppe sehr eigenartiger Menschen kennengelernt. Die verehren keltische Götter, wollen das Wissen der alten Rauraker wiederbeleben. Sie treffen sich in einer abgelegenen Villa. Belisama-Zentrum nennt sich dieser angebliche Hort der Glückseligkeit. Belisama, so heißt die Erleuchtete. Google behauptet, das Bilsenkraut sei nach ihr benannt. Oder nach ihrem Gefährten. Moment, der hieß so ähnlich, ich muss nachschauen. Belenos. Wieso beschäftigt sich das LKA überhaupt mit dem Fall Seibold? Hat der was mit unseren Recherchen zu tun?«

»Wir beschäftigen uns damit, weil *mein* Bauch mir sagt, dass alles irgendwie zusammenhängt – diese mysteriöse Schweizerin, der Italiener, Sonja Vleiel, die Internetbetrügereien, mit denen alles angefangen hat …«

»Mysteriöse Schweizerin, ha! Jetzt halten Sie sich fest. Das Zentrum wird von einer Frau geführt. Die ›Herrin‹, wie Sonja Vleiel sie tituliert hat, ist *unsere* Gertrud Schwalbe. Die Vorstandsvorsitzende von Cisa. Ich habe mich fast verschluckt, als ich den Namen hörte. Ich muss schon sagen: Kompliment an Ihr Bauchgefühl. Die Frau kennt sich nicht nur mit Firmenmänteln aus, sie ist auch so etwas wie die Hohepriesterin der Belisama-Jünger. Wenn Sie mich fragen, dann haben die mit diesem Zentrum eine Masche gesucht und gefunden, wie man Leute ausnehmen kann. Ich war jedenfalls völlig benebelt während der Meditation, und ich denke, dass es an den Kräutern gelegen hat, die sie da verbrennen. Man müsste mal herausfinden, ob das in den Schalen am Ende ein Gemisch mit Bilsenkraut war. Das würde doch einiges erklären.«
Iris stutzte. »Ich frage mich gerade, ob Sonja Vleiel diese Nadine möglicherweise auch mal mit ins Belisama-Zentrum genommen hat.«

»Sie meinen, sie könnte das Bilsenkraut bei einer solchen Meditation abbekommen haben?«

»Keine Ahnung. Ist nur so eine Idee.«

»Aber keine schlechte. Was meinen Sie, sollen wir mal Ihr Blut untersuchen lassen? Ob sich da Parallelen ergeben?«

»Das wird kompliziert.«

»Wieso, Sie arbeiten doch im Krankenhaus. Das können die doch da machen. Ich meine, Ihnen das Blut abnehmen. Wir können es dann von unseren Leuten untersuchen lassen.«

Iris murmelte etwas, das mit viel gutem Willen als Zustimmung zu verstehen war. Sie hasste Spritzen, seit ihr ein Arzt in ihrer Kindheit bei einer Blutentnahme einmal übel im Arm herumgestochert hatte. Sie hatte sogar eine regelrechte Spitzen-Phobie entwickelt.

»Prima, dann machen wir das so«, fuhr Schott fort. »Abgesehen davon hat das Ganze für mich ebenfalls den Geruch nach nicht ganz legaler Geschäftemacherei. Gibt es da Kurse oder so was?«

»Ja, und Massagen, man kann da wohl auch Urlaub machen.«

»Also eine Einrichtung, die sich herrlich dazu eignet, schwarzes Geld mit weißem zu mischen. Da haben wir es wieder, das Motiv der Geldwäsche. Ja, ja, das Leid der anderen ist für manche eine Goldgrube.«

Goldgrube? Iris merkte auf. »Stand nicht letzte Woche was von einem Goldfund in der Schweiz in der Zeitung? Bei den bisherigen personalen Verstrickungen in unserem Fall hat das womöglich auch noch etwas damit zu tun.«

»Sie scheinen über so etwas wie Hellsicht zu verfügen. Wohl doch etwas zu viel Bilsenkraut erwischt, was? Ist das nicht übrigens das Kraut, das die Hexen in der Walpurgisnacht der Legende nach zum Fliegen gebracht hat?«

Iris musste lachen. Gleichzeitig stellte sie verwundert fest, dass Schott Humor zu haben schien. Das hatte sie bisher noch gar nicht bemerkt. Vielleicht war er doch einer, mit dem man frotzeln konnte.

»Tja, Hexen sind immer und überall aktiv. Also, was sollen mir Ihre Worte sagen?«

»Der Goldfund gehört unseren Recherchen nach tatsächlich ebenfalls in diese eigenwillige Gemengelage.«

»Das müssen Sie mir jetzt aber näher erklären.«

»Da muss ich etwas ausholen. Kennen Sie sich im Bankenwesen ein bisschen aus? Ich meine, mit dem Geldwäschegesetz?«

»Nicht im Detail.«

»Also, dann helfe ich mal nach. Seit 1993 existiert ein Geldwäschegesetz, seit Inkrafttreten gab es diverse Änderungen. Zum Beispiel wurde nach 9/11 die Terrorismusfinanzierung aufgenommen, und vor etwa zwei Jahren kam der Straftatbestand Betrug hinzu. Gelder aus Erpressung, Spionage und so weiter werden von diesem Gesetz ebenfalls erfasst.«

»Betrug – zum Beispiel mit Hilfe von Firmenmänteln.«

»Zum Beispiel. Geldwäsche funktioniert prima über einen Verschiebebahnhof mittels Anteilen an Firmen, die dann wieder

Anteile an anderen Firmen halten. Und das vorzugsweise im Ausland, in Ländern, in denen die Steuern besonders niedrig sind.«

»Diese Steueroasen, gibt es die überhaupt noch? Die Schweizer Banken stehen doch bezüglich der Konten von Ausländern inzwischen ziemlich unter Druck und die Liechtensteiner Banken ebenfalls, soweit ich weiß.«

»In der Schweiz gibt es trotzdem noch immer Orte wie Baar im Kanton Zug, die als Steuerparadies angesehen werden können. Ich glaube, da haben sie die größte Dichte an AGs in ganz Europa gemessen an der Einwohnerzahl, selbst die kleinste Klitsche ist da eine AG. Beliebt sind zudem bewährte Steueroasen wie die Kanalinseln, aber auch Afrika, Uganda zum Beispiel oder die Emirate. Und selbst die Amerikaner, die den Eidgenossen derzeit so auf die Pelle rücken, leisten sich in ihrem eigenen Land Steueroasen.«

Iris kaute konzentriert am Nagel des kleinen Fingers ihrer rechten Hand. »Schwarzes Bargeld würde ich einfach ausgeben. Für Autos oder Schmuck, Diamanten. Und Gold. Damit würde ich dann gemütlich über die Laufenburger Altstadtbrücke marschieren …«

»Gute Idee, aus der Sicht der Kriminellen, meine ich, und wohl auch das Einfachste. Es ist allerdings nicht ganz ohne, größere Summen Bargeld, Schmuck oder Goldbarren über die Grenze zu schmuggeln. Die Zöllner haben inzwischen eine recht gute Spürnase dafür entwickelt. Zwar gibt es im kleinen Grenzverkehr, also an der Laufenburger Altstadtbrücke, keine Kontrollen mehr, aber im Hinterland muss man immer damit rechnen. Und was die Einzahlung auf Nummernkonten betrifft: Die Schweizer Banken versuchen gerade, ihre deutschen Kunden mit allerlei Schikanen wie zum Beispiel überhöhten Kontoführungsgebühren loszuwerden. Zinsen gibt es auch nicht.«

»Bleibt also die aus Mafiafilmen sattsam bekannte Pizzeria.«

»Ah, Sie denken an die Firmenmäntel, die Cisa verkauft. Klar. Und die Anlage in Immobilien gibt es auch noch. Besonders beliebt sind tatsächlich Gaststätten, aber auch Sportzentren, da lassen sich die Gelder ziemlich unkompliziert vermischen. Die deutschen Immobilienmakler sind verpflichtet, es zu melden, wenn ihnen bei einem Kunden etwas spanisch vorkommt. Das passiert aber nur selten.«

»Da passt die Cisa mehr als gut ins Bild.«

»Allerdings, und wie das passt. Aber zurück zu den Goldbarren. Wir haben einen ersten Erfolg zu verzeichnen, was die Aktivitäten des so überraschend verstorbenen Herrn Katuschin betrifft.«

»Hat er etwa das Gold gekauft, das gefunden wurde?«

»Bingo. Ja, die Schweizer haben die Spur der Barren zu ihm zurückverfolgen können. Viel mehr wissen wir allerdings noch nicht. Felix und seine Kollegen arbeiten praktisch rund um die Uhr daran, den Code zu knacken, mit dem der Mann seine Computer-Dateien gesichert hat, doch sie kommen und kommen nicht weiter. Katuschin hat die verschiedenen Ordner mit Passwörtern geschützt und dann auch noch jede einzelne Datei verschlüsselt, die er darin abgelegt hatte.«

»Meinen Sie, er hat wegen des Goldes Ärger bekommen? Ich glaube nämlich auf keinen Fall, dass der Mann allein gearbeitet hat. Seine Komplizen dachten vielleicht, er hätte sie betrogen, und haben ihn um die Ecke gebracht. Er ist doch vor seinem Tod ziemlich verprügelt worden, da war jemand wütend auf ihn.«

»Möglich. Darüber, dass er nicht allein gearbeitet haben kann, sondern einer Organisation angehörte, sind wir uns einig. Die Schweizer denken das auch. Wir sind uns aufgrund der Indizien und ominösen Begleitumstände außerdem ziemlich sicher: Aus legalen Quellen stammte das Geld für die Barren nicht. Internetbetrug, Phishing, Steuerhinterziehung, Geldwäsche, Erpressung, Diebstahl, Einkünfte durch Geheimnisverrat – hier kommt vieles in Frage. Katuschin hat zudem sicher mehr als nur das Konto verwaltet, das wir inzwischen kennen. Er scheint so etwas wie der Einsatzleiter der Finanzagenten gewesen zu sein. Das Finanzamt ist dran. Nun brauchen wir aber noch die Hintermänner.«

»Ich hätte da eine Theorie.«

»Lassen Sie mich teilhaben.«

»Wie wäre es mit Gertrud Schwalbe als Strippen ziehende Hinterfrau?«

»Die Dame ist jedenfalls sehr kreativ, wenn es darum geht, Geld aufzutreiben, wie mir scheint.«

»Und wie passt nun die tote Nadine Seibold da hinein?«

»Bisher gar nicht«, antwortete Schott. »Außer wenn man sich die Beziehungen der agierenden Personen untereinander anschaut. Katuschin, der die Finanzagenten managte, trat auch als Schwalbes Chauffeur auf, diese wiederum kann mit zwei Geschäftsmodellen in Zusammenhang gebracht werden, die zur Geldwäsche geeignet sind, und sie kennt Sonja Vleiel gut, die Frau, die für die Abzocke alter Menschen in Frage kommt.«

»Für Letzteres hab ich noch keine Beweise.«

»Sie werden welche finden, früher oder später, da bin ich mir sicher.«

»Hm. Felicitas Körber kommt über Sonja und deren vorgeblich soziales Engagement ins Spiel. Und damit auch der Mord an Nadine Seibold.«

»Sag ich doch, werte Kollegin. Aus meiner Sicht ist das ein ganz bemerkenswertes Geflecht von persönlichen Beziehungen. Diese Gertrud Schwalbe nimmt darin einen zentralen Platz ein. Sie kommt mir inzwischen immer mehr vor wie eine Rattenkönigin.«

»Wie bitte?«

»Kennen Sie den Ausdruck nicht? Als Rattenkönig bezeichnet man mehrere an den Schwänzen verknotete oder verklebte Ratten. Ein seltenes Phänomen, das vor allem unter Hausratten auftreten soll.«

Iris lachte. »Ein passendes Bild. Das uns wieder zur Cisa und deren Firmenbeteiligungen führt.«

»Sie sagen es. Da gibt es nämlich noch eine ziemlich augenfällige Verbindung. Das, was Sonja Vleiel so nett als ›Kümmern um verwahrloste Mädchen‹ beschreibt, könnte einen ganz anderen Hintergrund haben. Die Gruppe, in der die tote Nadine Seibold aktiv war und zu der auch Felicitas Körber gehört, hat einen Internetauftritt. Darin bezeichnen sich die Mädchen als ›nationale Sozialistinnen‹. Angeblich wollen sie etwas gegen die Abzockermentalität der Banken, Heuschrecken und Treuhandfirmen tun. Eine bessere Welt schaffen, in der der Reichtum gerechter verteilt ist. Schaut man etwas genauer, ist das aber ganz eindeutig dem rechten Zentrum zuzuordnen. Der Verfassungsschutz beobachtet die Gruppe schon eine Weile.«

»Sie wollen auf eine mögliche Verstrickung mit der Cisa und dem Versand 88 hinaus, nehme ich an. Das, was Sie da beschreiben, hört sich aber nicht nach rechten Hardlinern an, sondern eher nach linken Aktivisten.«

»Alles Tarnung. Die Umverteilung des Reichtums soll beileibe nicht allen zugutekommen, sondern nur den guten, in diesem Fall arischstämmigen Bürgern. Dazu verbergen sich in den Texten der Homepage eindeutig antisemitische und antiislamische Äußerungen. Die Gruppe nennt sich übrigens ›Morgenstern‹.« Er wartete einige Sekunden. »Was ist, Kollegin, warum sagen Sie nichts?«

»Ich denke nach. Der Verein ›Abendrot‹, die nationalistische Gruppierung ›Morgenstern‹ – das klingt doch ziemlich ähnlich, oder nicht? Und Katuschin, meinen Sie, es könnte sein, dass der sich nur öffentlich als Moslem gerierte, um zu verschleiern, was er wirklich war? Ein Rechtsradikaler?«

»Etwas weit hergeholt ist das schon. Und ziemlich ungewöhnlich in der Szene. Warum sollte er das tun?«

»Es könnte doch vielleicht sein, dass diese Leute etwas ganz Großes vorhaben. Etwas, für das man viel Geld braucht. Sie versuchen, es auf allen möglichen illegalen Wegen zu bekommen. Aber um es dann verwenden zu können, muss das ganze Geld noch durch verschiedene Waschanlagen geschleust werden. Wenn Sie mich fragen, könnte da ein ganz ausgeklügeltes System dahinterstecken.«

»Wir müssten unsere Theorien nur noch beweisen«, sagte Schott.

»Vor allem aber müssen wir herausfinden, was es ist, das sie vorhaben. Kennen wir erst einmal das Motiv für diese groß angelegte Geldbeschaffungsmaschinerie, kriegen wir auch die Hintermänner. Vielleicht wäre es sinnvoll, dem Schweizer Finanzamt einen Hinweis zu geben, dass eine Betriebsprüfung bei einer gewissen Aktiengesellschaft lohnenswert sein könnte.«

»Haben wir schon angeleiert. Das Bundeskriminalamt ist ebenfalls informiert. Wenn sich die Geschichte weiter so ausweitet, könnte es sogar sein, dass Sie es bald mit einem anderen Ansprechpartner zu tun bekommen.«

»Na, hoffen wir, dass Sie mir noch etwas erhalten bleiben«,

meinte Iris und fügte nach einer kurzen Pause hinzu: »Ich hätte da noch eine etwas einfachere Idee, für die wir das BKA ganz sicher nicht benötigen.«

»Und die wäre?«

»Möglicherweise habe ich heute bloß zu viel über Bilsenkraut gelesen und gehört. Aber vielleicht ist das mit meiner Blutabnahme nicht nötig, vielleicht sollte der Rechtsmediziner sich Oleg Katuschin noch einmal vornehmen. Das wäre auch weniger kompliziert, es könnte nämlich sofort geschehen. Da müsste ich nicht erst ins Krankenhaus und mein Blut einschicken. Falls bei mir überhaupt noch etwas nachzuweisen ist. Keine Ahnung, wie schnell sich das Zeug abbaut.«

»Weswegen sollte er sich Katuschin noch mal vornehmen?«

»Na, vielleicht ist der Mann ja auch bedröhnt und glücklich gestorben. Das könnte dann in seinem Blut eher nachzuweisen sein als bei mir. Vermute ich jedenfalls. Und wenn es so ist, wäre das doch zumindest schon mal der Anfang eines roten Fadens.«

Schott lachte leise am Telefon. Es klang sympathisch. »Also gut. Machen wir es so. Falls bei Katuschin nichts herauskommt, müssen Sie sich halt noch einmal einnebeln lassen. Wir sollten uns sowieso überlegen, ob Sie dort nicht auch undercover aktiv werden können, wenn wir nicht weiterkommen. Aber geben Sie es ruhig zu, Sie haben bloß Angst vor einem kleinen Piks.«

»Iiich? Wie kommen Sie denn darauf?« Iris fand selbst, dass ihr Protest etwas lahm klang.

14

Max machte sich Sorgen um Iris. Was sollte er tun? Wie er sie kannte und nach dem, was er bisher über ihren neuen Fall wusste, würde sie diesen Cossa sicherlich nicht vom Haken lassen. Oder besser: er sie nicht, möglicherweise sogar aus denselben Motiven heraus. Das hieß, sein Gänseblümchen würde sich weiter mit diesem windigen Typen treffen. Also, was konnte er tun? Weitere Verabredungen verhindern konnte er nicht. Aber vielleicht mehr über den Mann herausfinden, indem er weiter das Haus in der Le Croisicstraße beobachtete und versuchte, Cossas PC zu hacken. So eine Computernulpe wie noch vor einigen Jahren war er schließlich längst nicht mehr. Seit seinen ersten, ziemlich tapsigen Versuchen in diese Richtung hatte er viel dazugelernt. Jede Menge sogar. Es gab genügend Menschen in Hackerkreisen, die gewillt waren, einem etwas beizubringen. Dafür waren außerdem noch nicht einmal Programme wie Prism notwendig, das die Amerikaner und andere verwendeten. Vermutlich auch die Deutschen. Es gab jede Menge Möglichkeiten, Trojaner in einen fremden PC oder ein Smartphone einzuschleusen, ohne dass sie zum Absender zurückzuverfolgen waren.

Wie man so ein Ding schrieb, zumindest eine einfache Version, das wusste er inzwischen auch. Es würde sich in den Bauch des zu inspizierenden PCs wühlen, dort verschwinden und ihm erlauben, von seinem eigenen Arbeitsplatz aus mitzulesen. So etwas wie eine sichere Verbindung gab es längst nicht mehr. Auch nicht mit diesen Kryptohandys. Davon war Max inzwischen überzeugt. Die schufen nur eine Illusion von Sicherheit. Jeder, der solch ein Kryptohandy verwendete oder die neuen Möglichkeiten zur Verschlüsselung von Mails nutzte, rückte dadurch im Gegenteil noch mehr in den Fokus der Abhörer. Denn das legte erst recht die Vermutung nahe, derjenige habe etwas zu verbergen.

Ob er Cossa einfach eine Mail mit einem Trojaner schicken sollte? Dagegen sprach, dass der als Berufsbetrüger wahrscheinlich nicht so naiv war, Anhänge von ihm unbekannten Absendern zu öffnen. Also was dann? Blieb nur die Möglichkeit, die kleine Spionagedatei per USB-Stick direkt zu installieren. Das hieß: Er musste ins Haus in der Le Croisicstraße.

Wie er es auch drehte und wendete: Was er vorhatte, war illegal, sehr illegal. Und es konnte ihn seinen guten Ruf kosten, wenn er dabei erwischt wurde. Max feixte. Er würde sich nicht erwischen lassen. Und sein schlechtes Gewissen hielt sich bei einem wie Cossa und angesichts des Abhörskandals, öffentlich gemacht durch einen gewissen Herrn Snowden, ohnehin in Grenzen.

Max wusste, er musste sich einen anderen Beobachtungsposten suchen als die Bushaltestelle vor der Hans-Thoma-Schule. Ein Mann mit Zeitung, der ständig dort saß, war zu auffällig. Der Parkplatz vor der angrenzenden Rappensteinhalle? Nein, zu einsehbar. Da fiel ihm der etwas tiefer gelegene Parkplatz vor dem Schul-Nebeneingang ein. Das würde gehen. Der war von der Straße her kaum einsehbar. Und er konnte es sich in seinem Wagen gemütlich machen, wenn er einfach seine neueste selbst gebastelte Errungenschaft verwendete – den guten alten Teleskopspiegel, beliebtes Handwerkszeug ganzer Generationen von Detektiven. Er hatte dafür den Rückspiegel eines Schrottautos erstanden und an einen Besenstiel montiert.

Andererseits, wenn sich vom Parkplatz aus unvermittelt ein Spiegel an einem Besenstiel in die Höhe schob, konnte das auch für unliebsame Aufmerksamkeit sorgen. Zumal er ja vor einer Schule stand. Wo eine Schule war, gab es Kinder. Und Kinder waren neugierig. Von der Vorstellung, dass man ihn für einen halten konnte, der es auf kleine Kinder abgesehen hatte, mal ganz zu schweigen. Das ging also auch nicht.

Ergo: Er konnte nicht an einer festgelegten Stelle bleiben, sich nirgendwo gemütlich niederlassen. Er musste vielmehr zu jeder Zeit den Eindruck erwecken, er hätte ein bestimmtes Ziel. Er würde sein Auto einfach in den Wagen eines Handwerkers verwandeln. Leiter aufs Dach, die alten Farbeimer aus dem Keller in den Kofferraum, den Blaumann mit Farbflecken verziert, Pinsel, Farbroller, Tapetenkleister, Tapetenreste, die durchs Autofenster zu sehen waren. Ja, das war viel besser. Dann sah es aus, als würde er irgendwem schwarz die Wohnung renovieren. Da schauten die meisten Leute weg. Denn es gab heutzutage kaum jemanden, der nicht schon mal einen Handwerker oder eine Putzhilfe schwarz beschäftigte.

Und dann? Warten, bis niemand daheim war. Und einbrechen.

Hoffentlich kam er mit seinem Satz an Dietrichen weiter. Wenn das Haus eines dieser modernen Sicherheitsschlösser hatte, dann war er verratzt.

***

Am dritten Tag, einem Mittwoch, war Max das Glück hold. Die Rollläden des Hauses an der Le Croisicstraße waren unten, als er am frühen Abend daran vorbeifuhr. Er stellte sein Auto ab, marschierte zur Tür und klingelte. Falls jemand öffnete, wollte er so tun, als suchte er eine Adresse. Am besten jemand Konkreten. Sein alter Skatkumpel Schorsch, Georg Meister, wohnte weiter oben in der Rappensteinstraße, klar, mit dem konnte er hausieren gehen. Falls.

Es öffnete niemand. Und die Eingangstür hatte ein Schloss, das sich mit seinen Mitteln öffnen ließ. Max atmete tief durch. Nach weniger als sechzig Sekunden trat er ein.

Im unteren Stockwerk war alles ruhig und dämmrig. Biedere Einrichtung, nichts Besonderes, Ikea-Style. Alles wirkte eher provisorisch. Max hätte das Haus zu gern durchsucht, aber er wagte es nicht. Er war bereits jetzt schweißüberströmt und hatte vermutlich seine DNA überall verstreut, trotz Blaumann und Handschuhen. So richtig taugte er nicht zum Verbrecher, musste er sich eingestehen.

Ah, da war der Computer, im kleinen Büro neben dem Wohnzimmer.

Und wieder kam ihm das Glück zu Hilfe. Der PC erwachte zum Leben, als er die Maus bewegte. Er war noch hochgefahren. Jetzt musste er sich nicht einmal mehr Gedanken über etwaige Passwörter machen. Das hieß andererseits aber auch, wer immer normalerweise daran saß, würde womöglich bald wiederkommen. Es war also Eile geboten.

Max steckte seinen Stick mit dem kleinen Trojaner-Programm in den USB-Port. Drei Minuten später war er aus dem Haus und marschierte im Eilschritt die Einfahrt entlang zu seinem Auto.

»Juhuuuu, Mahax! Suchst du mich? Willst du mein Wohnzimmer streichen?«

Max bekam fast einen Herzschlag. Er fuhr herum und wäre am liebsten im Erdboden versunken. Tessa Müller, seine ehemalige Schulkameradin, war hinter dem Gartenzaun aufgetaucht.

»Nein, nein«, erklärte er hastig, »ich hab nur was abgegeben.«

»Aber nebenan ist doch niemand da. Cossa hat gesagt, dass er möglicherweise erst morgen wiederkommt. Ich hab ihn vorhin ganz zufällig gesprochen, weil ich grad im Garten war.«

Tessa schien das Nachbarhaus genau zu beobachten.

»Ich hab mich falsch ausgedrückt. Ich *wollte* etwas abgeben. Du, ich muss weiter, ich melde mich. Ich hab's eilig.«

Er gab seiner ehemaligen Schulkameradin keine Gelegenheit, das Gespräch zu vertiefen, sondern machte, dass er zu seinem Wagen kam. Seine Knie zitterten. Cossa war also laut Tessa Müller erst vorhin da gewesen. Ihm fiel nur eine Möglichkeit ein, sich nachhaltig abzulenken.

***

»Und, sind Sie endlich weitergekommen?«, fragte Karl Schott ohne weitere Einleitung, als er Iris zwecks weiteren Austauschs möglicher Ermittlungsergebnisse gleich nach deren Dienstschluss auf dem Handy anrief.

»Leider nein«, musste Iris gestehen. »Obwohl ich mir tagtäglich die Hacken abrenne. Wenn das mit meinen Fußschmerzen so weitergeht, ist es damit aber ohnehin bald vorbei, dann komme ich nirgendwo mehr hin. Sonja Vleiel ist vorsichtig. Bis auf die Papiere in ihrer Handtasche habe ich bisher nichts zu Gesicht bekommen, was uns weiterhelfen könnte. Bezüglich ihrer Aktivitäten, ich meine, was die Ersparnisse der von ihr betreuten Senioren angeht, weiß ich noch immer kein Stück mehr als nach unserem Besuch bei Gerda Schulz.«

»Die alte Dame ist leider vor einigen Tagen verstorben, sodass sie für uns als Zeugin ausfällt. Doch ich denke, wir werden weitere finden.«

»Uff. Das heißt, wir haben gegen Sonja Vleiel momentan überhaupt nichts Konkretes in der Hand. Mitglied im Belisama-Zentrum zu sein, ist ja nicht strafbar. Und auch die Betreuung von jungen Frauen nicht, mögen sie nun zur rechten Szene gehören oder nicht. Gibt es Anzeichen für einen Mord? Die alte Dame schien ja recht fit zu sein, als wir bei ihr waren.«

»Nein, kein Mord. Es war wohl ein Herzinfarkt. Sie ist einfach eingeschlafen und nicht wieder aufgewacht.«

»Sicher?«

»Sicher.«

»So einen Tod würde ich mir auch wünschen. Bloß dass wir jetzt in Sachen Sparverein wieder am Anfang stehen.«

»So ist es«, sagte Schott. Er klang deprimiert. »Deswegen hatte ich auf neue Erkenntnisse gehofft. Aber wie es scheint, haben Sie nicht viel zu bieten.«

»Hat irgendwer die Geschichte von Sonja Vleiel eigentlich mal gegengecheckt?«

»Natürlich, gleich zu Anfang, nachdem Sie mir davon berichtet hatten. Das versteht sich ja wohl von selbst. Hatte ich Ihnen das nicht schon gesagt?«

»Hatten Sie nicht.«

»Dann bitte ich um Vergebung. Also: Wir haben das überprüft. Mit Hilfe der Kollegen in der Schweiz. Im Wesentlichen scheint zu stimmen, was sie Ihnen über sich erzählt hat. Sie ist zudem weder in der Schweiz noch hier in Deutschland irgendwie auffällig geworden. Die Dame hat eine blütenreine Akte. Wir haben inzwischen auch die Telefon- und Mailüberwachung durch. Doch bisher hat das nichts gebracht. Sie telefoniert kaum, höchstens mal mit der Reinigung. Sie wird auch nicht angerufen. Und sie schreibt keine Mails. In den letzten drei Tagen keine einzige. Wenn sie Komplizen hat, kommuniziert sie mit ihnen sicher nicht auf diese Weise.«

»Und wie dann?«

»Wir haben keine Ahnung. Vielleicht so, wie die Agenten das früher, vor der Abhöraffäre, gemacht haben.«

»Tote Briefkästen?«

»Ja, womöglich.« Schott lachte freudlos.

»Sie scheint sehr vorsichtig zu sein. Ich bin einigermaßen ratlos, was ich tun soll, um das zu ändern. Zu dieser Gruppe junger Frauen, die sie angeblich betreut, will sie mich nicht mitnehmen. Bei den Senioren, die wir in St. Franziskus besucht haben, gab es keinerlei Hinweise darauf, dass sie ihnen Geld abluchst; Geld kam noch nicht einmal zur Sprache, nur ihre unglaubliche Hilfsbereitschaft. Entweder, sie hat sie vorher geeicht, oder an den Vorwürfen ist nichts dran.«

»Darf ich Sie daran erinnern, dass uns noch eine andere Anzeige vorliegt, die das Altenheim in Birndorf betrifft?«

Iris ertappte sich dabei, dass sie während des Telefonierens am Nagel ihres linken Mittelfingers kaute, und ließ die Hand schnell sinken. »Konnten Sie Sonja Vleiel denn irgendwie damit in Verbindung bringen?«

»Leider nein, bisher nicht. Und auch niemanden vom dortigen Personal. Der Träger des Seniorenheims ist übrigens eine uns bisher unbekannte Schweizer Aktiengesellschaft, die offensichtlich mehrere Heime betreibt. Soweit wir bisher wissen, auch in Ungarn und in der Tschechischen Republik, also da, wo die Alten jetzt vielfach hingehen, weil sie sich die deutschen Heime nicht mehr leisten können.«

»Irgendwie haben wir es derzeit recht häufig mit Schweizer Aktiengesellschaften zu tun, finde ich. Gibt es Verflechtungen mit Cisa?«

»Meines Wissens nicht direkt. Vielleicht erfahren wir mehr, wenn wir endlich die Verschlüsselung von Katuschins Computerdateien geknackt haben. Felix verzweifelt schier.«

»Also gibt es auch diesbezüglich noch nichts Neues. Kann Roswitha Sommer nicht weiterhelfen? Sie wollten doch noch mal darüber nachdenken, ihr einen Deal anzubieten.«

»Die Sommer ist verschwunden.«

»Oh nein, nicht das auch noch. Gibt es einen Hinweis auf Gewalt, will jemand die Frau mundtot machen?«

»Nein, keine Anzeichen. Aber Sie und ich haben damit ein weiteres Problem.«

Iris begriff sofort. »Sie denken, Roswitha Sommer könnte etwas über unsere Ermittlungen an ihre Auftraggeber weitergegeben haben.«

»Sie sagen es. Zumal ich inzwischen glaube, dass die Frau nur so unbedarft getan und uns lange nicht alles erzählt hat, was sie wusste.«

»Was soll das denn heißen?«

»Nur so ein Gefühl. Die Verflechtungen in diesem Fall werden jedenfalls immer enger und gleichzeitig internationaler. Dieser Versand 88 – mehrere Aktionäre der Cisa-AG halten daran Beteiligungen und wenig überraschend ebenso an der AG, die die Altenheime betreibt, über die wir gerade gesprochen haben. Einige von ihnen leben im Ausland, in Argentinien zum Beispiel oder in Tschetschenien – da kommt Katuschin wieder ins Spiel. Aber auch in Myanmar und in Singapur sitzen Aktionäre. Wobei das zumeist selbst wieder AGs sind. Es wird also ziemlich international. Dieses ganze verschachtelte Imperium übersteigt langsam die Ermittlungsmöglichkeiten des Landeskriminalamtes. Wir brauchen die Hilfe und die Kontakte von übergeordneten Stellen wie dem Bundeskriminalamt. Der Bundesnachrichtendienst hat sich ebenfalls eingeschaltet. Kann sogar sein, dass ich abgezogen werde.«

»Ich würde Sie vermissen«, sagte Iris. »Und Felix?«

»Felix ist weiter dran. Er flucht jeden Tag wie ein Rohrspatz, weil er nicht dahinterkommt, wie dieser Katuschin seine Dateien verschlüsselt hat. Er vermutet inzwischen, dass es sich um mindestens drei unterschiedliche Systeme handelt. Frau Terheyde …« Schott klang zögernd.

»Ja, ist noch was?«

»Passen Sie gut auf sich auf.«

»Danke, das tu ich doch immer«, antwortete Iris.

Erst zu Hause fiel ihr die ungewohnte Dringlichkeit auf, die in Schotts Stimme gelegen hatte. Was hatte das zu bedeuten? Selbst wenn die Hintermänner inzwischen wussten, dass das LKA ihnen auf der Spur war – die verschwundene Roswitha Sommer konnte von ihren verdeckten Ermittlungen nichts gewusst haben. Oder gab es einen Maulwurf? War sie in Gefahr aufzufliegen? Hatte

Schott am Ende nicht darüber reden wollen, weil ihr Telefon möglicherweise abgehört wurde? Obwohl es sich angeblich um eine abhörsichere Verbindung handelte?«

Nach einigem Nachdenken beschloss Iris, ihre Ermittlungstaktik stillschweigend zu ändern. Es reichte, im Krankenhaus kam sie einfach nicht weiter, sie versprach sich woanders mehr davon. Außerdem, wenn sie es recht bedachte, hatte Schott diesen Vorschlag sogar selbst gemacht. Na ja, sehr vage. Aber die Idee gefiel ihr immer besser. Sie schaute auf die Uhr. Wenn sie gleich anrief, würde sie in der Krankenhausverwaltung noch jemanden erreichen.

Gesagt, getan. Iris bat darum, Bernd Bredscheid etwas auszurichten: Sie habe festgestellt, eine Arbeit im Dienste armer und gebrechlicher Menschen sei nichts für sie. Danach legte sie erst einmal die Beine hoch und dachte intensiv darüber nach, wie sie ihr Äußeres am besten verändern könnte. So, dass man sie nicht wiedererkannte.

Sie war gerade dabei, auf dem Sofa wegzudösen, als es an der Tür klingelte. Der Besucher war Max Trautmann. »Los, kommen Sie!«, erklärte er, nachdem er schnaufend die Treppe zu ihrer Wohnungstür erklommen hatte.

»Mir tun die Füße weh. Sie sind lästiger als eine Stechmücke.«

»Nix da, es ist ein wundervoller Abend. Solche Abende sind zum Genießen da. Wir gehen jetzt Boule spielen.«

»Aha. Genießen. Und das mit Ihnen?«

Max Trautmann grinste widerwillig. »Boshaft wie immer.«

»Wenn das so ist, warum stehen Sie dann vor meiner Tür?«

»Das frage ich mich gerade auch. Aber ich bin eben ein gutmütiger Mensch. Jetzt kommen Sie schon.«

»Ich kann nicht Boule spielen.«

»Ich erkläre es Ihnen.«

»Braucht man dafür nicht Kugeln?«

»Ich habe welche für Sie dabei.«

»Mein Auto ist kaputt.«

Er lachte schallend. »So, jetzt ist aber genug mit den ständigen Ausreden. Kommen Sie schon. Es ist nicht weit. Wir spielen jeden Montag und Mittwoch unten in der Codman-Anlage.«

»Wer ist wir?«

»Ein Schriftsteller aus dem schweizerischen Laufenburg, ein Tischler, der Inhaber einer Großgärtnerei und ich.«

»Da passe ich nicht dazu.«

»Schöne Frauen passen überall dazu. Nun seien Sie kein Frosch.«

Der Frosch gab den Ausschlag. Und ein bisschen auch die schöne Frau, obwohl Iris genau wusste, dass das nicht stimmte.

»Ist das anstrengend? Kann ich mich da verletzen?«, fragte sie eingedenk ihrer früheren Sportverletzungen.

»Keine Bange, nur ein bisschen Kugeln schieben oder werfen und damit eine kleinere Kugel treffen. Wer am nächsten dran ist, hat gewonnen.«

»Wirklich unten in der Codman-Anlage?«

»Ja, vor der Konzertmuschel unter den alten Kastanien. Nebenan rauscht der Mühlebach, und im Süden fließt der Rhein. Glauben Sie mir, es wird Ihnen gefallen.«

»Also gut, ich will mal nicht so sein.«

Er strahlte.

***

Kurz nachdem Iris mit Max losgezogen war, klingelte ein anderer Mann an ihrer Tür. Baldassare Cossa hatte spontan beschlossen, Iris zu besuchen. Er hatte sie trotz des Drängens der Stimme jetzt einige Tage nicht gesehen, sie etwas zappeln lassen wollen. Wenn jemand wusste, wie man Frauen verführte, dann er. Warten lassen, das wirkte immer. Wenn ein Mann, der einer Frau vorher heftig den Hof gemacht hatte, sich plötzlich nicht mehr meldete, begannen die Selbstzweifel und wurden mit jedem weiteren Tag stärker. Wenn sie sich von sich aus bei ihm meldeten, hatte er gewonnen. Meistens war auch genau das der Fall. Doch diese Kommissarin hatte sich nicht gemeldet. Das hieß, er würde sich noch mehr bemühen müssen.

Niemand öffnete. Cossa stand unschlüssig vor ihrer Tür. Was sollte er tun? Warten? Nein, ein Mann wie er wartete nicht auf eine Frau. Es hatte umgekehrt zu sein. Er kramte einen kleinen

Zettel aus seiner Tasche und schrieb: *»Ich habe Sie vermisst.«* Keine Unterschrift. Er war sich sicher, dass sie wusste, von wem der Zettel stammte, wenn sie ihn in ihrem Briefkasten fand.

Dann schlenderte er bergab in Richtung Altstadtbrücke. Er wollte sich noch ein wenig in diese griechische Kneipe am Rhein setzen, den lauen Abend am Fluss genießen.

Er war gerade angekommen, als er Stimmen und Lachen hörte. Sie kamen von der lauschigen Freizeitanlage mit der Konzertmuschel, neben der ein Bach relativ lautstark über Felsen in den Rhein rauschte. Das Gelände lag ein ganzes Stück unter Straßenniveau, zwischen dem Fluss und einem Haus mit grünen Dachziegeln, in dem seines Wissens neben Mietwohnungen das Vereinslokal der Laufenburger Narrenzunft untergebracht war.

Cossa beugte sich neugierig über das Geländer, um besser sehen zu können. Auf einer mit Kies bedeckten ebenen Fläche spielten unter Kastanienbäumen fünf Menschen Boule. Vier Männer und eine Frau. Letztere kam ihm bekannt vor. Cossa schaute genauer hin. Da war sie, Iris Terheyde. Sie sagte etwas zu einem dicken Mann, der gerade seine Brille wieder zurück auf die Nasenwurzel stupste und lachte. Dann warf sie ihre Kugel so geschickt, dass die eines Gegners von der kleinen Zielkugel weg ins Abseits spritzte. Es schien die Kugel des dicken Mannes zu sein, denn er schaute etwas betreten. Iris Terheyde lachte erneut und legte dem Dicken sogar tröstend die Hand auf den Arm. Was sollte das denn heißen? Hatte sie noch einen anderen Verehrer, musste er sich deshalb so bei ihr abstrampeln? Sollte er zu ihr gehen?

Cossa entschied sich dagegen. Besser, sie entdeckte ihn nicht. Er würde sich einen anderen Ort suchen, um essen zu gehen, und sie anrufen. Aber erst, nachdem er ihr eine Rose hatte schicken lassen. Eine einzelne Rose, langstielig und rot, mit einer Einladung in die Oper nach Basel. Das wirkte immer. Und sie mochte Opern. Das hatte er herausgefunden. Sie konsumierte sie allerdings wie Popsongs, schien keinen Unterschied zwischen E- und U-Musik zu kennen. Etwas gefiel ihr – und das konnte auch schon mal Hardrock sein –, oder es gefiel ihr eben nicht. Puccini gefiel ihr. Da lagen sie ganz auf einer Linie.

Auf dem Weg zurück in Richtung Altstadttor grübelte er darüber nach, woher er den dicken Mann kannte. Er war sich sicher, er hatte ihn schon einmal gesehen. Es fiel ihm nur nicht ein, wo.

***

Zu Iris' Erstaunen hatte Max recht behalten. Boule machte einen Riesenspaß. Sie amüsierte sich wie schon lange nicht mehr. Dabei bekam sie den Eindruck, dass sie sich noch nicht einmal allzu dumm anstellte. Durch das Schießtraining bei der Polizei wusste sie, wie man zielte. Die Herren ertrugen es mit Gleichmut, dass ihre Kugeln hin und wieder von Iris ins Abseits geschossen wurden. Sie luden sie sogar ein wiederzukommen. Doch, Boule gefiel ihr. Es wurde gelacht, es gab anregende Gespräche, und nachdenken konnte man auch dabei, unorthodoxe Pläne entwickeln. Sie versprach wiederzukommen und kehrte dieses Mal ganz ohne Sportverletzung heim.

15

Trotz seines zugegeben nicht geringen Alkoholkonsums beim Boulespiel mit dem Gänseblümchen hatte Max eine unruhige Nacht. Doch er setzte sich bewusst nicht gleich an den Rechner. Er wusste, er musste einen klaren Kopf bewahren, sonst machte er womöglich noch einen Fehler, während er Cossas PC ausspionierte. Er hatte zwar keine Ahnung, welcher das sein könnte, so firm war er in solchen Angelegenheiten dann doch noch nicht. Aber eben deshalb wollte er akribisch genau nach der Anleitung seines Hackerlehrers vorgehen. Er wälzte sich im Bett hin und her. Schließlich hielt er es doch nicht mehr aus. Er fühlte sich wieder nüchtern genug und beschloss gegen sechs Uhr früh, dass er es drauf ankommen lassen wollte. Minuten später wurde Max fündig. Der Trojaner arbeitete. Genau so, wie er es sollte. »Juhu!« Es war eigentlich nicht Max Trautmanns Art, lauthals zu jubeln. Er war beeindruckt von sich.

Cossa hatte unter »Eigene Dateien« einen Ordner angelegt, in dem er wie in einer Art Tagebuch eingehend die verschiedenen Damen beschrieb, mit denen er sich traf. Insgesamt zählte Max zwölf Frauen. Sie lebten in der gesamten Hochrheinregion. Fünf Schweizerinnen, eine aus Mumpf, eine aus Möhlin, eine aus Stein, die nächste aus dem Schweizer Rheinfelden und eine Frau aus Frick. Alle so zwischen vierzig und fünfzig Jahre alt. Eine weitere Dame lebte in Straßburg, eine ebenfalls im Elsass und die anderen im Schwarzwald verstreut von Freiburg bis Birndorf. Seine neue Bekannte aus Rheinfelden war nicht dabei. Noch nicht, vermutlich. Herrje, der Mann hatte die ganze Gegend abgegrast, weder Kosten noch Mühen gescheut und weite Wege in Kauf genommen. Natürlich, so war die Gefahr relativ gering, dass die Damen einander jemals begegneten. Und auch, dass die Polizei die Fälle miteinander in Verbindung brachte.

Max suchte weiter. Er fand in dem Ordner für jede Frau eine eigene Datei mit Foto, ihren Hobbys, ihren Charaktereigenschaften, ihrer Habe wie Häuser und Autos, die genaue Adresse und Angaben über ihren in allen Fällen nicht unbeträchtlichen

Kontostand. Darunter stand eine Punktzahl. Vermutlich ein Indiz, für wie lohnenswert Cossa den Kontakt hielt. Keine der Frauen hatte weniger als achtzigtausend Euro oder Franken auf der hohen Kante. Daneben hatte Cossa jeweils eine Zahl notiert, die nur geringfügig niedriger war als die Rücklagen der Damen. Der Mann war ein Verführer mit einer Buchhalterseele. Zwölf Frauen, verstreut in der Region. Wie machte der das bloß, und woher nahm er die Zeit?

Max schaute sich die Daten genauer an. Ah, einige Einträge lagen schon Wochen zurück, manche sogar Monate. Vermutlich hatte der Typ diese Damen bereits ausgenommen, und nun warteten sie vergeblich auf ihn und erkannten allmählich, dass sie einem Hochstapler aufgesessen waren. Max kopierte den Ordner auf seinen PC.

Aber was war mit seinem Gänseblümchen? Über sie hatte er bisher nichts gefunden. Er durchsuchte die Mails. Nichts. Cossa hatte anscheinend auch mit den anderen Frauen nie per Mail verkehrt. Und unter »Eigene Dateien« gab es nur diesen einen Ordner. Der Desktop war leer. Cossa hatte einen ausgesprochen aufgeräumten PC. Was die Vermutung nahelegte, dass er ihn nur als Back-up benötigte und eigentlich einen anderen Computer benutzte. Einen, den er vermutlich immer bei sich hatte. Ein Smartphone vielleicht oder ein Tablet. Also: Wo könnte er sonst noch etwas finden? Der Papierkorb. Die meisten Menschen vergaßen es, ihren Papierkorb regelmäßig zu leeren, nachdem sie die Daten auf einen »sicheren PC« oder eine externe Festplatte übertragen hatten.

Und da war sie.

Iris Terheyde, geboren 16. Februar 1971
Kriminalhauptkommissarin, Polizeidirektion Lörrach
163 cm, Kleidergröße 44 bis 46
Single
Aversion gegen Sport
Haare: mausgrau, Pagenschnitt, derzeit mit hellen Strähnen
Augen: graublau, werden langsam schlechter
Gesicht: recht ansprechend

Eigenschaften: stur, wenn sie nachdenkt, kaut sie Nägel
Etwas sperrig, hat Probleme mit ihrer Figur. Intelligent, sehr scharfsinnig. Liebt Blumen. Durch Komplimente leicht zu beeindrucken. Im Grunde ihres Herzens einsam. Wahrscheinlich eine schlimme Kindheit. Liest gern, meist jedoch Liebesromane, hat wenig Ahnung von Klassik, kann eine anregende Gesprächspartnerin sein.
Punktzahl: 6.

SECHS? Ja, war der Mann denn von allen guten Geistern verlassen? *Sein* Gänseblümchen bekam eine sechs? Eines stand fest. Der Mann hatte so viel Ahnung von Frauen wie ein Pinscher vom Bergsteigen. Das durfte sie nie erfahren, NIE!

Ihm fiel ein Haiku von Issa ein.

Der Bauer beim Rübenziehen
zeigt den Weg
mit einer Rübe.

Kobayashi Issa, der Rebell unter den japanischen Haiku-Dichtern aus dem 18. Jahrhundert, der die rund ein Jahrhundert zuvor nach Basho erstarrte 5-7-5-Versform immer wieder durchbrochen hatte.

Er hatte folgendes Haiku geschrieben. Es hätte eines für sein Gänseblümchen sein können.

Wärmer wird's mit jedem
Pflaumenblütenzweig,
der neu erblüht.

Max wurde warm ums Herz. Ja, so war sie. Mit jedem Lachen erblühte im Sinn des Wortes die Frau, die sich hinter ihrer Schutzmauer aus Sturheit und Angst verbarg. Für sie lohnte sich dies alles.

Er stutzte. Warum hatte Cossa ihre Daten in den Papierkorb geschoben? Hieß das, sie war für ihn Vergangenheit? Wollte er ihr etwas antun, und das war so etwas wie ein symbolischer Akt gewesen?

Max wurde flau im Magen. Sein Herz begann zu rasen. Er musste sie beschützen. Unbedingt! Sofort! Seine Gedanken rasten. Was sollte er tun? Zu ihr gehen? Das fiel aus. Aber was dann? Was dann? Sie würde ihn wegschicken. Ihm nur glauben, wenn er unumstößliche Fakten lieferte, dass sie wirklich in Gefahr war.

In Ermangelung einer besseren Idee beschloss er nach zwei Stunden verzweifelten Brütens, eine der Frauen aufzusuchen, an die Cossa sich herangemacht hatte. Aber welche? Er sah nach draußen. Es war ein sonniger Tag. Warum nicht das Angenehme mit dem Nützlichen verbinden? Er würde nach Straßburg fahren. Doch vorher musste er dem Gänseblümchen noch Cossas Informationen über die Frauen zukommen lassen. Bis auf ihre.

Er lud den Ordner auf einen Stick, marschierte über die Straße zu ihrer Wohnung und klingelte Sturm. Sie öffnete nicht.

Wo war sie?

Max bekam ein ungutes Gefühl. Ein sehr ungutes. Er zögerte. Sollte er den Stick zur Polizei bringen? Nein, dann flogen seine illegalen Aktivitäten auf.

***

Iris hatte gestern nach der Rückkehr vom Boule-Spiel noch schnell über das Kontaktformular auf der Homepage des Belisama-Zentrums einen Termin für einen ersten Besuch vereinbart und angedeutet, dass sie gern länger bleiben wollte, falls es ihr gefiel. Ebenso wie Max hatte sie schlecht geschlafen, aber nicht wegen ihres Alkoholkonsums. Sie hatte eine Entscheidung getroffen und fühlte sich lebendig wie schon lange nicht mehr. Da war es wieder, dieses Kribbeln im Bauch, die Aufregung, die das Blut durch ihre Adern trieb, dass der ganze Körper prickelte. Sie hatte das Gefühl, endlich auf dem richtigen Weg zu sein.

Iris liebte diese Form von Stress. Allein, auf sich gestellt, die eigenen Fähigkeiten und Grenzen ausloten.

So war sie früh aufgestanden an diesem Morgen. Und die E-Mail-Bestätigung lag zu ihrer Verblüffung bereits vor, als sie gegen sieben Uhr die Mails durchforstete. Sie betrachtete das als gutes Omen. Die übliche Morgenmuffeligkeit war danach wie weggeblasen, sie ging regelrecht beschwingt in diesen Tag. Natürlich, es war eine Wahnsinns-Idee, sich ohne Rückendeckung noch einmal im Zentrum umzuschauen. Das wusste sie selbst. Und obwohl Schott bereits einen entsprechenden Vorschlag gemacht hatte, war sie sich nicht sicher, ob er ihrem Vorhaben zustimmen würde. Sie konnte aber nicht abwarten, sie musste loslegen. Jetzt. Sofort.

Sie hielt es kaum aus und trank mindestens zehn Tassen Kaffee, bis der Friseurladen in der Andelsbachstraße endlich öffnete. Dort kaufte sie sich eine Perücke, die Haare schulterlang, lockig und dunkelbraun, sowie beim nahen Optiker eine Brille mit Fensterglas und dickem Hornrand. Dazu in der Hauptstraße Klamotten, die sie sonst nie anziehen würde: supereng, ordinär. Iris hasste sich darin und bedauerte es zutiefst, dass sie nicht auch ihre Figur verändern konnte. Außerdem kaufte sie sich eine von diesen billigen Schlamper-Lesebrillen, über die man oben hinwegschauen konnte. Die brauchte sie unbedingt, denn zu lesen würde es einiges geben. Das hoffte sie jedenfalls. Ohne Brille konnte sie normale Schriftgrößen jedoch kaum noch entziffern.

In einem Anfall von Großspurigkeit – und weil der Tag nun mal so schön war und weil sie hoffte, dass es bei den Ermittlungen endlich weiterging – mietete sie sich einen sportlichen Wagen, einen Audi TT Coupé, und machte sich auf den Weg zum Belisama-Zentrum. Die bohrenden Gedanken daran, dass sie Schott hätte Bescheid sagen müssen, oder Schütte oder wenigstens dem Glücklichen oder Trautmann, verdrängte sie.

Es war inzwischen Mittag geworden. Iris hatte nicht gefrühstückt, aber sie war auch nicht hungrig. Wie schon beim letzten Mal genoss sie die Fahrt durch die Schweiz in Richtung des Hauenstein. Der Sommer hatte auf den Hügeln des Jura die Regie übernommen. Die Wiesen am Hang standen in voller Blüte. Nicht mehr lange, und es war Zeit für die Mahd.

Sie hatte sich eine Geschichte zurechtgelegt. Ihr neuer Name lautete Jutta Schoder. Zweiundvierzig, vom Ehemann verlassen für eine Jüngere und Schönere, zwei heranwachsende Töchter, die beim Vater lebten. Gut situiert durch eine satte Abfindung des Ex, der damit sein schlechtes Gewissen zu beruhigen hoffte.

Aber dennoch eine aus dem sicher geglaubten Lebensgarten vertriebene Frau, deren Wurzeln in der Luft hingen und die nun einen Ort suchte, an dem sie sich niederlassen konnte, einen Sinn, Menschen, durch die sie weniger einsam war. Etwas, an das sie glauben konnte. Einen Grund, um weiterzuleben. Das würde sie dieser Hohepriesterin erzählen.

Nun konnte sie nur noch hoffen, dass Gertrud Schwalbe sie nicht erkannte. Die Wahrscheinlichkeit war allerdings nicht sehr hoch, fand Iris nach dem hundertsten Blick in den Rückspiegel. Es war verblüffend, was eine Perücke, eine Brille und ein wenig Schminke sowie Watteröllchen in den Backen alles bewirken konnten.

Als sie die schon bekannte Halle betrat, kam ihr eine junge Frau entgegen, in Beige gekleidet wie Gertrud Schwalbe bei ihrem ersten Treffen.

»Fàilte, willkommen. Du musst Jutta Schoder sein. Schön, dass du zu uns gefunden hast. Belisama ist momentan leider beschäftigt, sonst hätte sie dich selbst begrüßt.«

Komisch, als Iris war sie nicht sofort geduzt worden. »Belisama?«

»Gertrud Schwalbe, unsere Hohepriesterin. Ich werde aber mein Möglichstes tun, um sie so gut wie möglich zu vertreten. Falls du dich entscheiden solltest, eine Weile bei uns zu bleiben, werde ich deine Patin sein, die dich auf deinem spirituellen Weg zurück zu deinen Wurzeln und damit zu dir selbst begleitet. Denn nur, wer ganz bei sich ist, kann erkennen, wie sehr in dieser Welt alles miteinander verbunden ist, Menschen, Tiere, Pflanzen, sogar die Steine.«

»Da bin ich mir sicher«, sagte Iris; es klang ein wenig knödelig. Die Watteröllchen in ihren Backen erschwerten das Sprechen. Aber das war nicht schlecht, so veränderte sich auch ihre Stimme.

»Im Zentrum werde ich Baserta genannt«, sagte die junge Frau.

»Baserta? Ein interessanter Name.«

»Das ist eine keltische Göttin. Ursprünglich ist der Name abgeleitet vom gallischen Gott Basert. Er wurde in den Pyrenäen verehrt. Wir alle hier legen unsere bürgerlichen Namen ab und geben uns einen keltischen, wenn wir uns entschieden haben, den Weg der Vorfahren zu gehen. Das gilt natürlich auch für die Männer in unserer Gemeinschaft. Aber ich muss gestehen, bisher sind mehr Frauen als Männer zu uns gestoßen.«

»Und woher bekomme ich einen neuen Namen?«

»Belisama sucht ihn aus, je nach Eigenschaften und Möglichkeiten. Aber damit hast du noch lange Zeit. Wir legen Wert darauf, dass sich alle gründlich informieren, ehe sie sich endgültig entscheiden, bei uns einzutreten. Das kann manchmal Monate, wenn nicht Jahre dauern. Denn jeder muss seine eigene, die richtige Zeit finden.«

Iris fühlte, wie ihr Blut in den Adern pochte. Sie war auf dem richtigen Weg.

Der Rundgang mit Baserta durch das riesige Haus dauerte gut eine Stunde und beinhaltete die verschiedensten Stationen. Es gab einen Wellness-Bereich, einen Pool mit Sauna, in der Heilkräuter auf heiße Steine gestreut und dann übergossen wurden, damit sie mit Hilfe der feuchten Dämpfe in die Lungen und Poren drangen, Verkrampfungen lösten und die Öffnung für den spirituellen Weg und seine wunderbaren Erfahrungen erleichtern konnten, wie Baserta erklärte. Angegliedert waren einige Kabinen zur weiteren Entspannung mittels Massage mit speziellen keltischen Heilölen. Dazu gab es Kurse in keltischer Kräutermedizin und keltischem Kochen, damit jeder, der das Zentrum verließ, auch zu Hause weiter auf dem spirituellen Weg der Rauraker wandeln könne. Beim Wort Rauraker schaute Iris' neue Patin sie erwartungsvoll an.

»Rauraker?«, fragte Iris also brav.

Woraufhin Baserta ihr in einer Art kleinem Frühstücksraum im ersten Stock eine Tasse keltischen Kräutertee zur Entschlackung kredenzte und einen Vortrag hielt, der wie aus Wikipedia auswendig gelernt klang. »Die Rauraker oder auch Rauriker waren ein Nachbarstamm der Helvetier. Sie siedelten in der Gegend von Basel, Jura und Elsass. Archäologisch sind sie seit Mitte des zweiten Jahrhunderts vor Christus nachweisbar. Aus dieser Zeit stammen die Überreste einer hoch entwickelten, strukturierten Stadt, die 1911 in Basel entdeckt und nach ihrem Fundort Basel-Gasfabrik benannt wurde. Die Siedlung ist wahrscheinlich 58 vor

Christus aufgegeben worden, weil sich die Rauriker dem Auszug der Helvetier nach Gallien anschlossen. Nach der Niederlage in der Schlacht bei Bibracte kehrten sie aber in ihr ursprüngliches Siedlungsgebiet zurück und gründeten einen befestigten Ort auf dem Basler Münsterhügel. Du kennst Augusta Raurica?«

»Ja, Kaiseraugst. Nahe Basel.«

»Genau. Im Zuge der Eroberung des Alpenraums seit 25 vor Christus errichteten die Römer am strategisch wichtigen Geländesporn am Rheinknie ein Kastell. Und die raurakische Bevölkerung des Basler Münsterhügels siedelte möglicherweise im letzten Jahrzehnt des ersten vorchristlichen Jahrhunderts nach Augusta Raurica über.«

Iris gab ihrem Gesicht einen begeisterten Ausdruck. »Das klingt alles sehr interessant. Ich bin überhaupt sehr beeindruckt. Ich würde gern wiederkommen«, sagte sie.

Baserta sprang auf und klatschte in die Hände. »Ich wusste es, Jutta, ich wusste es gleich, als ich dich sah. Dass du hierhergehörst.«

»Kann ich sofort herkommen? Ich meine, ich müsste nur noch schnell einige Sachen holen, Kleider und so.«

»Kleider? Oh, die brauchst du nicht. Wir haben alles hier. Wenn du möchtest, kannst du dein altes Leben jetzt gleich hinter dir lassen, es abstreifen wie eine Haut und sofort in ein neues schlüpfen. Komm, lass dich umarmen, Jutta.«

Iris ließ sich umarmen und wunderte sich wieder einmal, wie wenig ihr das ausmachte, wenn sie innerlich unbeteiligt blieb. Aber wehe, sie mochte jemanden. Dann kam sofort jener unabweisbare Drang, sich zu befreien. Wie bei Trautmann.

»Also ich weiß nicht. Vielleicht warte ich lieber doch bis morgen oder übermorgen.«

»Du wirst sehen, es gefällt dir hier. Komm. Ich bringe dich noch schnell zu Belisama.«

Iris versteifte innerlich. Jetzt nahte die Stunde der Bewährung für ihre Maskerade.

Als sie die Treppe herunterkamen, hörte sie schon die Stimme von Gertrud Schwalbe aus dem Büro bis in die große Vorhalle dringen. »Ich werde das regeln, Monsignore. Sie können sich darauf verlassen.«

Eine Männerstimme erwiderte etwas auf Italienisch.

Gertrud Schwalbe lachte. »Nein, uns kann niemand aufhalten.«

Baserta klopfte vorsichtig an die nur angelehnte Tür. »Stören wir? Bitte entschuldige, ich konnte es kaum abwarten, dir unseren neuen Gast vorzustellen. Jutta Schoder.«

»Wie schön«, säuselte Belisama alias Gertrud Schwalbe. Ihre Miene sagte jedoch etwas anderes. Sie war verärgert über die Störung, wollte es aber nicht zeigen. Ihre Blicke wanderten zu dem Mann, der bei ihr im Zimmer saß. Monsignore hatte sie ihn genannt.

»Ich wollte sowieso gehen gerrade«, sagte dieser und erhob sich. Iris sah sich einem hageren, asketisch wirkenden Menschen mit scharfen Falten um den dünnlippigen Mund gegenüber, der wie ein Priester gekleidet war. Seine Augen bildeten einen bemerkenswerten Kontrast zu seinen herben Gesichtszügen. Sie waren hellblau, fast transzendent, wie das Meer an einem Sommertag. Und wach. Augen, die alles sahen. Iris fühlte sich unwohl unter diesem Blick.

Ob die Schwalbe sie erkannte? Nein, es machte nicht den Eindruck, ihre ganze Konzentration war auf den Mann gerichtet, sie schaute sie noch nicht einmal genau an. Iris hatte ihre erste Bewährungsprobe in der neuen Rolle bestanden.

Gertrud Schwalbe lächelte etwas verkrampft. »Dann gestatten Sie mir, Monsignore, Sie nach draußen zu begleiten. Baserta, du kannst unserem neuen Gast doch schon mal ihr Zimmer zeigen. Ich weiß ja dann, wo ich Sie finde, Frau …«

»Jutta, Jutta Schoder«, nuschelte Iris.

»Bitte verzeihen Sie mir meine Unhöflichkeit. Da Sie bei uns bleiben, werden wir noch viel Zeit füreinander haben. Aber draußen wartet schon das Taxi auf den Monsignore. Er muss einen Zug erwischen.« Die beiden verließen das Büro.

»Das ist Monsignore Andrea Andreotti, Mitarbeiter der Vatikanbank«, flüsterte Baserta ehrfürchtig, während sie ihnen nachschaute. »Der Monsignore gehört der Piusbruderschaft an, *Fraternitas Sacerdotalis Sancti Pii X.*«

Iris erinnerte sich, irgendwo gehört oder gelesen zu haben, dass einer der Bischöfe der Piusbruderschaft den Holocaust geleugnet haben sollte. »Oh. Und dann kommt er in ein keltisches Zentrum? Ist das nicht jene Bruderschaft, mit der Papst Benedikt noch bis kurz vor seinem Rücktritt das Gespräch gesucht hat?«

»Was du alles weißt, Jutta! Aber das muss dich nicht kümmern. Belisama hat gute Kontakte nach Rom. Auch zu Mitgliedern von Opus Dei, sogar bis ins Herz des Vatikans. Es gibt nichts, was diese Frau nicht kann.« Basertas Stimme klang ehrlich ergeben. »Nun komm. Ich zeige dir dein Zimmer. Wie lange willst du denn bleiben?«

»Ich fühle mich hier wohl. Du hast recht, ich bleibe einfach gleich hier.«

»Das ist eine gute Entscheidung.« Baserta wies auf die Treppe und ging voraus.

»Wie geht es denn jetzt weiter?«

»Auf deinem Zimmer findest du eine Liste aller Aktivitäten, die wir hier im Zentrum anbieten. Schau sie dir an. Außerdem wird Belisama das Gespräch mit dir suchen. Wir wollen doch herausfinden, wie dein spiritueller Weg aussehen könnte. So verschieden die Menschen sind, so verschieden sind auch ihre Wege. Danach werden wir gemeinsam so eine Art Landkarte für deinen Aufenthalt hier entwickeln und natürlich für die Zeit danach. Ich bin mir nämlich ziemlich sicher, dass wir uns noch oft wiedersehen werden.«

Oben angekommen, machte Baserta vor einer Zimmertür halt und lächelte Iris an. »Jetzt lasse ich dich aber allein. Um achtzehn Uhr, also in zwei Stunden, treffen wir uns alle zum gemeinsamen Abendessen. Vorher ist noch eine meditative Zusammenkunft im Raum bei der großen Halle anberaumt. Ach, noch etwas. Hast du ein Handy dabei?«

Iris schüttelte den Kopf. »Nein, ich wollte abschalten.« Sie hatte bei ihrer Ankunft spontan beschlossen, es im Auto zu lassen und auszuschalten. So lief sie auf keinen Fall Gefahr, dass jemand heimlich das Adressbuch ihres Handys durchforstete und sie aufflog.

»Das ist gut«, antwortete Baserta. »Denn wir bitten unsere Gäste immer, ihre Handys abzugeben, damit sie auf ihrem spirituellen Weg nicht gestört werden.«

Da hab ich aber noch einmal Glück gehabt, dachte Iris.

»Nun ruh dich aus. Ich komme dich holen, wenn es Zeit für die Meditation ist. Im Schrank sind Kleider, vielleicht ziehst du dich vorher um.«

Täuschte sie sich, oder warf Baserta einen abschätzigen Blick auf ihr hautenges T-Shirt? Falls ja, hätte sie es gut verstanden.

Nachdem ihre Patin gegangen war, setzte sich Iris erst einmal auf den cremefarbenen Überwurf des Betts und starrte auf die cremefarbene kahle Wand.

Andrea Andreotti. Vatikanbank, Piuspriester, Verbindungen bis ins Herz des Vatikans. Opus Dei – war das nicht eine Laienorganisation mit Sitz in Rom? Sie musste sich unbedingt über diese Leute informieren. Die Angelegenheit schien weit über die gewöhnliche Abzocke hinauszugehen.

In der letzten Zeit war Iris bei ihren Recherchen so einiges begegnet. Sie hatte den Eindruck, je mehr sie recherchierte, um Details herauszubekommen, desto mehr weitete sich die Angelegenheit aus. Statt auf die Mikroebene, auf der sie Näheres über die Hintermänner von Sonja Vleiel und den Sparverein namens »Abendrot« hatte erfahren wollen, führte sie der Faden, den sie aufgenommen hatten, in ein ganzes Netz von mehrere Länder umspannenden Aktivitäten. Netz? Ja, Iris hatte das starke Gefühl, dass alles, worauf sie im Zuge dieser Ermittlungen nach und nach gestoßen waren, miteinander verwoben war.

Was aber war der Zweck des Netzwerkes, dessen Konturen langsam, wie aus einem Nebel, vor ihnen auftauchten? Geldwäsche, Betrug, Abzocke. So weit, so klar. Aber wofür wurde das Geld gebraucht, das hier zusammengestohlen und -ergaunert, durch diverse AGs geschleust und reingewaschen wurde? Ging es wirklich nur darum, mit schmutzigem Geld saubere Immobilien zu kaufen, Diamanten und Gold zu horten, um die Finanzierung eines Lebens in Saus und Braus irgendwo auf der Welt zu gewährleisten?

Oder ging es um mehr, um übergeordnete Ziele? Wie war das Belisama-Zentrum darin verwickelt, wie dieser italienische Monsignore, wie Gertrud Schwalbe und Sonja Vleiel? Sonja, durch deren Aktivitäten sie überhaupt erst in diese ganze Sache hineingeraten war und die das Bindeglied bildete. Weil sie Gertrud

Schwalbe kannte, weil sie Cossa kannte, weil sie Felicitas Körber kannte, die wiederum die tote Nadine Seibold kannte. Sonja, Sonja, Sonja. War sie die Rattenkönigin, nach der sie suchten? War sie weit mehr als ein kleines Rädchen, war sie diejenige, die im Hintergrund die Fäden zog, während sie nach außen hin die harmlose Krankenschwester und Wohltäterin gab? Sonja, die dreißig T-Hemden bestellt hatte.

Sie musste unbedingt mehr über Sonja Vleiel erfahren. Vielleicht war es ganz gut, dass sie zugesagt hatte hierzubleiben. Sie würde versuchen, in Gertrud Schwalbes Büro nach Informationen zu suchen. Sie hatte Aktenschränke gesehen. Vielleicht entdeckte sie darin ihren Namen, Hinweise auf Sonja Vleiels Beteiligung an was auch immer, irgendwas über dieses angeblich so unbeschriebene Blatt. Sie glaubte inzwischen nicht mehr daran. Und warum hatte Sonja sie dann überhaupt hierhergebracht? Wenn nicht mehr hinter dieser so harmlos wirkenden, netten Fassade steckte, wäre das der Zufälle deutlich zu viel. Sie hatte das bestimmt nicht ohne Grund getan.

Sie musste sich mit ihren Nachforschungen beeilen, denn spätestens in drei Tagen musste sie hier weg sein. Es lag durchaus im Bereich des Möglichen, dass Sonja dann hier auftauchte, laut Dienstplan hatte sie ab Montag einige Tage frei. Bis dahin war sie für den Spätdienst eingeteilt, sie würde also wohl in Bad Säckingen bleiben. Sonja als Jutta Schoder gegenüberzutreten, traute Iris sich und ihrer Verkleidung dann doch nicht zu.

Ihr wurde mulmig. Vielleicht hätte sie doch besser jemandem Bescheid sagen sollen. Das Handy lag im Auto – nein, es blieb dabei. Wenn sie damit erwischt wurde, konnten die womöglich ihre eingespeicherten Kontakte auslesen und sie folg auf. Aber sie war auch nicht aus der Welt. Irgendwo in diesem Kaff oder in der Villa selbst musste es doch ein Telefon geben, das sie benutzen konnte, wenn es hart auf hart kam.

16

Libes Tagebuch,

20. Oktober 1946

es ist was ganz Furchtbares passiert. Wir haben Priska verloren. Mama will nicht darüber reden, sie hat dauernd ganz rot geweinte Augen. Sie sagt, sie kann nicht glauben, das Priska tot ist. Sie glaubt ganz fest, das sie doch irgendwie an Land gekomen ist, weil man ja ihren Körper nicht gefunden hat. Ich bin mir da nicht sicher. Ich glaube, Priska ist tot. Und ich bin schuld, weil ich mir doch so oft gewünscht hab, das sie weg sein soll.

Karl sagt, der liebe Gott, der sei nicht so, der täte solche Wünsche nicht erfüllen. An allem seien blos die schuld, die jetzt den Krieg gewonen hätten. Deswegen sei sein Vater im Gefängnis und seine Mama tot. Aber wenn er groß sei, werde er es denen zeigen. Ich habe gesagt, das sich unsere Feinde sicher auch was gewünscht haben, zum Beispiel, das sie uns besiegen. Und auf die habe Gott ja gehört.

Nein, hat Karl gesagt, der habe nicht auf sie gehört, die hätten einfach mehr Soldaten gehabt. Weil Deutschland sei am Ende ja ganz allein gewesen gegen ganz viele große Länder mit ganz vielen Soldaten. Und das ich schon sehen würde, wie sich das noch mal ändert, der liebe Gott stehe nämlich auf unserer Seite. Da haben wir Blutsbrüderschaft geschlosen und geschworen, das wir dem lieben Gott dabei helfen, alles wiedergutzumachen, das Karls Vater aus dem Gefängnis kam und er wieder heim darf.

Ach, ich bin ganz durcheinander. Jetzt erzähle ich erst mal, was genau passiert ist. Mama hat Priska und mich und Karl mitten in der Nacht gewekt und gesagt, das Boot sei da. Wir müsten jetzt los. Das konten wir auch ganz schnell, weil wir doch die Kofer gepakt und bereitgestellt hatten. Priska wollte aber nicht. Sie hat gesagt, sie will in Deutschland bleiben. Mama hat sehr mit ihr geschimpft.

Jedenfalls ist sie dann mit, und wir sind an den Rhein hinunter. Das war gruselig. Da hat ein Käuzchen geschrien, und Mama ist bei jedem Laut zusammengezuckt, auch als ein Hund gebellt hat. Es war gar nicht weit bis hinunter zum Fluss. Die Anlegestelle war ganz in der Nähe vom Schwimmbad.

Das Boot, das uns holen kam, war komisch, so eines habe ich noch nie gesehen. Es heißt Ponton, hat der Mann mir erklärt. Der war sehr nett, er hatte nur einen komischen Dialekt. Mama hat aber gesagt, ich sol ruhig sein. Also haben wir nicht mehr geredet.

Priska wollte nicht einsteigen. Aber Mama hat sie gezwungen. Als wir dann alle in dem Boot waren, fand ich es sehr lustig. Wenn ich gros bin, will ich auch mal so toll mit einem Ruder fahren könen wie der Mann.

Der Rhein hatte nicht viel Strömung. Es sei überhaupt nicht gefährlich, hat der Mann Mama zugeflüstert. Und das er genau wisse, wo man am anderen Ufer gut aussteigen könne.

Ich fand das gemein, das Mama mit dem Mann reden durfte, und ich nicht. Aber Mama hat mir zugeflüstert, Kinder in meinem Alter würden immer zu laut reden, wenn sie leise sein müsten, und auf dem Wasser könne man jeden lauten Ton meilenweit hören. Das fand ich doof, ich rede nie laut und kann gut flüstern.

Während Mama mit mir geflüstert hat, haben wir plötzlich einen Platsch gehört und dann einen Schrei. Es war Karl, der geschrien hat. »Pscht«, hat der Mann am Ruder gezischt. Der sah jetzt ganz wütend aus, das hab ich genau gesehen, obwohl wir nur wenig Licht hatten, weil der Mond nur hin und wieder durch die Wolken geschienen hat. Dann hat Mama aber auch einen Schrei ausgestoßen und mit dem Finger hinter uns ins Wasser gezeigt. Da hab ich einen Punkt gesehen. »Priska«, sagte Mama, »Priska!«

»Um Himmels willen«, hat der Mann gesagt und ganz schnell zu paddeln angefangen. »Hoffentlich gerät sie nicht in den Kraftwerksrechen.« Mama hat geschluchzt. Karl und ich haben mit den Händen beim Paddeln geholfen. Doch wir haben sie nicht mehr gesehen. Wir sind immer wieder hin- und hergefahren, aber Priska war da nicht.

»Ich setze Sie jetzt am Ufer ab«, hat der Mann irgendwan gesagt. »Dann hole ich Freunde, und wir suchen weiter nach Ihrer Tochter. Wieso springt sie auch in den Fluss!«

»Die ist sicher gefallen«, sagte Mama sehr würdevoll und gar nicht leise.

Aber das ist sie nicht, das weiß ich genau. Priska wollte bestimmt zu ihrem Freund. Und das hab ich Mama auch gesagt, um sie zu trösten. »Sie ist bestimmt ans Ufer und fährt mit dem Zug zurück«, hab ich gesagt. Am nächsten Morgen hatten sie Priska noch immer nicht gefunden. Am Rechen vom Kraftwerk war sie nämlich auch nicht.

Mama wolte bleiben und länger nach Priska suchen, aber der Mann hat gesagt, das ginge nicht, wir könten nicht bleiben, das sei zu gefährlich. Sie müsse mit mir und Karl nach Bern, da gebe es Kontakte. Er würde sich um Priska kümmern.

Und nun sind wir hier in Bern. Doch Mama weigert sich, das Flugzeug zu nehmen, um mit uns zu Papa zu fliegen. Sie wil erst wissen, was aus Priska geworden ist.

Ich bin auch traurig, ich häte nie gedacht, das Priska mir fehlt.

Aber wir werden sicher bald von ihr hören, das sie gut zurück in Freiburg angekommen ist. Ich schreibe dann sofort ales auf.

Bis bald, libes Tagebuch

Deine Trudi

P.S.: Jetzt hat Karl mir beim Schreiben über die Schulter geguckt. Ich fand das nicht gut. Aber so weiß ich, das ich liebes *Tagebuch schreiben muss. Und das heißt manchmal nämlich dass. Und muss mit zwei s. Und will mit zwei l und kann mit zwei n. Tut mir leid, liebes Tagebuch, ich werde jetzt beim Schreiben mehr auf die Rechtschreibung achten. Wenn ich was nicht weiß, frage ich Karl. Mitlesen darf der aber nicht mehr.*

17

Benedicte Biedermann lebte in La Petite France, einst das Quartier der Gerber, inzwischen eines der angesagten Straßburger Viertel, in einem der alten Fachwerkhäuser mit Blick auf die Ill. Sie wohnte damit allerdings nicht in der Nähe des Museums für Moderne und Zeitgenössische Kunst, dem einzigen Ort, der ihr noch so etwas wie inneren Frieden vermitteln konnte. Wenn sie in der Betrachtung eines Bildes versank, konnte sie alles vergessen, dann gab der brennende Schmerz in ihrer Brust für kurze Zeit Ruhe. Manchmal störten die Touristen, die im Sommer gern an der Ill entlangflanierten, aber man gewöhnte sich daran. Die Mieten waren horrend, doch das kam Benedicte Biedermann entgegen. Sie hatte das Haus geerbt und das Erdgeschoss an ein Café vermietet, die beiden Stockwerke mit den Balkonen darüber an einen Bankmanager mit Familie beziehungsweise einen alleinstehenden Herrn, der in Immobilien machte und gern geräumig lebte. Für sich hatte sie das Ober- und das Dachgeschoss zu einer großzügigen Maisonettewohnung umbauen lassen.

Benedicte Biedermann hätte glücklich sein können, es ging ihr finanziell gut. Doch sie war nicht glücklich. Es lag wirklich nicht am Geld, die Summen, die sie Carlos gegeben hatte, konnte sie verschmerzen. Geldeintreiber mit ziemlich brutalen Methoden waren ihm auf den Fersen, angeblich wegen Spielschulden. Dreimal hatte sie ihm Geld überwiesen, insgesamt einhundertzwanzigtausend Franken. Dreimal hatte er geschworen, nie wieder ein Casino zu betreten. Sie hatte ihm glauben wollen. Mit ihm ergab das Leben einen Sinn. Sie konnten zusammen lachen, sie teilten dieselben Interessen. Noch immer zehrte sie von der Erinnerung an ihren gemeinsamen Urlaub in der Provence. Es machte ihr nichts aus, dass sie allein dafür bezahlt hatte. Damals hätte sie alles getan, um ihn nicht zu verlieren. Und heute?

Sie betrachtete sich in ihrem großen Schlafzimmerspiegel. Er zeigte eine schmale, blasse Person mit kurz geschnittenem graublondem Haar und ondulierten Locken, die sie sich jeden zweiten Tag sorgsam von der Friseurin zwei Häuser weiter legen ließ. Sie wusste, sie war nicht schön, eher unscheinbar. Daran änderten auch Designerkleider nichts. Manch andere Frau sah in Discounterklamotten aus, als wäre sie eine Herzogin. Sie selbst war trotz der teuren Kleider schon mehr als einmal für ihre eigene Putzfrau gehalten worden. Sie wusste, sie war für das andere Geschlecht nicht sonderlich attraktiv, und war deshalb Männern gegenüber sehr misstrauisch. Sie hatte immer Angst, nicht um ihrer selbst willen geliebt zu werden, sondern weil sie die Erbin einer Schweizer Uhrendynastie war.

Bei Carlos war das anders gewesen. Er hatte sie im Sturm erobert. Es war ihm gelungen, die leere, inzwischen schon fast taube Stelle in ihrer Seele, die jeden Tag schmerzte, wenn sie aufstand, mit Leben zu füllen. Er war für sie der erste Mann seit langer Zeit gewesen. Er hatte ihr das Gefühl gegeben, schön zu sein, begehrenswert, geliebt. Und sie hatte beinahe begonnen, daran zu glauben.

Nach der dritten Überweisung hatte sie Druck gemacht, und Carlos hatte sich tatsächlich in einer Klinik angemeldet, in der man Patienten von ihrer Spielsucht heilte. Angeblich ein Ort, den die Angehörigen nicht besuchen durften. Die Patienten wurden rigoros abgeschirmt, damit sie nicht in alte Gewohnheiten zurückfielen und womöglich Leute trafen, die sie wieder zum Spielen verführten, hatte er ihr erklärt. »Vier Wochen, Benedicte, nur vier Wochen, dann bin ich wieder bei dir. Und dann beginnt für uns ein neues Leben. Ich schwöre, Benedicte, ich schwöre.«

Sie hatte gewartet. Aus vier Wochen waren sechs geworden. Sie hatte bei seinem Vermieter nachgefragt und erfahren, dass er ausgezogen war. Da hätte sie bereits ahnen müssen, dass er sie betrogen hatte. Doch sie hatte es nicht wahrhaben wollen. Wollte es noch immer nicht. Sie hatte begonnen, nach ihm zu suchen. Doch auch im Belisama-Zentrum, wo sie sich zum ersten Mal begegnet waren, wusste niemand etwas über seinen Verbleib. Inzwischen fragte sie sich, ob die dort mit Carlos unter einer Decke steckten.

Sie hatte die Einsamkeit loswerden wollen, die sie wie einen ansteckenden Virus seit Jahren in sich trug. Die Menschen um sie herum schienen zu bemerken, wie sehr sie sich nach Liebe sehnte, mehr, als sie sich selbst eingestand. Doch statt sich ihr zuzuwenden, zogen sie sich zurück. Aus Angst vor der Ansteckung, nicht willens, ihre Einsamkeit zu teilen. Vielleicht fürchteten sie auch, dass sie zu viel von ihnen fordern könnte. Im Belisama-Zentrum war das anders gewesen. Der gemeinsame spirituelle Weg verband, das Bemühen um Erkenntnis, um ein Leben im Einklang mit sich und der Natur. Zum ersten Mal seit Ewigkeiten, seit dem frühen Tod der Eltern, war sie wieder Teil von etwas gewesen, von einer Art, ja, Familie. Und sie hatte begonnen, sich für diese wunderbaren, freundlichen Schwingungen zu öffnen, die sie jedes Mal empfing, wenn sie zusammen meditierten. Belisama war der Katalysator, sie fing diese Energien auf, die guten und die schlechten Schwingungen, die jeder Einzelne im Raum aussandte. Die guten gab sie weiter, die schlechten verwandelte sie mit der großen Kraft ihrer Liebe in ihr Gegenteil. Belisama, die wiedergeborene Göttin, die im Leben draußen, außerhalb des Zentrums, Gertrud Schwalbe hieß. Benedicte Biedermann hatte ihr vertraut. Und dann war Carlos gekommen.

Würde sie ihn auch jetzt noch willkommen heißen, ihn zurücknehmen, trotz allem, was sie inzwischen über ihn herausgefunden hatte? Dass es andere Frauen gegeben hatte neben ihr. Sie hatte eine von ihnen getroffen. Der Vermieter hatte ihr die Adresse einer Frau genannt, die auch schon nach Carlos gesucht und ihn gebeten hatte, sie zu benachrichtigen, falls er wieder auftauchen sollte.

Sie hatte eine Woche überlegt, wie sie sich verhalten sollte. Dann war sie zu ihr gefahren. Eine ordinäre Person, neureich und protzig, mit Goldschmuck und Edelsteinen behängt wie ein Weihnachtsbaum. Eine ehemalige Sekretärin, die sich aus Kalkül ihren Chef, einen reichen, vierzig Jahre älteren Manager, geangelt hatte. Doch sie hatte die Rechnung ohne den Tod gemacht und war über dieser Ehe älter geworden. Der Mann war erst mit neunzig Jahren gestorben. Sie war inzwischen fünfzig, zu alt für Kinder. Eine Geschichte so voller Klischees, dass es schon fast wehtat. Der Mann war gestorben und die Zurückgebliebene nun auf der Suche nach der großen Liebe. Sie hatte sich Callboys gekauft, Singlereisen unternommen, jede esoterische Versprechung ausprobiert, derer sie habhaft werden konnte. Und war schließlich im Belisama-Zentrum gelandet. Wie sie.

Im Grunde war es lächerlich. Benedicte Biedermann schämte sich zutiefst für ihre Dummheit und Leichtgläubigkeit. Und dennoch … wenn er nun doch zurückkam? Er hatte etwas für sie empfunden, Sie konnte sich das nicht alles nur eingebildet haben. Gut, bei dieser ordinären Person war er womöglich ein anderer gewesen, aber bei ihr …

Sie ging zum Tresor, in dem sie wie einen Schatz alles aufbewahrte, was sie an ihn erinnerte. Fotos vom gemeinsamen Urlaub, Theater- und Opernkarten, Stadtpläne von Basel, Colmar und Freiburg von ihren gemeinsamen Ausflügen, die Rechnungen ihres gemeinsamen Straßburger Lieblingsrestaurants. Und den Brief aus Argentinien. Der Vermieter hatte ihn an sie weitergeleitet.

Sie hatte nicht gewagt, ihn zu öffnen. Denn wenn er wiederkam, wenn er eines Tages vor der Tür stand … vielleicht würde er ärgerlich werden. Vielleicht mochte er es nicht, wenn sie seine Briefe öffnete.

Es klingelte.

Benedicte Biedermann rannte förmlich zur Wohnungstür. Da war er, er hatte ihre Sehnsucht gespürt, war zurückgekommen. Zu ihr! Nicht zu der anderen.

Als sie durch den Spion sah, wer draußen stand, prallte sie zurück. Ein dicker Mann, vielleicht eins achtzig groß, mit lichter Stirn oder besser einer Oberkopfglatze und einem wirren lockigen Haarkranz drum herum. Aufmerksame Augen hinter einer dickglasigen Brille, die seine Augen noch vergrößerte. Er sah nicht gefährlich aus. Sie öffnete. Doch die Kette ließ sie dran.

»Bitte gnädige Frau, entschuldigen Sie die Störung. Ich heiße Trautmann, Max Trautmann«, erklärte der Fremde. »Ich bin Privatdetektiv und ermittle im Auftrag einer Klientin. Es geht um einen Herrn, den Sie vermutlich kennen. Er nennt sich Cossa, Baldassare Cossa. Oder Carlos Mendez.«

Sie starrte ihn an und nahm dann die Kette weg. Er sah aus, als sei ihm die Angelegenheit unangenehm. In einer Art Übersprungshandlung stupste er das Gestell seiner Brille mit seinem

Zeigefinger auf die Nasenwurzel zurück. Eine irgendwie rührende Geste.

Wenn er die nicht gemacht hätte – das erkannte sie später, nachdem er wieder fort war –, sie hätte ihm nie einen Kaffee angeboten. Und ihm wahrscheinlich auch nicht den Brief aus Argentinien gegeben. Aber sie war so zornig gewesen, so unglaublich zornig, als er ihr zeigte, was Carlos über sie geschrieben hatte.

Sie hätte nicht so unüberlegt handeln dürfen. Was der Detektiv ihr da gezeigt hatte, war nicht wahr. Es konnte nicht wahr sein. Es durfte nicht.

Trautmann hatte ihr geraten, Anzeige zu erstatten.

Aber das konnte sie nicht. Denn wenn er doch zurückkam, zu ihr zurückkam … Wie leichtfertig von ihr, den Brief aus den Händen zu geben! Was sollte sie ihm nur sagen?

Nun, sie konnte ja so tun, als wäre der Brief nie angekommen. Als habe sie nie mit dem Vermieter gesprochen. Und ja, sie würde ihn zurücknehmen. Trotz allem.

★★★

Schütte schaute ungläubig von seinem Stuhl vor Schotts Schreibtisch im zweiten Stock des Gebäudes Taubenheimstraße 85 in Stuttgart, dem Sitz des Landeskriminalamtes, zu Martin Felix, der mit allen Anzeichen freudiger Erregung in das Büro gestürmt und mit der Neuigkeit herausgeplatzt war. Er schloss die Akte, in der er gerade geblättert hatte, und legte sie auf seinen Schoß. »*Drei* verschiedene Codes? In drei verschiedenen Sprachen?«

Draußen zwitscherten die Vögel. Es war vergleichsweise idyllisch, denn die obersten Ermittler des Landes Baden-Württemberg residierten inmitten eines Bad Cannstatter Wohngebietes. Doch weder der LKA-Mann Schott noch Schütte vom Verfassungsschutz hatten Ohren für die kommunikativen Bemühungen der Vogelwelt.

Martin Felix nickte. »Ja, Russisch, Chinesisch und Spanisch. Deswegen hatte ich solche Mühe, die Verschlüsselung zu knacken.«

»Können Sie Chinesisch, Russisch und Spanisch?«

»Nur etwas Spanisch.«

»Das heißt, wir brauchen womöglich Übersetzer?«

»Das wäre gut. So schnell wie möglich.«

»Und wie sind Sie darauf gekommen?«

»Zunächst habe ich mir überlegt, ob und, wenn ja, welchen Algorithmus ich zugrunde legen könnte. Ich war mir ziemlich sicher, dass Katuschin methodisch vorgegangen ist, er war ein Buchhalter. Ein Rechner. Und in unserem Alltag gibt es schließlich oft Situationen, bei denen wir Algorithmen benutzen. Wie zum Beispiel beim Kaffeekochen oder wenn man den Computer startet. Das sind Algorithmen, weil man diese Vorgänge immer gleich ausübt. Kochrezepte gehören auch dazu. Es geht also um klar definierte Abläufe. Kurz gesagt, suchte ich nach einer Handlungsvorschrift zur Lösung eines Problems in endlich vielen Schritten. Und habe festgestellt – oder besser der Rechner –, dass es tatsächlich einen Algorithmus gibt. Die Anwendung auf alle Dateien hat jedoch nicht funktioniert, es kam nur Kauderwelsch heraus. Dann bin ich draufgekommen, dass es zwar derselbe Algorithmus sein könnte, aber mit abweichenden Variablen. Dahinter kann sich natürlich alles Mögliche verbergen, ein Text, eine bestimmte Zahlenfolge oder, besonders beliebt, das Alphabet. Ich habe also mit der beliebtesten Variation angefangen. Und manchmal hat man eben Glück. Die Schlüssel sind in unserem Fall verschiedene Sprachen. Als ich so weit war, habe ich mir angeschaut, mit welchen Sprachen wir im Laufe der Recherchen zu tun hatten. Bei Cisa gibt es zum Beispiel viele Anteilseigner aus dem asiatischen Raum. Myanmar, Singapur. So kam ich auf Chinesisch, genauer, Pinyin, die phonetische Umschrift der Zeichen auf der Basis des lateinischen Alphabets. Oleg Katuschin stammte ursprünglich aus Tschetschenien, also probierte ich Russisch. Wieder richtig. Unser italienischer Hochstapler Cossa war allerdings ein Reinfall, da passte es nicht so recht mit dem Algorithmus. Deshalb habe ich es mit einer verwandten Sprache versucht. Spanisch. Und siehe da, es hat geklappt.«

»Glückwunsch, Felix«, lobte Schütte. »Sie sind halt schon ein Fässle.«

Felix grinste.

»Glückwunsch, gute Arbeit«, sagte auch Schott, wandte sich aber gleich darauf von Felix ab, denn sein PC machte pling. »Eine Mail von der Rechtsmedizin«, erklärte er. »Sie trägt den Vermerk eilig.« Neugierig öffnete er sie.

Schütte und Felix warteten, bis Schott gelesen hatte.

»Donnerlittchen, ist denn das zu glauben?«, platzte der nach einigen Sekunden heraus. »Diese Terheyde, wie hat sie das nur wieder geahnt?«

»Was ist, was meinen Sie?«

»Sie hat mich in unserem letzten Gespräch gebeten, den toten Katuschin noch einmal auf eine bestimmte Droge untersuchen zu lassen. Und tatsächlich. Nun raten Sie mal, welche das ist.«

»Machen Sie es nicht so spannend.«

»Dieselbe Droge, die die Kleine im Blut hatte, Nadine Seibold. Irgendwas auf der Basis von Bilsenkraut. Iris Terheyde glaubt, dass im Belisama-Zentrum von Gertrud Schwalbe dasselbe Kraut verbrannt wird, um die Teilnehmer der Meditationen gefügig zu machen. Der Rechtsmediziner empfiehlt, die genaue Zusammensetzung zu untersuchen. Eine Droge dieser Art ist ihm nämlich noch nicht untergekommen.«

Schütte merkte auf. »Heißt das am Ende, wir haben es hier mit einem Drogenring zu tun? Einer Art Kartell von Drogenhändlern, die verschiedene Organisationen zur Geldwäsche nutzen? Vielleicht ist die Villa das Versuchslabor, und der Markt wird demnächst mit dieser neuen Droge überschwemmt. Sie könnte sogar eine der zentralen Verteilungsstellen sein. Ich vermute stark, dieses ganze Esoterikgetue ist nur Tarnung. Das kann ja heiter werden. Wir sollten die Villa durchsuchen.«

»Noch haben wir nichts als einen unbewiesenen Verdacht.«

»Was bewirkt eigentlich dieses Bilsenkraut, von dem immer wieder die Rede ist?«, hakte Felix nach.

»Moment, ich google das mal«, antwortete Schott. »Bilsenkraut ist ein Nachtschattengewächs. Im Schwarzen Bilsenkraut gibt es Alkaloide«, sagte er nach einer Weile.

»Also man kann sich damit berauschen.«

»Hmhm. Die Blätter und Samen sind allerdings ziemlich giftig, man muss die Toxizität, die je nach Standort und Pflanze variieren kann, genau kennen. Die Spanne zwischen Rausch und Tod ist extrem klein. Das Zeug wird auch Hexenkraut genannt.«

»Diese Esos schlucken doch einfach alles, um den Weg zum Glück zu finden«, knurrte Schütte.

»Das heißt aber doch, dass die Leute, die diese Droge auf der Basis von Bilsenkraut herstellen, womöglich mit dem Leben der Menschen spielen, denen sie es verkaufen. Gut, lebensgefährlich sind fast alle Drogen. Doch normalerweise weiß ein Konsument, was er tut, oder ahnt es zumindest. Hier werden aber Arglose vergiftet, Menschen, die noch nicht einmal ahnen, dass ihnen Drogen verabreicht werden.«

»Scheint so, Felix.« Schott lehnte sich kopfschüttelnd in seinem Stuhl zurück. »Diese Terheyde. Ohne sie hätten wir das womöglich noch übersehen.«

»Isch halt auch ein Fässle, die Frau«, sagte der Glückliche. »Und ehe Sie mich missverstehen …«

»Ich weiß, Sie meinten nicht die Figur.« Schott grinste noch nicht einmal. Er sah besorgt aus.

»Das müssen wir ihr gleich mitteilen. Unbedingt. Das muss sie wissen.«

»Allerdings. Machen Sie das doch, Felix. Vielleicht am besten persönlich.«

»Was wollen Sie damit sagen?« Felix sah ihn prüfend an. »Haben wir hier etwa einen Maulwurf?«

Schott schaute zu Schütte. Der zuckte mit keiner Wimper. Daraufhin wandte sich Schott seufzend wieder Felix zu. »Ich weiß es nicht, ehrlich gesagt. Ich weiß nur, dass die bei Cisa Wind von der durch uns veranlassten Betriebsprüfung bekommen haben und entsprechend vorbereitet waren. Die Bücher waren blütenweiß, zu rein, um wahr zu sein. Die Schweizer haben nichts gefunden. Deswegen werden die Kollegen ohne einen konkreten Verdacht auch nicht die Villa untersuchen.«

»Könnte Roswitha Sommer das weitergegeben haben?«

»Nein, die kann ja nicht mal was von der verdeckten Ermittlung gewusst haben, geschweige denn von unseren Erkenntnissen. Als wir die Betriebsprüfung angeleiert haben, war sie außerdem schon verschwunden. Hoffentlich finden wir die Frau nicht auch noch mit einer Bilsenkrautdroge im Blut tot irgendwo auf.«

»Also ein Maulwurf aus den eigenen Reihen?« Der Glückliche klang aufs Höchste alarmiert.

»Wie gesagt: Wir wissen es nicht«, meldete sich Schütte zu Wort. »Mir wäre es deshalb lieber, Sie behielten es für sich, Felix.«

»Hm«, brummte Felix nach einer kleinen Denkpause. Er sah nicht glücklich aus. »Dann dürfen wir kein Risiko eingehen. Wir müssen sie von dem Fall abziehen. Wenn stimmt, was Sie vermuten, könnte sie in Gefahr sein. Vielleicht ist sie als Informantin ja sogar schon verbrannt. Wir müssen sie umgehend informieren. Zumal wir über den Hintergrund und das Motiv der Morde an Katuschin und dem Mädchen noch immer so gut wie nichts wissen.«

»Ich finde, wir sollten sie weitermachen lassen«, widersprach Schütte. »Diese Frau kann auf sich selbst aufpassen.«

»Wir müssen Iris aus dem Fall rausholen«, beharrte Felix.

Schott und Schütte schauten sich erneut an. Schütte zog eine Augenbraue hoch. »Nicht jetzt.«

»*Noch* nicht«, sagte Schott. »Nicht, bis wir mehr wissen. Wir stehen noch immer ganz am Anfang, zumal uns Felicitas Körber als Mordverdächtige abhandengekommen ist. Sie hat ein Alibi.«

»Und was für eins?«

»Sie war daheim, sagen die Eltern.«

»Ist das glaubwürdig?«

Schott zuckte die Achseln. »So glaubwürdig, wie ein Alibi der Eltern für ihre Tochter überhaupt sein kann.«

»Was genau tun die Mädchen eigentlich bei diesem Verein?«

»Mal abgesehen von der Wartung der Homepage nicht viel. Jedenfalls nichts Kriminelles. Sie vertreten allerdings Thesen, die, sagen wir, mehr als nah an Volksverhetzung grenzen. Das verbinden sie mit gemeinsamem Kuchenbacken und der Organisation von Festen in Kindergärten.«

»Tea Party lässt grüßen«, erklärte Schütte.

An Schott perlte diese Art der Ironie völlig ab. »Es ist wohl eine Art rechtslastige Eventagentur für die ganz Kleinen, zum Zwecke der Indoktrination.«

»So könnte man das nennen.«

»Und was hat das alles mit Cisa und diesem Zentrum zu tun?«, erkundigte sich Felix.

»Gute Frage«, antwortete nun wieder Schütte. »Da sind diese zwei Frauen, die alles miteinander verbinden, Gertrud Schwalbe und Sonja Vleiel. Die Vleiel ist bisher blütenweiß, wir haben sie inzwischen auf Herz und Nieren überprüft. Immer eine gute Bürgerin, und es stimmt, was sie Frau Terheyde erzählt hat. Nur über den Tod der Mutter haben wir nichts gefunden.«

»Die Schwalbe?«

»Ziemlich undurchsichtige Person, zumindest bevor sie in die Schweiz kam. Scheint so etwas wie eine Rückeinwanderin zu sein. Deutschstämmig. Ist aus Italien eingereist, so viel wissen wir inzwischen. Die Italiener sagen, sie sei ursprünglich aus Südamerika gekommen, mit einem Touristenvisum aus Argentinien, von wo genau, ist unbekannt. Das ist Ewigkeiten her, ungefähr vierzig Jahre. Sie sagen, es sei nicht mehr genau nachzuvollziehen. Mit fünfundzwanzig hat sie Peter Schwalbe geheiratet, einen wohlhabenden Zürcher Banker, und wurde schließlich eingebürgert. Soweit wir wissen, keine Kinder. Vor drei Jahren, nach dem Tod ihres Mannes, ist sie plötzlich zur Esoterikerin mutiert und hat die Villa gekauft. Einige Monate später ist auch Katuschin in ihrem Umfeld aufgetaucht. Von ihm ist nur der Umstand, dass er aus Tschetschenien kommt, einigermaßen verifiziert. Es ist meiner Ansicht nach aber so gut wie unmöglich, von dort belastbare Informationen zu erhalten. Wäre er nicht tot, er gäbe einen wunderbaren Verdächtigen als Profikiller ab.«

»Der Verfassungsschutz ist also auch nicht schlauer als das LKA.« Schott konnte die Genugtuung nicht ganz aus seiner Stimme heraushalten. »Eigenartige Truppe, die sich da aus aller Herren Länder hier bei uns in der Region zusammengefunden hat. Dazu noch dieser Italiener, Cossa. Wissen wir über den schon mehr?«

Schütte verzog keine Miene und blätterte in der Akte auf seinem Schoß. »Kommt aus Kalabrien. Oder besser, er ist dort bei Verwandten aufgewachsen, die ihn adoptiert haben.«

»Mafia? Cosa Nostra oder wie die Clans so heißen?«

»Negativ. Für die Italiener ist er ein unbeschriebenes Blatt. Und die Adoptionspapiere sind angeblich nicht mehr aufzutreiben.«

Felix explodierte. »So geht das nicht. Alles, was wir bisher wissen, würde ins Bild einer größeren Organisation passen, mit der nicht zu spaßen ist. Wir dürfen nicht abwarten. Sagen Sie, was Sie wollen. Wir müssen Iris Terheyde von diesem Fall abziehen. Zumindest, bis klar ist, ob es einen Maulwurf gibt. Schott, herrje. Sie können doch nicht wollen, dass sie ihr Leben riskiert!«

Schütte schaute ablehnend.

Schott musterte Felix gedankenverloren, dann nickte er langsam. »Ehrlich gesagt, Schütte, Felix hat recht. Mir ist mulmig. Wir haben schon zwei Tote und eine Verschwundene, dazu womöglich ein Leck. Diese Leute spielen nicht.«

Felix atmete erleichtert durch. Dann runzelte er die Stirn. »Hoffentlich ist sie vernünftig. Ich kenne sie. Sie hat noch nie aufgegeben, wenn sie sich einmal irgendwo festgebissen hatte.«

»Sie wird lernen müssen, Anordnungen zu befolgen.«

Felix sah Schott zweifelnd an. »Glauben Sie daran?«

»Nein, eigentlich nicht. Trotzdem.«

»Also gut, ich gebe mich geschlagen«, meinte Schütte. »Da bin ich ja mal gespannt, was sie sagt, wenn Sie ihr die gute Nachricht überbringen, Felix.«

Iris Terheyde sagte nichts. Sie war telefonisch nicht zu erreichen. Auf Schotts Mail hin meldete sie sich nicht.

18

Iris schreckte hoch und wusste zuerst nicht, wo sie sich befand. Da war sie doch tatsächlich eingenickt. Wie viel Uhr es wohl war? Sie stand auf und wäre beinahe auf ihre Lesebrille gestiegen. Sie legte sie aufs Bett und schaute sich in ihrem Zimmer nach einer Uhr um. Nichts. Kein Wecker, kein blinkendes Display. Der Raum war spartanisch, aber hochwertig eingerichtet – Bett, Stuhl, Tisch aus edelsten Hölzern. Mahagoni, wenn sie recht vermutete. Alles war in Beige gehalten. Beige schien in diesem Haus offenbar die Farbe der Wahl zu sein. Vielleicht regte es ja den Geist an.

Für eine geistige Beschäftigung war darüber hinaus nichts vorhanden, weder Radio noch Fernseher noch Telefon. Das konnte ja heiter werden. Immerhin hatte der Raum ein eigenes Bad mit Dusche und Toilette. Beige Handtücher und Badvorleger.

Sie wusch sich die Hände, schaute dabei kurz in den großen Spiegel über dem Waschbecken und kam sich sehr fremd vor. Sie kontrollierte ihre Verkleidung. Mit den Watteröllchen in den Backen sah sie aus wie ein Hamster. Und unbequem war das auch. Die Kopfhaut unter der Perücke begann zu jucken. Sie widerstand dem Drang, sie abzunehmen, und inspizierte stattdessen den Kleiderschrank gleich neben der Eingangstür im kleinen Flur. Je weniger sie sich um die Unbequemlichkeiten ihrer Verkleidung kümmerte, umso eher gewöhnte sie sich daran und konnte ganz natürlich damit umgehen.

Im Schrank hing die hier anscheinend übliche beige Uniform. Seltsam, dass Leute, die gemeinsam eigene und bessere Wege gehen wollten, sich dabei irgendwie immer auf eine bestimmte Uniform einigten. Aber die Kleidung war bequem, das musste sie zugeben. Die Hose mit dem dehnbaren Bund passte, ohne zu kneifen, saß aber auch nicht zu locker. Das war optisch ohne Belang, denn die beigefarbene Seidenbluse mit der praktischen Knopfleiste reichte über den Bund und ihren Bauch hinweg bis zu den Oberschenkeln. Iris drehte sich vor dem Spiegel und fand, die Farbe stand ihr. Und der Schnitt der Klamotten schmeichelte ihrer Figur. Sie befühlte das Material. Es fasste sich angenehm leicht an. Wie eine Mischung aus Seide und Leinen. Es konnte aber auch etwas ganz anderes sein. Die Textilindustrie war ja imstande, alle möglichen Materialien herzustellen, die sich anfühlten wie Naturstoffe und dennoch künstlich waren.

Es klopfte an der Tür.

»Wer ist da?« Iris checkte sicherheitshalber noch einmal im Spiegel ihr Äußeres ab.

»Ich bin's, Baserta«, antwortete die weiche Stimme ihrer Patin.

Iris setzte eine erwartungsvoll-freudige Miene auf und öffnete die Tür.

»Schön, du bist schon fertig.« Baserta strahlte. »Dann lass uns mal zur Meditation gehen.«

Iris wurde in den ihr schon bekannten Raum geführt.

Es saßen dieses Mal bereits Menschen aller Altersgruppen, von Mitte zwanzig bis um die siebzig, auf den Kissen, die Gesichter wandten sich ihr zu. Einige lächelten.

Ansonsten lief alles genauso ab wie beim ersten Mal. Belisama begrüßte den neuen Gast, die Anwesenden taten es ihr gleich, wieder wurde ein Teil der Meditation in keltischer Sprache abgehalten. Wieder setzten die Trommeln ein, wieder verdichteten sich die Schwaden, die aus den diversen Räucherschalen aufstiegen. Iris fürchtete auch dieses Mal kurz zu ersticken und schaute hilfesuchend nach den Fenstern. Sie waren alle geschlossen. Sie wollte gerade aufspringen und ein Fenster aufreißen, da war die Atemnot vorbei und machte einem wohlig-zufriedenen Gefühl Platz. Sie ließ sich willig darauf ein.

»Komm, die Meditation ist vorbei, jetzt geht es zum Abendessen«, hörte sie Baserta irgendwann sagen. Iris kam wieder zu sich. Tatsächlich, sie hatte einen Wolfshunger.

Zum Essen gab es Vegetarisches: eine Kaltschale aus Gurken mit gerösteten Walnüssen, in der Tofu-Viertel schwammen, selbst gebackenes Brot, das ausgesprochen gut schmeckte, dazu allerlei Gemüse – Tomaten, Gurken, gebackener Fenchel, in Olivenöl gegrillte Zucchini und Paprika mit Kräutern sowie Frikadellen aus Reis, geraspelten Möhren, Käse und Zwiebeln, vermutlich mit Semmelbröseln abgebunden, die sie hervorragend fand. Zu trinken gab es Wasser und einen herrlich duftenden Kräutertee, der aus den großen Kannen, die überall auf dem Tisch standen, ständig nachgeschenkt wurde. In Iris' Fall tat das Baserta. »Das entschlackt«, meinte sie. »Trink, so viel du kannst. Du wirst sehen, morgen fühlst du dich wundervoll.«

Iris fühlte sich jetzt schon wundervoll, sie aß mit Heißhunger. Irgendwie hatte sie das Gefühl, mindestens zehn Zentimeter über dem Boden zu schweben. Auch dann noch, als sie sich versichert hatte, dass sie fest auf ihrem Stuhl saß. Es war sehr angenehm, keinesfalls verunsichernd. Sie fühlte sich leicht wie eine Feder.

Den Abschluss des gemeinsamen Abendessens bildete ein Gebet.

»Findest du allein in dein Zimmer?«, fragte Baserta. Es klang in Iris' Ohren wie »Grumrumimmer«. Aber sie verstand merkwürdigerweise trotzdem, was gemeint war, und nickte.

Baserta zog sie am Ellbogen hoch. »Ich hatte schon fast vergessen, wie müde die Meditationsstunden machen. Komm, liebe Jutta, ich bringe dich sicherheitshalber hoch. Wir wollen ja nicht, dass du dich verläufst. Du sollst dich bei uns wohlfühlen.«

»Ich fühle mich sehr wohl«, antwortete Iris. In ihren Ohren klang es wie »Chwsrrwol«. Sie beließ es dabei. Es ging eben im Moment nicht besser. Und es machte nichts, überhaupt nichts. Alles war gut. Sie ging wie auf warmem, weichem Moos, als Baserta sie die Treppe hoch geleitete, und sank, in ihrem Zimmer angekommen, mit einem seligen Lächeln aufs Bett. Baserta verabschiedete sich wortlos.

Iris dachte noch kurz daran, dass sie ein Telefon finden oder vielleicht doch das Handy in ihrem Auto benutzen sollte, um Schott oder den Glücklichen über diesen Priester, diesen Andretti, Amaretto, Appenzeller oder wie auch immer, zu informieren. Der Name fiel ihr gerade nicht ein. Es war zu angenehm, nichts zu denken, einfach dazuliegen und vor sich hin zu schweben.

Bald darauf schnarchte Iris. Ihre Brille war ihr auf der rechten Seite vom Ohr gerutscht und hing schief über ihrem Gesicht. Sie merkte es nicht.

Die Frau am Monitor betrachtete sie eingehend. Diese Neue wäre ein wunderbares Opfer für Carlos, dachte sie, ein gewohnt liebeshungriges, einsames Herz, das er verführen und schröpfen konnte. Offenbar war sie nicht an Drogen gewöhnt, sie war total bedröhnt. Außerdem schien sie angenehme Träume zu haben, denn sie lächelte schon fast debil und sabberte dabei etwas.

***

Zurück in Laufenburg, drehte Max den Brief an Carlos Mendez, den Benedicte Biedermann ihm mitgegeben hatte, hin und her. Der Umschlag trug einen argentinischen Stempel. Zumindest soweit Max das einordnen konnte. Seine Internet-Recherche ergab: Die Briefmarke stammte aus einer Sonderedition zur XI. Fußball-Weltmeisterschaft in ebendiesem Land im Jahr 1978. Der Absender verschickte offenbar selten Briefe.

Der Brief war auf Spanisch geschrieben. Max konnte kein Spanisch, aber wozu gab es diese Onlinewörterbücher? Außerdem sprach er etwas Französisch, das half.

Nachdem er eine gute halbe Stunde hin und her übersetzt hatte, war ihm so viel klar: Ein gewisser Augusto Prangel hatte an Cossa alias Carlos Mendez eine Farm und einen Gasthof in Villa General Belgrano, Argentinien, vererbt.

Was hatte das zu bedeuten? War dieser Cossa am Ende Argentinier? Max schaute auf den Briefkopf. Der Absender war eine Anwaltskanzlei in Buenos Aires. Und wo lag diese Farm?

Einmal mehr half Max das Internet weiter. Villa General Belgrano war eine Kleinstadt mit etwa sechstausend Einwohnern im Departamento Calamuchita der Provinz Córdoba im zentralen Argentinien. Genauer: im nördlichen Valle de Calamuchita, einem Tal in den Sierras de Córdoba, etwa fünfundsiebzig Kilometer südlich der Provinzhauptstadt Córdoba.

Was es sonst noch über Villa General Belgrano zu sagen gab, war interessant. *»Die Stadt ist ein beliebtes Touristenziel«*, las Max. *»Sie wird vornehmlich von Nachkommen deutscher, Schweizer und norditalienischer Einwanderer bewohnt – unter anderem von Überlebenden des im Zweiten Weltkrieg vor Montevideo versenkten Kriegsschiffes ›Admiral Graf Spee‹ – und gilt deshalb als ›alpine Enklave‹ in Argentinien. Besonders beliebt sind die Feste: das Bierfest (Fiesta de* *la Cerveza), das dem Münchner Oktoberfest nachempfunden ist, das Fest der Wiener Torten (Fiesta de la Masa Vienesa) und das Schokoladenfest. Im Zentrum findet man viele Gebäude und Wohnhäuser, die der alpinen Architektur nachempfunden sind. Vereinzelt ist auch die deutsche Sprache noch zu hören, dies geht aber immer mehr verloren.«*

Und noch etwas erregte Max' besondere Aufmerksamkeit: Seit dem 1. Oktober 2000 bestand eine Städtepartnerschaft mit Sigriswil in der Schweiz. Diese Gemeinde lag, soweit Max wusste, am Thuner See.

Das war ein Ding. Das musste er unbedingt dem Gänseblümchen mitteilen. Vielleicht half es ihr ja bei den Nachforschungen über die Herkunft dieses Cossa oder Mendez. Eigentlich kein Wunder, dass sie bisher noch nichts Greifbares hatten. Zumindest vermutete er das. Sonst hätte ihm das Gänseblümchen doch was darüber erzählt. Zumindest hoffte er das. Er wählte ihre Nummer. Es tutete endlos, niemand nahm ab.

Wieder beschlich Max ein ungutes Gefühl. Wo konnte sie nur stecken?

Ob er Felix anrufen und sich nach ihr erkundigen sollte? Das würde ihr nicht gefallen, wenn sie davon erfuhr. Sie hasste es, wenn man ihr »nachspionierte«, wie sie sich auszudrücken pflegte. Nein, besser nicht. Diese Frau hatte ein höllisches Temperament.

Aber einfach abwarten? Nein, das hielt er nicht aus, einfach so herumzusitzen. Er brauchte etwas zu tun, während er auf sie wartete. Max entschied, seine Beobachtung des Hauses in der Le Croisicstraße wieder aufzunehmen.

Was er sich nicht eingestand: Ihn trieb die Eifersucht. Er bekam den Gedanken nicht aus dem Kopf, dass sie bei Cossa sein könnte. Gut, sie war eher zurückhaltend mit Beziehungen zu Männern. Soweit er das wusste jedenfalls. Hier ging es aber um einen Fall. Wie weit gingen verdeckte Ermittlerinnen, um etwas herauszufinden? Am Ende war sie noch so etwas wie eine Mata Hari mit vollem Körpereinsatz?

Er verdrängte den Gedanken und redete sich ein, dass er das alles nur tat, um ihr bei ihren Ermittlungen weiterzuhelfen. Sie würde vielleicht ein Gesicht machen, wenn er am Ende ganz allein herausgefunden hatte, wer dieser ominöse Cossa oder Mendez eigentlich war. Italiener, Argentinier, Schlawiner. Und wer, bitte, war Augusto Prangel? Der Nachname klang jedenfalls ziemlich deutsch. Für jemanden mit Grund und Boden in Villa General Belgrano vermutlich nicht ungewöhnlich, aber was hatte der mit Cossa zu tun?

Um kurz vor dreiundzwanzig Uhr begab sich Max samt Auto auf den Parkplatz bei der Schule. Im Haus in der Le Croisicstraße waren wieder die Rollläden unten, als er es sich auf seinem Beobachtungsposten bequem machte. Stunden später rührte sich noch immer nichts. Er schaute auf das Leuchtzifferblatt seiner Armbanduhr. Gegen Mitternacht. Er beschloss, weiter zu warten. Vielleicht kam Cossa ja spät von einer seiner Verabredungen zurück. Womöglich mit dem Gänseblümchen.

Als Max das nächste Mal auf die Uhr schaute, war es vier Uhr vierzig. Er war von einem Geräusch geweckt worden, einer zufallenden Autotür oder so etwas. Er stieg aus dem Wagen, reckte sich und linste vorsichtig in Richtung Haus. Nichts, noch alles so wie vor dreieinhalb Stunden. Wenn Cossa um diese Zeit noch nicht zurück war, war es denkbar, dass er heute Nacht gar nicht mehr kam. Ob er versuchen sollte, noch einmal hineinzukommen, um sich diesmal genauer umzusehen?

Max bekam einen Schweißausbruch. Als Einbrecher bin ich wirklich völlig ungeeignet, dachte er, als er mit nervösen Fingern und dem Dietrich die Haustür öffnete.

Er merkte nicht, dass dieses Mal etwas anders war als beim ersten Einbruch. Erst ging eine Kamera im Flur an, dann die nächste im Büro. Sie folgte dem Lichtkegel seiner Taschenlampe und filmte alles, was Max tat. Wie er die Schreibtischschubladen aufzog und nichts darin fand, wie er die Bücher im Regal durchforstete, in jedem Einzelnen blätterte, es wieder zurückstellte. Die Kamera in der Küche nahm auf, wie er die Schränke durchstöberte. Die oben im Schlafzimmer und die im Bad registrierten seine Suchaktionen ebenfalls.

Am Ende kehrte Max enttäuscht in das Büro zurück. Dort stand er mit hängenden Armen mitten im Raum. Nichts. Keinerlei persönliche Sachen außer Kamm, Rasierapparat und Zahnbürste. Ob er die mitnehmen sollte? Wegen DNA und so. Das machten die doch heutzutage dauernd. Vielleicht war Cossa ja darüber zu identifizieren, unter einem dritten, noch ganz anderen Namen, der in irgendeiner Datenbank registriert war. Nein, er musste die Sachen dalassen. Das würde auffallen.

Ein letzter prüfender Rundumblick. Nur unverfänglicher Nippes. Cossa schien kein Privatleben zu haben, das Haus war so steril wie ein Krankenhauszimmer.

Draußen schlug erneut eine Autotür. Max schreckte zusammen und schaute auf seine Uhr. Es wurde bald hell. Höchste Zeit, sich vom Acker zu machen.

***

Der Anruf kam in aller Herrgottsfrühe. Cossa war gerade sehr, sehr spät und etwas übermüdet von einem Tanzabend zurückgekehrt. »Da sind Sie ja endlich«, sagte die Stimme, als er abnahm. »Wo haben Sie gesteckt? Wie weit sind Sie mit der Kommissarin?«

»Ich habe Waren gekauft und verkauft, das wissen Sie doch. So etwas dauert. Jetzt haben wir wieder jede Menge Quittungen für die Steuer. Sie liegen schon im Briefkasten der Cisa AG.«

»Gut«, sagte die Stimme. Sie klang irgendwie lauernd. Als warte sie auf etwas. Auf so etwas wie ein Geständnis seines Versagens? »Was haben Sie über den Stand der Ermittlungen gehört?«

Er konnte sich diese Frage nicht erklären. Sie hatte ihre Informanten. Sie musste genau wissen, wie es um die Ermittlungen stand. Da verstand er: Das war ein Test. Wieder einmal. Warum traute sie ihm nicht? Obwohl er seine Loyalität doch schon so oft bewiesen hatte. Jahrelang. Und seine Liebe. Ja, sie war es. Seine Domina. Er hatte lange darüber nachgedacht, immer und immer wieder. Inzwischen war er sich sicher. Sie steckte hinter der Stimme. Sie und immer nur sie. Ganz sicher.

Die Erkenntnis hatte ihn getroffen wie ein Schlag und ihn zutiefst verletzt. Sollte er ihr zeigen, dass er es wusste? Nein, besser nicht. Auch wenn er ihre Gründe nicht verstand, nicht begriff, warum sie so handelte, so würde er ihr Vorgehen doch akzeptieren. Sie war die einzige Frau in seinem Leben, die zählte, würde es immer bleiben. Und er wusste, wenn er ihr nicht gehorchte, würde er sie verlieren. Also spielte er dieses Spiel eben mit, so wie er seit ihrer ersten Begegnung alle ihre Spiele mitgespielt, alle ihre Befehle befolgt hatte.

Er wagte es nicht zu erzählen, dass er Iris mit anderen Männern hatte Boule spielen sehen und dementsprechend noch kein Stück vorangekommen war. Er flüchtete sich in unverfängliche Antworten. »Soweit ich weiß, sind die bezüglich Katuschin noch kein Stück weiter, geschweige denn bezüglich seiner Dateien«, erklärte er. »Mein Kontakt in Tschetschenien sagt zwar, dass eine Anfrage von den Schweizer Polizeibehörden eingegangen ist, er will sie aber erst mal liegen lassen. Und wenn die Bedingungen stimmen, verschwindet so was auch mal spurlos in einem ganzen Stapel von Liegengelassenem.«

»Gut«, sagte die Stimme noch einmal. »Übrigens, sind Sie sicher, dass sich im Haus in Laufenburg nichts Verräterisches befindet?«

»Absolut«, erklärte er fest.

»Gut«, sagte die Stimme zum dritten Mal. »Sie hatten heute Nacht nämlich Besuch. Die Kamera zeigt einen relativ großen, korpulenten Mann mit einer ziemlich dicken Brille.«

Der schon wieder. Cossa spürte Ärger in sich hochsteigen. Das war der Mann, den er mit Iris Terheyde gesehen hatte, inzwischen wusste er wieder, woher er ihn kannte, und hatte sich über ihn erkundigt. »Das wird Max Trautmann gewesen sein, ein Nachbar der Kommissarin. Die beiden spielen zusammen Boule. Er soll Westernromane schreiben und Haikus dichten. Der ist harmlos.«

Cossa brach ab. Nein, er erwähnte lieber nicht, dass dieser Mann drohte, ihm bei der Kommissarin den Rang abzulaufen. Seit Tessa Müller ihm erzählt hatte, dass Max Trautmann um sein Haus geschlichen war, vergaß er jedenfalls niemals wieder, den stillen Alarm und die Kameras einzuschalten, bevor er das Haus verließ. Glücklicherweise. Sie würde das zu schätzen wissen.

Doch es kam keine anerkennende Bemerkung zu seinem vorsichtigen Verhalten. Sie schien das für selbstverständlich zu halten. »Dann haben Sie schlecht nachgeforscht«, fuhr sie ihn stattdessen an. »Der Mann ist außerdem ein Privatdetektiv, das hätten Sie eigentlich wissen sollen.«

»Scusi«, antwortete er kleinlaut.

»Sparen Sie sich den südländischen Schmalz. Der zieht bei mir nicht. Es ist besser, Sie hören schnellstens damit auf, etwas *nicht* zu wissen.« Die Stimme klang jetzt metallisch. »Kümmern Sie sich um den Mann. Finden Sie heraus, was er weiß, warum er sich für Sie interessiert. Und dann ist es besser, er verschwindet. Aber unauffällig. Wir können keinen weiteren Ärger brauchen.«

Warum war sie schon wieder so kalt? Wie konnte sie zu ihm nur so kalt sein? Er bemühte sich, ruhig und sachlich zu wirken. »Wie Katuschin?«

»Wie Katuschin. Besorgen Sie sich Unterstützung, falls nötig.«

»Das wird nicht nötig sein.«

»Wenn Sie das erledigt haben, kommen Sie in die Villa. Es ist eine vielversprechende Dame eingetroffen. Was ist nun eigentlich mit der Kommissarin? Sonja Vleiel sagt, sie hat ihr Praktikum abgebrochen. War das Ihr Werk?«

Die Villa. Die Stimme erwähnte sie zum ersten Mal. Wie selbstverständlich. Wieder ein Beweis, es *konnte* nur sie sein. Cossa zog es vor, sich zum Abbruch des Praktikums nicht zu äußern, er war darüber nämlich völlig perplex. Wieso hatte Sonja ihm keine Nachricht zukommen lassen? Traute sie ihm ebenfalls nicht mehr? »Ich kümmere mich.«

»Tun Sie das«, antwortete die Stimme. »Eines noch …«

Cossa lauschte gebannt. Er hatte so eine Ahnung, dass er nun den ultimativen Hinweis darauf bekommen würde, wer die Person hinter der Stimme war. Und er lag richtig.

»Ich habe gehört, im Dachgeschoss der Russenvilla vermietet die Stadt Laufenburg Büroräume.«

»Ja, da steht ein Schild, ich habe es neulich gesehen«, sagte er so ruhig wie möglich.

»Mieten Sie sie.«

»Aber …«

»Kein Aber.«

Cossa widersprach nicht mehr, sie beendeten das Gespräch.

Sie suchte also noch immer nach ihrer Schwester. Danach würde sie verschwinden. Um ihn zu testen, seine Liebe, seine Loyalität, hätte sie genügend andere Möglichkeiten gehabt, dazu hätte sie diese elektronisch verfremdete Stimme, die zweite Identität nicht nötig gehabt. Um ihm weiszumachen, sie würde eine weitaus geringere Rolle in der Organisation spielen, als sie es tatsächlich tat, um seinen Blick für ihre wahren Absichten zu verschleiern, hingegen schon. Sie wollte ihre Schwester finden und sich dann absetzen. Ohne ihn.

Unvermittelt begriff er, was er nie hatte wahrhaben wollen: Sie liebte ihn nicht. Hatte ihn niemals geliebt. Er war nur ein Handlanger gewesen. Trotz all des Geldes, das er für sie herbeigeschafft hatte. Darum war es die ganze Zeit gegangen. Nicht um gemeinsame Träume, gemeinsame Ziele, eine gemeinsame Zukunft in einer besseren Welt.

Wenn er ehrlich zu sich war, dann vermutete er das schon eine ganze Weile. Der Gedanke hatte immer im Hintergrund gelauert, doch er hatte nie gewagt, ihn zu Ende zu denken, weil er so furchtbar war, kaum zu ertragen. Denn er bedeutete, dass er sie verlor. Nein, dass er sie schon längst verloren hatte. Ihre Schwester zu finden, das war ihre eigentliche Mission. Nur das hatte sie von Anfang an gewollt. Und das Geld. Sie würde ihn betrügen. Sie bereitete ihre Flucht vor, plante, ihn zu verlassen, ihn auszubooten.

Hass auf sie stieg in ihm hoch. Zum ersten Mal in seinem Leben. Er war nicht nur ihr Sklave. Er war mehr als das. Er war, bei aller Unterwürfigkeit, ein Mann. Einer, der sich zu wehren wusste.

Sein Gesicht wurde hart. Nicht mit ihm. Nicht mit Carlos Mendez. Er würde vorläufig weiter tun, was sie wollte. Doch, das würde er. Schon allein, damit sie glaubte, dass er ihr noch immer treu ergeben war. Er würde die Räume mieten. Danach würde er sich um den Detektiv kümmern. Und dann um sie.

19

Iris erwachte von Gesang, der leise in ihr Zimmer drang. Sie war noch immer benommen. Die Welt fühlte sich weit weg an, als wäre zwischen ihr und allem anderen eine dicke Gummiwand von der Durchsichtigkeit einer Milchglasscheibe. Als wäre sie in Watte gepackt. Anfangs dachte sie, sie würde träumen. Doch der Gesang hörte nicht auf. Dann brach er plötzlich ab. Sie stand auf und wankte unsicher ans Fenster, das zum Garten hinausging.

Es war eine klare Frühsommernacht. Neben dem Wasserbecken mit dem Springbrunnen tanzte auf einer Rasenfläche eine Gruppe hell gekleideter Frauen Ringelreihen. Nein, keine Frauen, Mädchen. Zwölf. Iris rieb sich die Augen, um sicherzugehen, dass sie nicht phantasierte. Doch die Mädchen blieben. Und sangen erneut.

Unversehens brach der Gesang wieder ab. Iris glaubte schon, entdeckt worden zu sein, da sah sie, wie zwei Frauen zu der Gruppe hinzutraten. Die eine trug große dunkle Tücher über dem Arm, die andere hielt ein Tablett mit Bechern. Jedes der Mädchen nahm sich einen Becher, trank, holte sich eines der Tücher und streifte es über den Kopf. Da erkannte Iris, dass es Ganzkörperverhüllungen waren, wie sie strenggläubige Musliminnen trugen. Wieder rieb sie sich die Augen. Was war das denn? Musliminnen in einem Zentrum, das vorgab, den Weg der keltischen Druiden zu lehren? War dieses ganze Esoterikgetue nur Staffage, und hinter der Fassade steckte etwas vollkommen anderes? Womöglich doch Islamismus, getarnt durch keltische Verehrung und rechtslastige Aktivitäten wie den Versand von 88-T-Hemden?

Das würde Felix brennend interessieren. Und sicher auch die Leute vom Internetkompetenzzentrum des LKA. Es war 2008 eingerichtet worden, um extremistische und terroristische Bestrebungen im weltweiten Datennetz gezielt zu beobachten, nachrichtendienstlich auszuwerten und etwaige Straftaten zu verhindern. Das Zentrum in Baden-Württemberg war mit dem Internetzentrum des Bundes zur Bekämpfung des Islamismus vernetzt. Außerdem gab es neuerdings eine Datenbank für rechtsextremistische Aktivitäten. Die war allerdings noch im Aufbau. Trotzdem, vielleicht fanden sich Querverbindungen. Sie musste unbedingt ein Telefon finden.

Iris hatte Schwierigkeiten beim Laufen. Ihre Knie waren wie Pudding, wie konnte das sein? Bei ihrem letzten Besuch im Zentrum hatte die Wirkung der Meditationsdroge nicht annähernd so lange angehalten. Sie öffnete vorsichtig ihre Zimmertür. Im Gang war niemand. Sie ging die Treppe hinunter, so leise wie möglich. Doch das war nicht einfach, die alten Holzstufen knarrten.

Da hörte sie Schritte vom Hintereingang her. »Seid leise, Mädchen«, sagte eine Frauenstimme. Das war Belisama, eindeutig. Anscheinend kamen die nächtlichen Tänzerinnen wieder herein. Iris spähte durch die Treppenflucht ins Erdgeschoss. Die Mädchen hatten die Burkas inzwischen wieder ausgezogen und trugen sie über den Armen. Sie wirkten auf Iris jetzt wie ferngelenkte Marionetten und gar nicht mehr wie eine Schar selig singender, tanzender junger Frauen.

Iris erstarrte. Hoffentlich wurde sie nicht bemerkt. Die ganze Szenerie war gespenstisch. Die Mädchen, die wie Zombies daherkamen. Gertrud Schwalbe alias Belisama und die andere Frau, die dagegen völlig wach wirkten. Ganz eindeutig, man hatte die Mädchen unter Drogen gesetzt.

»Roswitha, bring sie zum Wagen, der Fahrer wartet schon«, sagte Belisama.

Roswitha? Sie hatte den Namen schon einmal gehört. Iris bemühte sich verzweifelt, ihren Kopf klar zu bekommen. Roswitha … Roswitha Sommer? Die Finanzagentin, die Schott als V-Frau hatte gewinnen wollen und die dann verschwunden war? Konnte es dieselbe Frau sein? Sie selbst hatte sie nie gesehen. Aber ein häufiger Name war Roswitha in diesen Tagen nicht, es konnte also durchaus sein. Noch eine Nachricht, die sie unbedingt weitergeben musste. Dann konnten der Glückliche und Schott das überprüfen. Und sie selbst … sie musste schnellstens an die Aktenschränke in der Villa.

Eines der Mädchen drehte den Kopf in ihre Richtung. Iris konnte ihr Gesicht sehen. Es war Felicitas. Felicitas Körber. Die Verdächtige im Mordfall Nadine Seibold. Das schien die Nacht der Überraschungen zu werden. Auch das musste sie weitergeben. Nun stellte sich nur noch die Frage, wohin die Mädchen gebracht werden sollten. Weshalb hatte man sie unter Drogen gesetzt, und was sollten die Burkas?

Iris wurde schwindelig. Sie klammerte sich am Treppengeländer fest, um nicht zusammenzusacken. Was stimmte bloß nicht mit ihr? Ihr Verstand vernebelte sich erneut, und es wurde ihr unversehens speiübel. In ihrem Kopf hämmerte jemand, und hinter ihren Augen pochte ein solcher Schmerz, dass sie das Gefühl hatte, kaum noch richtig sehen zu können. Offenbar war es ein Fehler gewesen aufzustehen. Sie fühlte sich wie nach einer durchzechten Nacht.

Später. Es konnte nicht mehr lange dauern, bis die Sonne aufging, der Morgen graute bereits. Und vorher musste sie noch etwas schlafen. Danach konnte sie immer noch nach den Akten schauen und ein Telefon suchen.

Sie schlich sich wieder nach oben.

***

Freitag, kurz vor sechs am Morgen, und das Gänseblümchen war noch immer nicht aufgetaucht. Bevor er gestern zu seinem Beobachtungsposten vor Cossas Haus gefahren war, hatte ihre Wohnung still und dunkel dagelegen, und auch jetzt rührte sich nichts. Gut, es war noch früh, vielleicht schlief sie. Er brauchte allerdings nicht darauf zu warten, dass drüben das Licht anging. Es war schon hell draußen, da benötigte sie kein Licht mehr. Noch mal ins Bett? Nein, das war illusorisch. Er würde sowieso nicht schlafen können. Aber so eine durchwachte Nacht konnte einen schon auf Ideen bringen. Auf Ideen, die zwar anfangs sehr weit hergeholt schienen, mit dem Fortschreiten der Stunden aber immer weniger unwahrscheinlich wurden.

Er drehte den Brief des argentinischen Anwalts zum bestimmt hundertsten Mal in den Händen hin und her. Ob Cossa in Südamerika Verwandte hatte? Gut, das musste nicht sein. Konnte aber. Zumal er anscheinend in Wahrheit tatsächlich Mendez hieß. Ob vielleicht einer seiner Vorfahren auf der »Admiral Graf

Spee« gewesen war? 1939, vor der Küste Uruguays, war dieser damals modernste Kreuzer des Dritten Reichs auf seiner ersten und einzigen Feindfahrt angeblich vom eigenen Kapitän versenkt worden, damit das Schiff nicht den Alliierten in die Hände fiel. In der Mündung des Río de la Plata hatte man das Schiff gefunden, in nur acht Metern Tiefe. Er hatte mal darüber gelesen. Wo war der Artikel denn nur?

Ein Aktenordner nach dem anderen wurde durchsucht. Nach einer Stunde hatte er den »Spiegel«-Artikel aus dem Jahr 2006 entdeckt. Dem Bericht zufolge hatte die »Admiral Graf Spee« Wilhelmshaven am 21. August 1939, elf Tage vor Beginn des Zweiten Weltkriegs, verlassen. Am 13. Dezember war sie in einer Seeschlacht mit zwei britischen und einem neuseeländischen Kriegsschiff schwer beschädigt worden. Der Kapitän, er hieß Hans Langsdorff, hatte daraufhin den Hafen von Montevideo angesteuert. Die Regierung des eigentlich neutralen Uruguay gewährte der »Admiral Graf Spee« auf Druck der Briten aber nur eine Liegezeit von zweiundsiebzig Stunden – zu wenig für die notwendigen Reparaturen. Eine weitere Seeschlacht konnte das Schiff nicht bestehen, also sprengte Langsdorff das Schiff im Río de la Plata – angeblich auf den Befehl Hitlers. Dabei hätte die eintausendeinhundert Mann starke Besatzung mit untergehen sollen. Doch in diesem Punkt hatte der Kapitän die Befehle nicht befolgt. Die Leute waren zwei Jahre lang in Uruguay und Argentinien interniert worden. Langsdorff selbst hatte sich drei Tage nach der Versenkung seines Schiffs im argentinischen Buenos Aires das Leben genommen.

Argentinien. Mendez. Das konnte Spanisch, aber sehr wohl auch ein argentinischer Name sein.

Ob er irgendwie an die Besatzungsliste kommen konnte? Vielleicht fand er da was, irgendeinen Hinweis auf einen Mendez, vielleicht sogar ein Besatzungsmitglied, einen Matrosen oder Offizier, der diesen Namen trug.

Wo, zum Teufel, steckte das Gänseblümchen? Er musste unbedingt mit ihr darüber reden. Dass dieses Weib aber auch ständig irgendwelche Extrawürste braten musste. Sicher würde sie sagen, das seien alles Hirngespinste. Vielleicht hatten die beim LKA inzwischen schon mehr über Mendez herausgefunden und es ihm nur nicht gesagt.

Aber wo steckte sie? Am späten Vormittag hielt er die innere Unruhe nicht mehr aus und entschloss sich spontan zu einem Ausflug nach Günnenbach. Es versprach, ein herrlicher Tag zu werden, wie geschaffen für eine Tour. Das Gasthaus »Sonne« gab es nicht mehr, dafür aber die wunderbare Aussicht in Richtung Wehr auf den Rhein und die Ausläufer des Schweizer Jura, die sehr dazu angetan war, den Blick zu klären. Diese Form der Weitsicht, des Abgehobenseins, half nach seiner Erfahrung dabei, die Nahsicht auf Details zu schärfen, die im Wirbel der Überlegungen unterzugehen drohten. Gesagt, getan.

Er stellte den Wagen am Bergsee ab. Hier gab es genügend Parkraum. Danach lief er auf einer schmalen Straße bergauf Richtung Günnenbach. Es war still. Die Kurgäste waren bei ihren diversen Behandlungen, und die Touristen saßen beim Frühstück oder überlegten, welcher Tagesausflug anstand.

Max war so in Gedanken versunken, dass er das herannahende Motorrad erst in letzter Sekunde bemerkte. Hinter ihm röhrte laut der Motor der Harley auf. Sich umzudrehen und den kleinen Abhang in Richtung Wildgehege hinunterzuwerfen, war eins.

»Verdammte Motorradfahrer«, schimpfte Max, nachdem er sicher gelandet war. Konnten die sich nicht andere kurvige Strecken aussuchen? Gut, diese hier, hoch nach Günnenbach, war besonders reizvoll, aber trotzdem. Musste der Typ so rasen? Er rappelte sich hoch und klopfte seine dreckige Hose ab, die eine Mischung aus Dreck und diversen Gräsern zierte. Den Hieb von hinten über den Schädel sah er nicht kommen.

Max erwachte davon, dass ihm jemand Ohrfeigen gab.

»Hallo, hallo, hören Sie mich? Wie geht es Ihnen?«

Max schlug um sich.

»Ahuu«, sagte eine weibliche Stimme abwehrend. »Ist ja gut! Beruhigen Sie sich. Ich bin die Notärztin. Erschlagen Sie mich nicht, ich kann nichts dafür. Jemand hat Ihnen eins über den Schädel gezogen. Hinter Ihnen war eine Wandergruppe, die gerade denselben Weg wie Sie gehen wollte. Die haben alles beobachtet und die Polizei geholt. Hallo? Hallo, bleiben Sie bei uns! Nicht wieder wegtreten. Wir bringen Sie jetzt ins Krankenhaus, hören Sie?«

Im Krankenhaus wurde er sofort in die Notaufnahme transportiert und kurz darauf in die Röhre geschoben. Mit Hilfe der Computertomografie sollte festgestellt werden, ob er Schädelverletzungen davongetragen hatte oder es ein Blutgerinnsel gab, das eine sofortige Operation nötig machen würde. Die Notärztin hielt das für besser, da Max sich an nichts erinnern konnte. Er wusste nur noch, dass er zu einem Spaziergang aufgebrochen war.

Nach der Erstversorgung und drei benommenen Stunden im Krankenhausbett bekam er Besuch. Die stark blutende Wunde an seinem Hinterkopf war genäht, die Kopfschmerzen mit Tabletten besänftigt worden.

Er konnte sich noch immer an nichts erinnern.

Die beiden Beamten vom Revier Bad Säckingen, die ihn zum Überfall befragten, mussten ihn erneut aufklären. Eine Wandergruppe aus Hessen war vom Bergsee aus in Richtung Günnenbach marschiert und hatte nach einer Biegung einen Mann in Motorradkleidung und Helm dabei beobachtet, wie er einen Baseballschläger auf Max' Kopf herabsausen ließ, der gerade dabei war, aus einem Graben zu steigen, und lauthals fluchte. Wahrscheinlich hatte er den Angreifer deshalb nicht kommen hören, schlussfolgerte er später. Nach dem Schlag war er lautlos zusammengesackt. Als der Täter die Gruppe bemerkt hatte, war er sofort zu seiner Harley gelaufen und auf und davon gebraust. Trotzdem hatte einer der Wanderer sich die Nummer des Kennzeichens merken können.

Die Polizisten erklärten Max, der Mann habe es wohl auf seine Brieftasche abgesehen gehabt, und versicherten ihm, sie würden den Typ schon kriegen, bevor womöglich noch eine Panik unter den Touristen und Kurgästen ausbrach, weil in Bad Säckingen ein brutaler Räuber sein Unwesen trieb.

Max bezweifelte die These vom Raubüberfall. Soweit er zu diesem Zeitpunkt überhaupt schon wieder denken konnte. Die Krankenschwester warf die beiden Beamten schließlich aus dem Zimmer, damit er etwas Ruhe bekam.

Der Stationsarzt diagnostizierte eine Stunde später eine schwere Gehirnerschütterung, die Ergebnisse der Tomographie ließen noch auf sich warten. Als Max etwas von einem Gänseblümchen murmelte und Anstalten machte aufzustehen, um das Krankenhaus zu verlassen, spritzte er ihm sicherheitshalber ein leichtes Beruhigungsmittel. Im Wegdämmern wunderte sich Max darüber, dass es offenbar jemanden auf dieser Welt gab, der versuchte, ihn umzubringen. IHN! Das war eine neue und ziemlich erstaunliche Erfahrung. Und er wunderte sich, dass er gar keine Angst hatte.

Die sollte noch kommen.

***

Als Iris am Morgen gegen halb zehn erwachte, schien die Sonne in ihr Zimmer. Ihr Kreislauf war noch heruntergefahren wie an jedem Morgen, aber sie konnte einigermaßen klar denken und hatte das Gefühl, wieder Herrin ihrer Sinne zu sein. Kein Kopfweh, keine Übelkeit mehr. Die Welt war wieder zum Greifen nah, doch die nächtliche Szene mit den tanzenden Mädchen kam ihr vor wie ein seltsamer Traum. Weit weg, kein Teil von ihr, als sei es einer anderen geschehen.

Draußen klopfte jemand an ihre Tür. »Jutta, aufstehen, du Schlafmütze, ab zehn Uhr gibt es hier kein Frühstück mehr.«

Es war Baserta.

»Ich komme«, rief Iris. Sie bemerkte erstaunt, dass sie noch immer ihre Brille trug. Sie saß vollkommen schief auf ihrer Nase, ein Bügel pikte schmerzhaft in ihre Ohrmuschel. Sie musste in ihrer Verkleidung ins Bett gesunken sein, völlig fertig. Da machte es klick, und sie begriff. Nein, nicht völlig fertig. Völlig bedröhnt. Man hatte ihr am Vorabend ebenfalls eine gehörige Dosis einer Droge verpasst. Nicht durch die Rauchschwaden, sondern … Iris erinnerte sich an die Mädchen, wie sie brav nach dem Becher gegriffen und ihn ausgetrunken hatten. Nein, es musste der Tee gewesen sein. Und sie hatte ihn nur so heruntergeschüttet, weil sie durstig gewesen war und weil er so köstlich geschmeckt hatte.

In ihrem Hirn ratterte es. Ihr Denken funktionierte glücklicherweise einwandfrei. Iris registrierte es erleichtert. Sie fühlte sich klar und ausgeruht. Es wurde höchste Zeit, mit ihrer Arbeit zu beginnen. Sie musste schnellstens telefonieren und sich im Haus umschauen. Von irgendwoher kamen diese Drogen, irgendwo wurden sie aufbewahrt. Ging es hier am Ende nicht um links oder um rechts, um Islamismus oder Kelten und den Weg des alten Wissens, sondern einfach nur darum, den Leuten, die hierherkamen, Drogen zu verpassen – und sie auf diese Weise süchtig zu machen? Falls ja, war das eine ihr bisher unbekannte Art von Dealern, den Kreis ihrer Abnehmer zu erweitern. Aber sicher lief das schon eine ganze Weile. Wie viele sinnsuchende und für solcherlei Wirklichkeitsflucht anfällige Menschen konnte man hier in einem Jahr wohl durchschleusen? Eine Menge. Sie hatte allerdings nicht gehört, dass es in der Drogenszene der Region Veränderungen gegeben haben sollte, dass eine neue Droge verbreitet wurde, dass hier jemand versuchte, den Markt zu übernehmen.

Iris wollte die Brille schon abnehmen, als ihr einfiel, dass es in ihrem Zimmer womöglich keine wirkliche Privatsphäre gab. Sie hatte es mit Kriminellen der übelsten Sorte zu tun. Die ließen ihre potenziellen Opfer sicher nicht unbeobachtet. Dass sie Wanzen oder gar eine Kamera im Zimmer installiert hatten, war absolut denkbar. Vielleicht wurde sie langsam paranoid, aber sie würde die Perücke und die Brille erst abnehmen, wenn sie sicher war, dass sie nicht beobachtet wurde. Gleichzeitig fragte sie sich, wie sie mit den Watteröllchen in den Backen ihre Zähne putzen sollte. Zähne putzen? Womit denn eigentlich? Sie hatte keine Zahnbürste dabei.

Ihr Blick fiel auf das beigefarbene Gewand, das sie seit gestern trug. Hatte ihre Patin nicht gesagt, sie solle sich nicht sorgen, alles sei da? Iris stapfte ins kleine Bad, entschied sich gegen die Dusche und für eine Katzenwäsche. Im Spiegelschrank fand sie tatsächlich eine Zahnbürste und Zahnpasta. Sie gab trotz Watteröllchen ihr Bestes. Dann ging sie zum Frühstück.

Baserta kam ihr strahlend entgegen, als Iris den Frühstücksraum betrat. »Ah, da bist du ja, Jutta. Gut geschlafen? Belisama hat gesagt, dass sie gleich Zeit für dich hat. Sie freut sich schon auf das Gespräch mit dir. Aber jetzt iss erst mal.«

Es gab Brot, irgendwelche vegetarischen Aufstriche, die Iris noch nie gesehen, geschweige denn geschmeckt hatte, allerlei Obst, Müsli. Lauter gesunde Nahrungsmittel eben. Und denselben Tee wie gestern Abend. Sie nahm sich vor, nur zum Schein davon zu trinken. Sie musste klar im Kopf bleiben. Gleichzeitig stellte sie fest, dass sie eine ungeheure Lust auf den Tee verspürte. Sie empfand sogar einen so großen Drang, mehr davon zu bekommen, dass sie sich kaum beherrschen konnte. Diese Symptome kannte sie, wenn sie sie auch noch nie selbst empfunden hatte. Sie war mit alkoholsüchtigen Eltern aufgewachsen. Wenn die Droge so schnell süchtig machte, war das Zeug gefährlicher als alles, wovon sie bisher gehört hatte. Falls es in großem Stil unter die Leute kam, konnte es verheerende Auswirkungen haben.

20

Liebes Tagebuch,

13. November 1946

nun sind wir wieder bei Papa. Die Stadt heist Buenos Aires. Wir sind ganz froh, wieder zusammen zu sein, denn bald ist ja Weihnachten, aber auch ganz traurig wegen Priska. Sie haben sie nicht gefunden. Und bei ihrem Freund ist sie auch nicht. Ich hoffe noch immer, aber ich glaube, Priska ist doch tot. Die netten Schweizer in Bern, bei denen wir untergebracht waren, haben gesagt, wir dürften jetzt nicht länger warten. Sie könnten nicht ein drittes Mal neue Transitpapiere beschaffen. Und die holländische Fluglinie würde bald den für dieses Jahr letzten Transport von Flüchtlingen nach Argentinien durchführen. Da seien gerade noch drei Plätze frei.

Das hat Mama dann eingesehen, und so sind wir nach Zürich gefahren und in das Flugzeug eingestiegen. Wir haben jetzt einen neuen Nachnamen, den von Mamas Mama. Schlottauer. Und mich nennen alle Annegret. Bis auf Papa. Das ist mein zweiter Vorname. Aber den mag ich nicht. Für dich, liebes Tagebuch, bleibe ich Trudi.

Karl hat gesagt, weil die Leute in Argentinien spanisch reden, will er sich ab sofort Carlos nennen. Karl freut sich schon sehr auf seine neue Familie. Die lebt nicht in Buenos Aires, so wie Papa und wir, sondern irgendwo in den Bergen, wo es aussehen soll wie in den Alpen. Der Mann ist ein Deutscher, seine Frau stammt aus Kalabrien. Ich weiß nicht, wo Kalabrien liegt. Karl auch nicht, aber er hat versprochen, es herauszufinden und mir zu schreiben.

Papa sagt, Karls neuer Papa war ein Offizier auf einem Schiff, das vor einigen Jahren gesunken ist, einer von den wenigen an Bord, die noch Ehre im Leib und ihre Überzeugung nicht verraten hätten. Einer, der sogar bereit gewesen sei, dafür zu sterben, als der Führer dieses Opfer forderte. Aber der Kapitän hat sich nicht an den Befehl gehalten, sagt Papa. Und deshalb lebt der Mann noch.

Da, wo er lebt, gibt es noch andere deutsche Familien. Karls neuer Papa hat da einen Gasthof. Seine Frau und er können aber keine Kinder kriegen, und deswegen freuen sie sich, das Karl zu ihnen kommt, zu dem ich jetzt immer Carlos sagen muss, sonst wird er böse. In ein paar Tagen wird er abgeholt. Er soll Weihnachten mit seiner neuen Familie feiern.

Bei uns ist es jetzt ganz traurig. Ich glaube, Papa ist böse mit Mama, weil wir Priska verloren haben. Aber Mama kann doch nichts dafür, das Priska in den Rhein gesprungen ist.

Mama weint jeden Tag wegen Priska. Und Papa hat neulich gebrüllt, wenn sie so weitermacht, bringt sie ihn noch in die Nervenheilanstalt. Oder er bringt sie in die Nervenheilanstalt. Er wollte mir aber nicht sagen, was das ist, eine Nervenheilanstalt. Jedenfalls ist er jetzt wieder oft weg, er sagt, er habe von dem argentinischen Präsidenten Perón die Möglichkeit bekommen, weiter zu forschen. Und das sei doch ganz wichtig. Dieser Perón sei ein guter Mann und ein sehr verständiger.

Das denke ich auch, das muss er ja sein, wenn er einsieht, das Papas Forschungen wichtig sind, und dafür auch Geld zur Verfügung stelt.

Papa hat mal mit Mama darüber geredet. Da habe ich gehört, wie er gesagt hat, das das Geld »über Italien läuft«, dass sie da Hilfe hätten vom Vatikan. Der Vatikan ist nämlich so etwas wie ein Land, das eine eigene Bank hat, und nicht einfach nur das Haus des Papstes, wie ich früher dachte. Ich weiß aber nicht, warum der Präsident das Geld über Italien laufen lasen muss und es meinem Papa nicht gleich selbst geben kann. Vielleicht ist das, weil die Forschungen ganz geheim sein müssen. Papa hat gesagt, die Amerikaner würden auch solche Forschungen planen, aber er sei schon viel weiter.

Liebes Tagebuch, bald werde ich wieder in die Schule gehen. Ich habe jetzt schon einen Lehrer, der täglich ins Haus kommt und mit Carlos und mir Spanisch übt, damit wir dann später alles mitbekommen. Ich soll auf eine private Schule gehen. Auch das bezahlt der Präsident, sagt Papa, ebenso wie unser Haus. Es ist schön, es hat einen großen Garten, und wir haben auch wider Personal, was Mama sehr erleichtert. Aber sie wird nicht wirklich froh, wegen der Sache mit Priska. Und ich auch nicht, weil ich noch immer nicht sicher weis, ob Gott nicht doch auf meine Wünsche gehört hat. Dass sie weg sein soll und so.

¡Òla! ¡Ya nos veremos! Das heißt so viel wie: Bis bald, bis wir uns wiedersehen.

Deine Trudi

21

Das Beruhigungsmittel wirkte schon eine Weile nicht mehr. Max' Unruhe und seine Sorge um das Gänseblümchen steigerten sich fast ins Unerträgliche. Am Abend hielt er es nicht mehr aus, einfach still im Bett zu liegen, er war wild entschlossen, das Krankenhaus so schnell wie möglich zu verlassen. Auch gegen die ausdrückliche Empfehlung der Ärzte. Das CT hatte nichts Schwerwiegendes ergeben, sein Schädel war heil, ein Blutgerinnsel im Hirn gab es nicht. Also entließ er sich selbst. Natürlich gegen seine Unterschrift auf einem Formblatt, auf dem stand, dass er auf eigene Verantwortung heimging.

Jemand hatte also versucht, ihn umzubringen. Und auf die Frage nach dem Warum fand er nur eine Antwort: weil er Cossa beobachtet hatte und bei ihm eingebrochen war. Irgendjemandem war er zu dicht auf die Pelle gerückt. Und dieser Jemand scheute nicht davor zurück, einen Menschen zu töten, um die eigene Haut zu retten. Vielleicht war es sogar Cossa selbst gewesen. Er hatte den Motorradfahrer nur im Augenwinkel und auf der Maschine sitzend gesehen und natürlich nicht erkannt. Doch von der Größe kam es hin. Und wenn sie *ihm* schon ans Leder wollten, war das Gänseblümchen in noch größerer Gefahr. Sie steckte viel tiefer drin als er. Und sie war verschwunden. Er würde sie nicht im Stich lassen, egal, wie sehr ihm der Schädel wehtat. Also musste er sie finden. Das wiederum hieß, er musste hier heraus. Und einen Plan schmieden.

Die Fahrt mit dem Bus nach Laufenburg war eine einzige Qual. Bei jedem Ruckler hatte Max das Gefühl, dass ihm gleich das Gehirn durch die Schädeldecke katapultiert würde. Ab der Bushaltestelle gegenüber der Sparkasse, an der er ausstieg, setzte er die Füße deshalb ganz behutsam, um jede unnötige Erschütterung zu vermeiden.

Daheim angekommen, schaute er zu ihrer Wohnung hinüber. Alles dunkel, still. Wie vorher. Seine Angst um sie verwandelte sich in Panik. Er rief nacheinander ihr Handy und ihre Festnetznummer an. Beide Male meldete sich nur die sattsam bekannte

Frauenstimme vom AB mit der Erklärung, dass die Angerufene derzeit nicht zu erreichen war. Wo, um Himmels willen, steckte sie? Schwamm sie inzwischen leblos in einem Fluss? Bei dieser Vorstellung wurde ihm übel. Eine Welt ohne das Gänseblümchen? Unvorstellbar. Aber was sollte er tun? Was sollte er nur tun?

Seine Gedanken rasten, fielen übereinander, verschwanden im Nirgendwo, ohne zu Ende gedacht zu sein. Max bekam Atemnot, sein Schädel drohte zu platzen. Er schaffte es einfach nicht, einen Plan zu schmieden. Die Panik wurde immer größer.

Schließlich stieg wie eine Luftblase ein Gedanke in ihm hoch. Der Glückliche. Er musste Felix anrufen. Aber wo, zum Teufel, hatte er bloß die Handynummer hingelegt, die dieser ihm vor zwei Jahren anlässlich der Zusammenarbeit bei einer Ermittlung gegeben hatte? Eine Geheimnummer.

Max begann, in seinem Schreibtisch zu kramen, riss die Schubladen auf, warf den Inhalt auf den Boden, wühlte alles durch. Nichts. Er setzte sich auf den Boden neben das Chaos, das er angerichtet hatte, und hätte beinahe angefangen zu heulen. Ihm war, als hinge ihrer aller Leben davon ab, dass Felix ihm half, einen Plan zur Rettung des Gänseblümchens zu schmieden. Wo konnte er noch nachschauen, wo? Was hatte er, das im Zusammenhang mit dem Fall von damals stand? Oder mit dem Gänseblümchen?

Er ging zu dem Regal, in dem er die Akten aller seiner Ermittlungen aufbewahrte, auch den damaligen Fall. Ausdrucke von Zeitungsartikeln zum Thema Energiewende und über die Pläne der Schluchseewerk AG, im Hotzenwald Stauseen zur Energiegewinnung auf Pumpspeicherbasis zu bauen. Das war es – in Verbindung mit dem Bau der A 98 am Hochrhein – gewesen, was ihren Täter, den »Wächter«, auf die Barrikaden getrieben hatte. Fieberhaft blätterte er den Ordner durch und hätte beinahe laut aufgejubelt. Da stand die Nummer, hingeschmiert auf einem der Ausdrucke. Ohne Namen, aber das musste sie sein.

Max drückte die entsprechenden Tasten seines mobilen Telefons. Es tutete. Und wenn es doch nicht die Nummer von Felix war? Oder wenn der inzwischen eine ganz andere hatte? Er war in der Zwischenzeit schließlich versetzt worden. Er schaute auf die Uhr. Neun. Vielleicht war Felix ja unterwegs, ausgegangen, im Kino, in der Kneipe, bei einem Bier …

Max war erleichtert wie noch selten in seinem Leben, als sich endlich die vertraute Stimme meldete. Er erzählte Felix die Geschichte vom Überfall. Von der Gefahr, in der das Gänseblümchen womöglich schwebte. Und dass sie spurlos verschwunden war.

Felix sagte nur einen Satz: »Ich komme sofort.«

***

Es war ein langer Tag gewesen, und noch immer war sie nicht dazu gekommen, sich im Zentrum umzuschauen. Wie spät es wohl sein mochte? Neun, halb zehn? Die Sonne schickte sich an unterzugehen. Warum gab es hier nirgends eine Uhr? Besonders das Gespräch mit Gertrud Schwalbe alias Belisama hatte Iris erschöpft, da sie ständig befürchtet hatte, erkannt zu werden. Doch es war gut gegangen, die selbst ernannte Inkarnation einer keltischen Göttin hatte trotz des Anscheins von Allwissenheit, den sie sich gab, nichts gemerkt. Obwohl sie sogar behauptete, am Energiefeld eines Menschen erkennen zu können, ob er log. Sie sei in der Lage, die Aura mit allen Blockaden zu sehen, und könne den Menschen deshalb helfen. Alles Humbug. Iris hielt es für durchaus möglich, dass es tatsächlich Menschen gab, die so etwas konnten, das wollte sie nicht kategorisch ausschließen. Aber diese Dame log, dass sich die Balken bogen, und das auch noch, ohne mit der Wimper zu zucken. Ihr einziges Ziel war es, die Menschen zu manipulieren.

Iris beziehungsweise Jutta solle sich von ihrer früheren Welt lösen, Ballast abwerfen, die alten und damit schlechten Gewohnheiten abstreifen, verlangte Belisama. Das bedeutete, auch die ihr bisher vertrauten Menschen zu meiden. Das Programm, das Iris bevorstand, hatte es in sich: schamanische Schwitzhüttenrituale, entschlackende Kräutertränke, ökologisch angebaute und unbehandelte Lebensmittel, die aus eigenen Anbaugebieten stammten oder von besonders vertrauenswürdigen Produzenten bezogen wurden, reinigende Meditationen, gemeinsame Tänze, allerlei Sport, Massagesitzungen, aber auch Rückführungen in frühere

Leben und künstlerische Aktivitäten wie Malen oder Schreiben. Belisama hatte Iris geradezu beschworen, sich nicht nur die vorgesehenen drei Tage, sondern länger freizunehmen. Sie habe doch ohnehin niemanden mehr, sei unabhängig in ihren Entscheidungen und könne sich aufmachen auf diesen wunderbaren Weg, an dessen Ende eine geläuterte und leuchtende Seele stand. Auch der Körper würde gesunden, weil die Energie ungehindert floss.

Iris konnte die glückliche Jutta Schoder richtig vor sich sehen, so plastisch war das Bild, das Belisama von all ihren Möglichkeiten malte: schlank, intelligent, im Reinen mit sich und der Welt. Und geborgen in einer Gemeinschaft, in der sie sich für immer geliebt und aufgehoben fühlen konnte. Natürlich gab es das alles nicht ganz umsonst, leider. Der Unterhalt des Zentrums kostete. Nein, den Gästen werde nichts berechnet, alles geschah aus reiner Menschenliebe, aber Spenden …

Iris hatte sich mehr und mehr an die sattsam bekannten Auditing- und Kontrollpraktiken der Scientology-Sekte erinnert gefühlt. Die berechneten für ihre Clearing-Kurse im Laufe der Jahre Unsummen. Sie hatte sich mal mit dem Thema beschäftigt. Als das Thema Geld zur Sprache kam, beeilte sie sich deshalb zu versichern, dass sie genug zur Verfügung habe, um eine namhafte Spende machen zu können.

Keine Rechnungen zu stellen war natürlich schlau. So kam die Gruppe nicht mit dem Heilpraktikergesetz in Konflikt. Denn für einiges von dem, was hier angeboten wurde, benötigte man eine solche Ausbildung. Wenn allerdings kein Geld dafür verlangt wurde, hatten die Gesetzeshüter dagegen kaum eine Handhabe. In Deutschland jedenfalls war das die Gesetzeslage. Iris wusste nicht, wie streng die Regeln in der Schweiz waren, hatte aber gehört, dass man es hier etwas lockerer handhabte. Vielleicht hatte sich Gertrud Schwalbe überhaupt nur deshalb hier angesiedelt.

Belisama hatte Iris im Übrigen dieselbe Geschichte erzählt, die diese schon von Sonja Vleiel gehört hatte: Sie behauptete, die Witwe eines Schweizer Geschäftsmannes zu sein, die durch die Güte des Schicksals besondere Fähigkeiten mit auf den Weg bekommen hatte. Sie bezeichnete sich als Druidin, der in früheren Leben jener göttliche Funke der allumfassenden Liebe mit auf den

Weg gegeben worden sei, den sie jetzt an Iris und viele andere Menschen weitergeben wolle, die in dieser kalten, unpersönlichen und nur noch leistungsorientierten Welt emotional verhungerten.

Iris war glücklich gewesen, nicht allzu viel reden zu müssen. Am Ende der eineinhalbstündigen Unterhaltung hatte sie versprochen, länger zu bleiben. Sie hätte alles versprochen, um die Dame loszuwerden und sich wieder ein wenig entspannen zu können. Sie musste sich zudem eingestehen, dass sie nicht ganz unempfänglich für Belisamas Visionen war. Es gab durchaus Stellen in ihrem emotionalen Gefüge, an denen aufgrund von alten Verletzungen die Liebesenergie nicht mehr so richtig floss. Doch die Heilung dieser Dame überlassen? Nein, auch dann nicht, wenn ihr Besuch hier echt gewesen wäre. Sie misstraute Menschen zutiefst, die von sich behaupteten, einen allgemeingültigen Weg zum Glück und eine universell gültige Wahrheit entdeckt zu haben. Iris mochte keine Gurus. Auch keine weiblichen.

Nach dem Mittagessen war erst einmal Ruhezeit gewesen. Iris hatte sie genutzt, um sich in ihrem Zimmer genauer umzuschauen, und tatsächlich mehrere Minikameras entdeckt. Gut, dass sie vorsichtig gewesen war. Das hieß aber auch, dass sie ihre Verkleidung nur ablegen konnte, wenn sie sich wirklich sicher war, dass sie unbeobachtet sein würde. Irgendwo in der Natur vielleicht. Das würde recht unbequem werden. Unter der Perücke juckte es bereits. Sie hatte danach nur einen Gedanken gehabt: Sie musste raus. In diesem Zustand konnte sie unmöglich an der schamanischen Schwitzhüttenzeremonie teilnehmen, die am Nachmittag für sie vorgesehen war. Die Vorstellung, samt Perücke noch mehr zu schwitzen, während die Watteröllchen in ihren Backen drückten und die Schminke davonlief – das war keine erhebende Aussicht. Also: auf zum Spaziergang. Perücke abnehmen. Luft schnappen, nachdenken.

Doch ihrer Patin war sie nicht entkommen. Als hätte Baserta ihr aufgelauert, traf sie sie beim Hinausgehen am Fuß der Treppe. Gleich hinter dem Haus führe ein Weg den Berg hinauf, von dessen Kamm aus sich dem Betrachter ein wunderbarer Blick über das Land darböte, hatte Baserta ihr erklärt und sich Iris kurzerhand angeschlossen.

Es wurde eine dreistündige Wanderung daraus, die Iris die letzte Kraft kostete. Sie war hinter der jungen Frau hergekeucht, die angeblich zu ihrer Unterstützung abgestellt war, aber offenbar nichts anderes wollte, als sie körperlich zu ermüden. Baserta schien über eine praktisch unerschöpfliche Kondition zu verfügen, tanzte fast die steile Steigung hinauf, die Iris nur unter größten Mühen erklimmen konnte. Sie schwitzte, hatte Seitenstechen und Wadenkrämpfe.

»Komm, meine Liebe, gleich sind wir da. Du wirst vom Ausblick begeistert sein«, säuselte Baserta immer wieder mit einem Lächeln und ohne einen Schnaufer mehr als im Ruhezustand. »Du musst einfach nur tief atmen, über das Zwerchfell, das geht schon.«

Iris hatte ihr Zwerchfell gedehnt, was das Zeug hielt, doch es ging nicht. Die Zunge klebte ihr am Gaumen.

Schließlich hatte Baserta ein Einsehen gehabt. »Vielleicht sollten wir doch lieber zurückgehen.«

Iris hatte nur noch ein dankbares Nicken zustande gebracht und sich nach der Rückkehr mit letzter Kraft die Treppe hoch in ihr Zimmer geschleppt, völlig erschöpft und ohne jegliches Zeitgefühl. Auf dem Tisch standen jetzt ein Krug mit Wasser und ein Glas. Beides war heute Morgen noch nicht da gewesen. Sie trank den halben Krug leer. Dann sank sie auf ihr Bett.

Langsam wurde es dunkel im Zimmer, während die Sonne immer weiter versank. Nur erst ein wenig ausruhen, abwarten, bis es im Haus ruhiger wurde und die anderen Gäste in ihren Betten lagen. Dann würde sie sich an die Arbeit machen.

Gegen ihren Willen schlief Iris ein.

Als sie wieder erwachte, war es mitten in der Nacht. Das bekannte dösige Gefühl im Kopf war wieder da. Vergifteten die jetzt auch noch das Wasser?

Iris marschierte, ohne Licht zu machen, in das kleine Badezimmer, in der Hoffnung, dass die Kameras im Dunkeln nichts aufnehmen konnten. Die im Bad befand sich im Thermostat der Flachheizung an der Wand und war für abhörtechnisch Unkundige kaum zu erkennen. Iris warf ihr Handtuch drüber. Sie musste unbedingt die Perücke vom Kopf bekommen und sich an der Kopfhaut kratzen. Unbedingt, sonst wurde sie von diesem Jucken noch verrückt.

Ihr Kopf ohne Perücke fühlte sich an, als kröchen tausend Ameisen darüber. Sie wusch sich die Haare, besprenkelte sich unter der Dusche ausgiebig mit kaltem Wasser und hatte schließlich wieder einen klaren Kopf. Dann funktionierte sie den Schal, den sie normalerweise über Hals und Ausschnitt trug, um die Plisseefelder zu verdecken, zu einem Kopftuch um. Das musste gehen. Es war dunkel im Haus, im Dämmerlicht wäre kaum zu erkennen, dass sie darunter keine Perücke trug. Sie schnappte sich ihren Schlüsselbund, an dem auch eine kleine Taschenlampe hing, und schlich hinaus. Sie wusste, sie musste schnell sein.

Iris begann im Keller. Sie geriet in einen langen Gang, von dem zahlreiche Türen abgingen. Keine war verschlossen. Hinter den meisten entdeckte sie allerlei Gerümpel, aussortierte Möbel und solche Sachen. Sie nahm sich vor, die Räume später einen nach dem anderen genauer zu durchsuchen. Jetzt musste sie sich erst einmal einen Überblick verschaffen. Die letzte Tür, die, an der der Gang endete, war verschlossen, allerdings mit einem recht einfach zu öffnenden Schloss, das ihr weiter keine Mühe machte. Als sie den Raum betrat und sich im Dämmerlicht des Mondes, das durch zwei Kellerfenster fiel, umsah, holte sie erst einmal tief Luft.

Sie befand sich in einem hervorragend ausgestatteten Labor. Jetzt wusste sie, wo die Drogen herkamen. In einer Ecke entdeckte sie einen Stapel von Kartons, der oberste stand offen. Es befanden sich durchsichtige Plastiktüten darin. Deren Inhalt sah aus wie harmloser Zucker. Doch Iris zweifelte daran. Hexenkraut-Mischung traf vermutlich eher zu. Hier stand vermutlich eine Fuhre Drogen abholbereit. Sie schaute genauer nach, keine Adresse. Für wen sie wohl bestimmt waren? Ob sie eine der Tüten mitnehmen sollte? Sie entschied sich dagegen. Es war sicherer, das erst zu tun, kurz bevor sie hier Fersengeld gab. Gut, vielleicht standen die Kartons dann nicht mehr da, aber sie würde schon noch Reste dessen finden, was hier zusammengerührt wurde. Und wenn sie ein Reagenzglas mitnahm? Nein, kein unnötiges Risiko eingehen.

Sie stieg wieder nach oben und schlug den Weg zum Büro von Gertrud Schwalbe ein. Bevor sie sich daranmachte, die Aktenordner zu durchforsten, die an der Wand im Regal standen, hielt sie einen Moment inne und lauschte. Es war totenstill im Haus. Gut. Alle schliefen, sie brauchte wohl in der nächsten Zeit nicht mit einer Störung zu rechnen.

Die Ordner waren gefüllt mit Bilanzen und Geschäftsberichten verschiedener Aktiengesellschaften, die ihren Sitz in den unterschiedlichsten Ländern hatten und die unterschiedlichsten Firmenzwecke vertraten. Es mussten mindestens zwanzig sein. Iris verfluchte sich selbst, dass sie ihre Digitalkamera nicht dabeihatte. Aber sie hatte Bedenken gehabt, damit Verdacht zu erregen, und sie deshalb in ihrer Wohnung in Laufenberg gelassen.

Der letzte Ordner, nach dem sie griff, enthielt einzeln in Klarsichtfolien verpackte Dokumente. Unter anderem die Geburtsurkunden von zwei Mädchen, Annegret und Beate Schlottauer. Dazu mehrere argentinische Ausweise für die ganze Familie, Mutter, Vater, Sohn und die beiden Mädchen. Außerdem fand sie Blanko-Formulare für Visa. Sie sahen vergilbt aus und waren der Schrift nach lange vor der Erfindung des Computers entstanden. Sie trugen den Stempel eines Büros in der Berner Marktgasse. Iris schaute sich die Bilder der Mädchen genauer an. Annegret – eine bezopfte Kleine mit unschuldigem Gesicht, die auf dem Bild höchstens zehn Jahre alt sein konnte – hatte Ähnlichkeit mit Gertrud Schwalbe. Da waren auch Schulzeugnisse. Sie stammten von einer Schule in Villa General Belgino oder Belgrano, sie konnte es nicht richtig lesen, die Stempelfarbe war verwischt, ebenso der Name. Wem auch immer das Zeugnis gehörte, hatte sich besonders in »Betragen« ausgezeichnet. In allen Zeugnissen stand bei diesem Punkt ein »Sehr gut«.

Als sie die Dokumente wieder einsortieren wollte, rutschte ihr der Ordner aus der Hand, dabei fiel ein kleines schwarzes Poesiealbum heraus, innen rosa Papier mit aufgeklebten Blümchen und Engelchen. Ganz eindeutig das Poesiealbum eines kleinen Mädchens. Iris vermutete, dass es wohl ebenfalls in einer der Klarsichtfolien gesteckt hatte. Sie kannte die kitschigen Dinger. Sie waren auch zu ihrer Zeit noch beliebt gewesen. Nur hatte in ihres niemand reingeschrieben, sie hatte es lieber nicht mit in die Schule genommen.

Sie blätterte es durch. Statt aufbauender Sprüche wie »Wenn Du denkst, es geht nicht mehr, kommt von irgendwo ein Lichtlein her«, gemalter Blümchen, Herzchen und Kinderfotos, waren die Seiten von einer krakelig-kindlichen Handschrift gefüllt. *»13. Juli 1946«* stand da. Und *»Libes Tagebuch«*. Sie blätterte weiter. Es waren nicht viele beschriebene Seiten. Auf einer, die sie zufällig aufschlug, hieß es: *»¡Òla! ¡Ya nos veremos! Deine Trudi«*.

Iris wollte gerade wieder nach vorne blättern und zu lesen anfangen, da hörte sie ein schleifendes Geräusch. Sie steckte das Tagebuch hastig in irgendeine der Klarsichtfolien und stellte den Ordner ins Regal zurück. Dann kroch sie unter den Schreibtisch. Doch nichts geschah, im Haus war wieder alles ruhig. Nach einer Weile meinte sie, sich getäuscht zu haben, krabbelte wieder aus ihrem Versteck hervor, griff nach dem Telefon und wählte die Handynummer des Glücklichen.

»Ach, Frau Schoder. Welche Überraschung, Sie hier zu sehen. Oder soll ich lieber Frau Terheyde sagen? Nun, das ist dumm. Besonders für Sie. Wir haben hier etwas gegen Lügner und Spione.« Gertrud Schwalbe trat neben sie und nahm der verblüfften Iris sanft den Telefonhörer aus der Hand. »Ich kenne jemanden, der wird sich freuen, Sie in seine Hände zu bekommen. Er wartet schon lange darauf. Und er hat Übung darin, Leute zum Sprechen zu bringen, glauben Sie mir.«

Iris versteifte innerlich. Im selben Moment spürte sie einen Schlag auf den Hinterkopf. Und dann nichts mehr.

22

Liebes Tagebuch,

23. Oktober 1949

jetzt hab ich schon lange nicht mehr geschrieben. Inzwischen kann ich dafür viel besser buchstabieren. Ich gehe ja in Buenos Aires auf eine deutsche Schule. Da sind viele Kinder wie ich, die Deutschland nach dem Krieg verlassen mussten. Aber in den letzten beiden Jahren hat sich vieles geändert. Mama ist tot. Sie hat es einfach nicht verkraftet, dass wir Priska auf der Flucht verloren haben. Papa hat ihre Selbstvorwürfe noch schlimmer gemacht, indem er ihr vorgeworfen hat, sie hätte besser auf Priska aufpassen müssen. Am Ende haben Mama und Papa kaum noch miteinander geredet. Es war ganz schlimm. Besonders, weil ich auch niemanden mehr hatte, mit dem ich alles bereden konnte. Carlos war ja bei seiner neuen Familie. Er lebt jetzt in einem Ort namens Villa General Belgrano. Das ist eine Kleinstadt im Departamento Calamuchita der Provinz Córdoba im zentralen Argentinien.

Nun sind Papa und ich ganz allein. Als wir gestern an Mamas Grab standen, hat er meine Hand genommen und gesagt: »Wenn wir den Krieg gewonnen hätten, wäre alles anders gekommen, dann wäre Priska noch am Leben.« Ich weiß natürlich inzwischen, dass ich nicht schuld am Tod meiner Schwester bin. Dass sie einfach nicht mitwollte nach Argentinien. Doch etwas in mir sagt mir trotzdem immer wieder, ich sei schuld. Und gleichzeitig hoffe ich irgendwie immer noch, dass sie lebt. Wenn ich groß bin, gehe ich sie suchen.

Papa ist nicht oft da. Ich bin viel allein mit dem Personal in der großen Villa. Er sagt, er hat viel zu tun. Er muss seine Forschungen vorantreiben und will deshalb demnächst sogar in die USA reisen, um sich mit Kollegen auszutauschen, die auch forschen, ob es möglich ist, das Denken von Menschen mit Hilfe bestimmter Substanzen zu verändern. Papa sagt, dann wäre er imstande, eine bessere Welt zu schaffen, eine ohne Krieg.

Ich glaube ihm.

Papa ist außerdem viel unterwegs, um anderen Leuten mit einer ähnlichen Überzeugung wie der seinen zu helfen, aus Deutschland herauszukommen. Sie werden überall abfällig »Nazis« genannt, und Hitler soll ein großer Verbrecher gewesen sein, der Millionen von Juden umgebracht hat. Ich habe das in den ausländischen Zeitungen gelesen, die manchmal bei uns liegen. Ich lerne nämlich inzwischen auch Englisch. Papa sagt aber, das stimmt alles nicht. Und hier in Argentinien seien anständige Leute noch etwas wert. Deswegen habe er von Präsident Perón persönlich den Auftrag bekommen, seine Leute ins Land zu holen. Neulich durfte ich sogar mit ihm in den Präsidentenpalast und habe Pérons Frau Evita kennengelernt. Sie ist wunderschön und sehr nett.

Ich glaube Papa, nicht den anderen. Denn Papa ist ein guter Mensch, er würde sich nie für etwas Schlechtes einsetzen. Am Grab von Mama habe ich ihm geschworen, dass ich mit seiner Arbeit weitermache, wenn er einmal tot ist. »Eines Tages, Trudi«, hat er gesagt, »werden wir wieder heimkehren in unser eigenes Land. Und dann schaffen wir dort das vierte Reich.«

Ich habe ihm das hoch und heilig auf Mamas Andenken versprochen.

Carlos will auch mitmachen. Die haben nämlich seinen Vater im Gefängnis ermordet. Jetzt hat er gar keinen mehr von seiner Familie. Wir haben ihn besucht, nachdem Papa die Nachricht erhalten hat, dass Carlos' Vater von einem Gericht in Nürnberg zum Tod verurteilt worden ist. Aber das sei ein reiner Schauprozess gewesen, um das deutsche Volk niederzudrücken, hat er mir erklärt.

Carlos hat viel geweint, und ich konnte ihn kaum trösten. Er sagt, er fühlt sich bei seiner neuen Familie zwar wohl, aber es sei eben doch nicht seine. Wenn er groß sei, werde er selbst Soldat und lernen, zu kämpfen. Und dann, wenn er ein ganz guter Kämpfer sei, werde er sich an all denen rächen, die für den Tod seines Vaters verantwortlich seien.

¡Òla! ¡Ya nos veremos!

Deine Trudi

23

Max Trautmann schreckte aus dem Tiefschlaf hoch, weil jemand bei ihm Sturm klingelte. Halb benommen stürmte er die enge Holztreppe hinunter zur Haustür. Der Glückliche stand davor.

»Wie viel Uhr ist es?«, erkundigte sich Max und versuchte, wach zu werden. »Wo kommen Sie denn her?«

»Es ist fünf Uhr dreißig morgens. Aus Stuttgart. Ich konnte leider nicht so schnell kommen, wie ich wollte, mein Auto hatte einen Platten. Hat sie sich inzwischen vielleicht bei Ihnen gemeldet?«

So langsam klärte sich Max' benommenes Hirn. »Nein. Sie haben also auch vergeblich versucht, sie zu erreichen?«

»So ist es. Von unterwegs, immer wieder. Keine Reaktion. Und Sie haben recht, sie ist in Gefahr. Es kann sein, dass sie aufgeflogen ist. Diese einfache Ermittlung gegen eine Krankenschwester, die alte Leute abzockt, hat sich zu einer ziemlich großen Sache entwickelt. Und es gibt vielleicht einen Maulwurf.«

»Herrje, was machen wir denn da? Kommen Sie erst mal rein. Ich mache mir wirklich Sorgen. Ich wollte eigentlich diesen Cossa beschatten, weil ich gehofft habe, er würde mich zu ihr führen. Ich habe in den letzten Tagen einiges über ihn herausgefunden. Hat Iris Sie informiert?«

»Hat sie nicht.«

»Das heißt, der Stick liegt noch immer in ihrem Briefkasten.«

»Eins nach dem anderen. Vielleicht bringen Sie zuerst mich auf den neuesten Stand und danach ich Sie. Dann kommen wir womöglich darauf, wo sie sein könnte.«

»Gute Idee«, befand Max. »Sollen wir bei ihr einbrechen?«

»Hab ich schon, da ist sie nicht. Auch kein Hinweis, wo sie sein könnte. In den Briefkasten habe ich allerdings nicht geschaut.«

Max wurde heiß und kalt zugleich, auf seine Brust drückte ein ganzes Gebirge. Maulwurf, Maulwurf, Maulwurf, hämmerte es in ihm. Er machte sich die größten Vorwürfe. Er hätte gleich nach ihr suchen müssen, hätte – ja, was? Er räusperte sich, versuchte, den Kopf klar zu bekommen, die Gedanken zu ordnen, die in ihm umherrasten wie wild gewordene Hummeln. »Handyortung?«, presste er heraus und wusste selbst, es klang hilflos. Das gehörte normalerweise zu den ersten Dingen, die sie taten.

Felix' Antwort kam prompt und fiel aus wie erwartet: »Das Handy ist aus.«

»Das ist so gar nicht ihre Art.«

»Nein«, sagte der Glückliche, »das ist es nicht. Deswegen vermute ich, der Akku ist leer. Und sie hatte keine Gelegenheit, ihn aufzuladen. Entweder kam sie nicht ans Handy, oder sie hatte das Ladegerät nicht dabei. Oder da, wo sie jetzt ist, gibt es keine Steckdosen. Ehrlich gesagt, keine dieser Varianten gefällt mir. Sie ist zwar immer mal wieder für eine Extrawurst gut, aber dass sie sich gar nicht mehr meldet – nein, das gab es noch nie. Wann haben Sie den Stick, von dem Sie vorher sprachen, denn in ihren Briefkasten geworfen?«

»Vorgestern.«

»Und dann alarmieren Sie mich nicht?«

Max schaute unglücklich. »Ich wusste doch nichts von einem Maulwurf. Sie kennen sie. Sie mag es nicht, wenn man sich in ihre Angelegenheiten einmischt, und kann teuflisch fuchsig werden.«

»Also, was haben Sie denn nun entdeckt?«

Max konnte nicht antworten. Er stand da, schaute und hatte Angst, gleich in Tränen auszubrechen.

»Ich brauche einen Kaffee«, sagte der Glückliche.

Max verstand, dass Felix genau begriff, was in ihm vor sich ging. Er wollte ihn etwas beruhigen. Vermutlich auch sich selbst. Allerdings hatte er einen unfairen Vorteil. Er hatte auf der nächtlichen Fahrt von Stuttgart hierher Zeit gehabt, seine Ängste einigermaßen in den Griff zu bekommen, während Max nach all der Aufregung um den Überfall auf ihn völlig übermüdet weggedöst war.

Er tappte in die Küche und befüllte die Kaffeemaschine. Dabei musste er daran denken, dass das Gänseblümchen immer über seinen Maschinenkaffee lästerte. Insgeheim ärgerte ihn das. Jetzt hätte er wer weiß was dafür gegeben, dass sie neben ihm stünde und lästerte.

»Ich hab diesen Cossa … also, ich war bei ihm in der Wohnung«, klärte er den Glücklichen von der Küche aus auf.

Felix sah ihn entgeistert an. »Sie Idiot! Was, wenn er das mitbekommen hat? Vielleicht gibt es gar keinen Maulwurf, und die haben einfach nur eins und eins zusammengezählt. Haben herausgefunden, dass Frau Terheyde und Sie bei früheren Fällen zusammengearbeitet haben. Damit wäre ihre Legende geplatzt. Sie Idiot, Sie absoluter Vollidiot.«

Max starrte auf die Kaffeekanne, die sich langsam füllte, und wusste nicht, was er sagen sollte. Es stimmte, ja, es stimmte. Alles nur wegen seiner verdammten, idiotischen Eifersucht. Er zerrte die Kanne unter dem Filter hervor. Es interessierte ihn nicht, dass der Automat weitergluckerte und die braune Brühe aus dem Filter auf die Heizplatte plörrte, wo sie Blasen trieb, zischte und dampfte. Er nahm es noch nicht einmal wahr. Wie mechanisch griff er sich zwei große zwei Tassen aus dem Schrank, packte sie mit einer Hand an den Henkeln, nahm die Kaffeekanne und stellte alles auf den Tisch.

Felix machte ein unglückliches Gesicht. »Tut mir leid, ich wollte Sie nicht so anbrüllen, aber es ist einfach so, ich mache mir solche Sorgen.«

»Ist schon gut. Vermutlich haben Sie ja recht, ich …«, Max brach ab und stupste die Brille auf die Nasenwurzel zurück. Sie war wegen der Feuchtigkeit, die in seinen Augen stand, leicht beschlagen.

Felix machte keine Bemerkung dazu.

Max schenkte Kaffee ein, zumindest versuchte er es, doch seine Hände zitterten derart, dass sich neben der Tasse eine braune Pfütze auf der Tischplatte bildete.

Felix nahm ihm die Kanne ab. Seine Hände waren ruhiger, und der Kaffee landete, wo er hingehörte, in den Tassen. »Was haben Sie entdeckt, Trautmann?«

»Moment.« Max hatte das Gefühl, er müsse sich erst einmal sammeln, eilte in die Küche und kam mit Küchenpapier zurück, um den Kaffee aufzuwischen. Nachdem er das getan und selbiges entsorgt hatte, begann er zu erzählen – von den Dateien, die er in Cossas Computer gefunden hatte, und von dem Besuch in Straßburg.

Felix hörte zu, ohne ihn zu unterbrechen, und erklärte dann:

»Und wir haben ein ganzes Netzwerk ineinander verschachtelter Aktiengesellschaften entdeckt. Es ist uns endlich gelungen, die Dateien von Oleg Katuschin zu entschlüsseln. Da steht alles drin. Die meisten AGs wurden von Strohmännern gegründet, an den verschiedensten Orten der Welt. In Kirgisien und Tschetschenien, in Hongkong und Singapur und in Südamerika. Die Gesellschaften haben offenbar einen regen Handel miteinander betrieben, sich gegenseitig beraten oder etwas untereinander verkauft beziehungsweise gekauft, Autos, Immobilien, Schmuck. Es wurde Geld hin und her verschoben. Doch das waren nur Scheintransaktionen. Das Geld stammt aus illegalen Geschäften – Internetbetrug, Phishing, Abzocke, vermutlich auch Erpressung. Und zwar aus Geschäften nicht nur hier bei uns in Deutschland, sondern auf der halben Welt. Am Ende sind wir dann auf ein Konto bei der Vatikanbank gestoßen, das irgendwie im Zentrum dieser ganzen Finanztransaktionen zu stehen scheint.«

»Wem gehört es?«

»Das wissen wir nicht. Die Vatikanleute mauern. Wir wissen nicht mal, wie viel drauf ist, es muss sich aber um eine große Summe handeln. Die Kollegen vom Zoll, beim Landeskriminalamt und der Financial Intelligence Unit des BKA arbeiten fieberhaft. Die Staatsanwaltschaft hat ganze Packen an Auskunftsersuchen an diverse deutsche Banken, aber auch an die Kollegen in den verschiedenen Ländern geschickt.«

Max stöhnte. »Das kann dauern.«

»Das ist wahr. Um alles zu klären, brauchen wir Wochen, wenn nicht Monate. Und Iris hat keine Ahnung von diesen Entwicklungen. Oder von unserem Verdacht, was den Maulwurf angeht. Ich habe deshalb was anderes gemacht als von mir verlangt, heimlich. Statt der Spur des Geldes zu folgen, habe ich den Rechner nach Verbindungen zwischen den Strohleuten der Scheinfirmen suchen lassen, ich dachte, wir bekommen dadurch vielleicht einen Anhaltspunkt, wo wir sie suchen könnten.«

»Und? Nun spannen Sie mich nicht auf die Folter.«

»Es ist leider nichts dabei rausgekommen, was uns weiterbringen würde. In Buenos Aires scheint es so etwas wie eine Zentrale zu geben, ebenso in einer kleinen Stadt in Zentralargentinien, in der viele Deutsche leben. Da ist irgendwann mal ein deutsches Kriegsschiff untergegangen.«

»Die ›Admiral Graf Spee‹«, sagte Max.

Felix schaute groß.

Max stand auf und holte den Brief.

Felix las. »Das passt ins Bild. Wir hätten längst darauf kommen müssen. Dabei haben wir doch alle Informationen. Direkt vor unseren Augen. Der Vater von Gertrud Schwalbe war, wie wir inzwischen wissen, ein bekannter Naziarzt. Er hat während des Dritten Reichs Versuche an Menschen durchgeführt, mit Drogen. Es ging um Gehirnwäsche. Die Familie stammt ursprünglich aus Freiburg. Wir versuchen gerade herauszufinden, ob es noch Angehörige gibt.« Er fuhr sich mit einer fahrigen Handbewegung durchs Haar. »Diese ewig Gestrigen haben bis heute Verbindungen in höchste Kreise. Vermutlich wissen die daher Bescheid, der Maulwurf könnte ein Gleichgesinnter sein. Wenn dieses verflixte Weib nur einmal tun würde, was man ihr sagt!«

»Was haben die Nazis mit der Sache zu tun?«

»Haben Sie schon mal von den Rattenlinien gehört?«

»Das sind doch die Fluchtrouten, auf denen damals nach Kriegsende haufenweise Naziverbrecher ins Ausland geschafft wurden.«

»Genau. Eine dieser Rattenlinien verlief über Bern. Dort gab es ein Büro, das alles regelte, indem es zum Beispiel die benötigten Visa und die Transitpapiere besorgte. Die Schweizer Behörden haben teilweise dabei geholfen, die Deutschen durchzuschleusen. Und daran verdient. Einige Mitarbeiter wurden bestochen, andere haben weggeschaut, um die Deutschen, die es bis in die Schweiz geschafft hatten, so schnell wie möglich wieder loszuwerden. Ab Zürich wurden sie dann mit der KLM nach Argentinien ausgeflogen.«

»Und der Hochrhein war ein idealer Ort, um die Leute in die Schweiz zu schleusen«, fügte Max an.

»So ist es.«

»Aber noch mal. Was hat das alles mit Iris und unserem Fall zu tun?«

»Hinter dem Netzwerk aus AGs stehen Leute, deren Vorfahren auf diese Weise nach Argentinien ausgewandert sind. Die Regierung Perón hat sie mit offenen Armen empfangen. Es waren ja zumeist Fachleute.«

»Wie der Vater von Gertrud Schwalbe, verstehe. Aber wie passt Cossa beziehungsweise Carlos Mendez ins Bild?«

»Das weiß ich nicht genau, wir haben nur Vermutungen, aber vielleicht hilft uns da der Brief des Notars weiter.«

»Wozu brauchen die wohl das ganze Geld und die vielen Scheinfirmen? Und warum holt man sich einen ehemaligen Tschetschenienkämpfer als Buchhalter?«

»Das sind genau die Fragen, die wir uns auch gestellt haben«, antwortete Felix. »Wir glauben inzwischen, die haben etwas vor. Vielleicht hatte Katuschin ja noch andere Aufgaben, womöglich sollte er Kämpfer ausbilden, er war ja früher ein Söldner der Separatisten. Von Mendez wissen wir inzwischen, dass er während der Militärdiktatur der Junta in Argentinien gedient hat und in einem der geheimen Gefängnisse ausgebildet wurde. Der Bundesnachrichtendienst hat diesen Hinweis geliefert.«

»Ein Folterknecht der Militärs?«

»Sieht so aus. Wahrscheinlich ist er nach dem Ende der Diktatur nach Deutschland gekommen, um hier unterzutauchen.«

»Die Rattenlinie in umgekehrter Richtung. Und Gertrud Schwalbe hatte sicher die entsprechenden Verbindungen, die Mendez für seine Flucht benötigte.«

»So ist es. Zudem hat sie ihn nun in der Hand. Bestimmt hat er innerhalb des Netzwerks ebenfalls eine Aufgabe. Wie gesagt, die haben etwas vor. Und dafür brauchen sie jede Menge Geld.«

»Aber was könnte das sein?«

Felix schien nicht recht mit der Sprache rauszuwollen. »Es ist nur eine Theorie, vielleicht sogar ein Hirngespinst.«

»Nun reden Sie schon.«

»Ich denke, sie wollen die Arbeit ihrer Nazi-Väter weiterführen. Die Bundesrepublik destabilisieren, vielleicht wie früher die RAF, aber aus anderen Gründen und mit einem anderen Ziel. Verschiedene Hinweise sprechen dafür. Die Homepage einer Gruppe von Nazimädels. Der Rückgriff auf die Rauraker in dieser Esoterikvilla. Die bauen da für ihre Anhänger so eine Art Nibelungenmythos auf. Die Rauraker haben den Römern

Widerstand geleistet, sind geflohen, wieder zurückgekehrt und haben am Ende sogar eine Raurakische Republik gegründet. Wenn sich daraus nicht ein feiner Mythos stricken lässt! Deswegen sind sie vielleicht überhaupt erst in die Region Hochrhein gekommen. Back to the roots.«

»Ein Viertes Reich? Sie glauben tatsächlich, die wollen ein Viertes Reich errichten?« Max entglitten sämtliche Gesichtszüge.

»Wenn, dann ist es mit Sicherheit sogar ein rassereines Viertes Reich mit Ariern als herrschende Klasse.«

»Das hört sich an wie eine Räuberpistole, als wären die alle irre.«

»Verzeihen Sie die Ironie. Irre sind diese Leute in meinen Augen auch. Aber das Leben hat bezüglich verbohrter Terroristen und Mörder, die die Welt mit Gewalt vor allen anderen retten wollen, schon viel unwahrscheinlichere Geschichten geschrieben. Vielleicht wollen sie sich auch nur stellvertretend für ihre Väter, die als Kriegsverbrecher verfolgt wurden, an diesem Staat rächen.«

»Das heißt, Sie glauben tatsächlich, dass die terroristische Anschläge vorhaben?«

»Auszuschließen ist es jedenfalls nicht. Im Untergrund der rechten Szene brodelt es gewaltig. Eine Gruppe wie die Zwickauer Terrorzelle entsteht nicht von heute auf morgen quasi aus dem Nichts, sondern braucht einen gut vorbereiteten Boden. Ich glaube, wer auch immer dahintersteckt, will seine wirklichen Absichten verschleiern, indem er oder sie möglichst viele falsche Spuren legt. Das betrifft den Weg des Geldes und die völlig unterschiedlichen Arten, wie die Menschen abgezockt oder ausgebeutet werden, ebenso wie die Hinweise auf die rechte Szene beziehungsweise den Einsatz eines angeblichen Moslems und Tschetschenienseparatisten, der vielleicht nicht viel mehr als eine Marionette in diesem Spiel war, bei dem jemand anders die Fäden zieht. Und zwei Morde haben wir ja schon, die lassen sich kaum getrennt davon betrachten. Außerdem: Das alles hat etwas mit Drogen zu tun. Vielleicht sogar mit Gehirnwäsche.«

»Kann es demnach sein, dass Gertrud Schwalbe das Erbe ihres Vaters fortführt?«

»Das Belisama-Zentrum wäre zumindest ein wunderbarer Ort

für die Wiederholung solcher Versuche. Einsam und abgelegen, mit einem ständigen Zufluss an Erleuchtungswilligen, an denen man die Droge ausprobieren kann … Bedenken Sie nur, dass dieser Belisama schon rein namentlich eine Pflanze namens Bilsenkraut zugeordnet wird, ein seit dem Altertum bekanntes Halluzinogen. Und dass unsere beiden Toten eine Droge mit diesem Inhaltsstoff im Blut hatten, über deren genaue Zusammensetzung wir noch immer rätseln. Iris Terheyde hat uns darauf aufmerksam gemacht.«

Max war aufs Höchste alarmiert. »Was ist das nun wieder, dieses Belisama-Zentrum?«

»Hat Sie Ihnen nichts davon erzählt?«

»Hat sie nicht.«

Felix brachte Trautmann auf den neuesten Stand.

Max wurde immer wütender – und panischer –, je mehr er erfuhr. »Ich fasse es nicht. Dieses sture Weib! Warum sagt sie nichts! Falls Sie recht haben, werden die jeden aus dem Weg räumen, der ihnen gefährlich werden könnte. Ohne zu zögern. Und wenn ihre Tarnung, ich meine, wenn die sie in die Hände kriegen …« Max brach ab.

Beide Männer schwiegen.

»Dieses Weib, dieses gottvermaledeite, sture Weib!«, brach es dann erneut aus Max heraus. »Und sie hat wirklich nicht bei Ihnen angerufen oder einen Hinweis hinterlassen, wo sie hinwollte?« Er bekam kaum noch Luft.

Felix schüttelte den Kopf. »Da war vorhin nur ein Anruf aus der Schweiz, aber es war niemand dran.«

»AUS DER SCHWEIZ?« Max brüllte die Worte fast. »Haben Sie nicht gesagt, dieses komische Zentrum liegt in der Schweiz? Wer ist denn hier der Vollidiot? Und wenn sie das war? Wenn sie nicht reden konnte? Wo genau liegt das Zentrum denn?«

»Verdammt.« Felix nahm sein Handy, drückte die Menütaste, ging die Anruferliste durch. »Haben Sie einen Zettel?«

Max rannte, so schnell er konnte, zum Schreibtisch, kam mit Zettel und Kuli zurück. Felix notierte die Nummer, dann telefonierte er. »Morgen, Kollege, ich weiß, es ist fast noch mitten in der Nacht, aber ich muss unbedingt wissen, zu wem folgende Nummer gehört.«

Er diktierte die Zahlen und wartete eine Weile. Max' Augen hingen am Gesicht des Glücklichen. Er hatte das Gefühl, dass sich die Sekunden zu Ewigkeiten dehnten. Felix sagte: »Ja, ich höre … Wer? Moment, wo? Ah ja.«

Max warf einen Blick auf den Zettel, auf dem Felix notierte, was der Kollege sagte, und wurde kreidebleich. »Tatsächlich. Das Belisama-Zentrum.«

»Aber wir wissen nicht, ob sie das war.«

»Irgendwo müssen wir anfangen, nach ihr zu suchen, Felix. Vielleicht ist sie ja dahin, wollte weiter ermitteln und hat gedacht, sie ist bald wieder daheim! Ich traue ihr alles zu. Wir können sowieso nicht einfach hier herumsitzen. Nach allem, was wir bisher wissen, ist die Villa ein guter Ansatzpunkt. Falls sie nicht da sein sollte, finden wir vielleicht etwas anderes, das uns weiterhilft. Los, Felix, wir müssen los. Und wagen Sie es jetzt ja nicht zu sagen, dass die Kollegen in der Schweiz zuständig sind. Wenn Sie Schiss haben, dass Sie Ihren Job verlieren, bleiben Sie eben hier. Aber versuchen Sie ja nicht, mich aufzuhalten.«

»Das hatte ich nicht vor«, sagte der Glückliche. »Kommen Sie. Mein Auto steht im Parkhaus. Während wir fahren, können Sie Viktor anrufen.«

»Den Typen von der Aargauer Kantonspolizei, der mit Frau Terheyde befreundet ist?«

»Genau den«, antwortet Felix. »Wenn uns jemand helfen kann und wird, dann er.«

24

Iris Terheyde stöhnte. Ihr Kopf schmerzte höllisch. Ihr Bewusstsein kehrte langsam zurück, und sie schlug die Augen auf. Für einen Moment wusste sie nicht, wo sie sich befand. Irgendein Kellerraum. Sie saß auf einem Stuhl, ihre Arme waren an die Lehnen gefesselt, die Beine an den Knöcheln mit Kabelbindern zusammengeschnürt. Sie mussten eingeschlafen sein, denn sie spürte sie nicht mehr.

Sie hörte ein Geräusch in ihrem Rücken und versuchte, sich umzudrehen. Doch die Fesseln hielten sie an ihrem Stuhl fest. Da kam das Gesicht von Baldassare Cossa in ihr Blickfeld. »Ah, die Dame ist aufgewacht«, sagte er gar nicht italienisch.

»Sie? Haben Sie …?«

»Falls Sie wissen wollen, ob ich Sie erkannt habe? Ja. Das habe ich. Ich bin in die Villa gekommen, weil es hieß, es sei eine neue liebessehnsüchtige und recht wohlhabende Dame angekommen, die dringend etwas Aufmunterung benötige. Und wen finde ich vor? Sie!« Er lachte schallend. »Als ich Sie auf dem Monitor gesehen habe, wusste ich sofort, dass Sie das sind. Und dann haben Sie sich dummerweise auch noch darangemacht, das Büro zu durchsuchen. Das hätten Sie lassen sollen, vielleicht hätten wir Sie dann wieder unbehelligt abfahren lassen. Aber so … Sie wissen, dass wir das nicht mehr können. Wir müssen jetzt nur noch herausfinden, wem Sie was gesagt haben.«

»Ich habe die Kollegen angerufen, die werden bald kommen.«

»Haben Sie nicht. Sie wollten es nur. Aber wir haben Sie noch rechtzeitig erwischt. Übrigens: Ihr Handy haben wir sichergestellt.«

»Ich hatte noch ein Handy. Mit dem habe ich angerufen. Sie kommen bald hierher in die Villa, Herr *Mendez*«, behauptete Iris möglichst selbstsicher, obwohl es nicht stimmte. Hoffentlich glaubte er ihr.

Erneut lachte er, klopfte sich vor Vergnügen auf die Schenkel. »Sie kennen also meinen wirklichen Namen. Das dachte ich mir schon. Aber das ist ohnehin nicht mehr von Belang. Bald werde ich fort sein. Und Sie denken tatsächlich, Sie sind noch in der Villa? Da dürfen Ihre Kollegen gern auftauchen. Das Haus ist längst geräumt. Oder glauben Sie, wir hätten keinen Notfallplan?« Er lachte überheblich. »Aberr machte nichtse, werte Dame, lügen Sie nur. Ich weiß es besser, und was ich nicht weiß, werde ich schon aus Ihnen herausbekommen.«

Iris wusste, dass sie in Gefahr war. Ihr Verstand warnte sie, unmissverständlich. Sie sollte kooperieren. Doch dieser Befehl der Vernunft erreichte ihr Gefühlsleben nicht. »Warum sollte ich Ihnen irgendwas sagen?«

»Wir haben da so unsere Mittel.«

»Die Drogen?« Das war Iris herausgerutscht. Sie hätte sich am liebsten auf die Zunge gebissen. Aber es war zu spät.

»Ah, Sie haben unser Labor gefunden?«

»Welches Labor? Nein, ich meinte diese Räucherdämpfe und das Zeug, das Sie vermutlich in den Tee mischen.«

»Ach das. Nein, das ist Kinderkram. Wir haben natürlich schon mit den Leuten experimentiert, die zu uns in die Villa kamen. Aber nicht mit den starken Drogen. Die behalten wir uns für Leute, wie Sie es sind, vor. Leute, die uns zu nah auf die Pelle rücken. Wir haben viel stärkere Mittel zur Verfügung. Ein kleiner Piks, und Sie werden singen wie ein Vögelchen. Allerdings sind Sie danach tot. Einige Ingredienzien sind leider giftig. In schwächerer Dosierung wirken sie nicht so gut, sind höchstens dazu angetan, Menschen leicht manipulierbar zu machen.«

»Sie machen süchtig.«

»Ja, das auch. Vor allem aber schwächen sie die Widerstandskraft. Man kann auf diese Weise Menschen dazu bringen, etwas zu tun, was sie freiwillig nie täten. Ihr Gefühl für Gut und Böse, das, was wir das Gewissen nennen, wird ausgeschaltet. Aber das muss Sie nicht interessieren. Wie gesagt, nicht mehr lange, und Sie sind sowieso tot. Vorher werden Sie mir alles sagen, was ich wissen will. Das ist so viel eleganter als die Foltermethoden, die wir früher anwenden mussten. Da gab es viel zu viel Blut, Schreie und solche Sachen. Das hat mich immer abgestoßen. So unappetitlich. Wenn die Leute dann auch noch vor Angst scheißen oder den Urin nicht halten können … ekelhaft. Da sind unsere Methoden heute sehr viel ausgereifter. Ich kann Ihnen versichern, es tut nicht weh. Sie werden glücklich sterben.«

»Wie Oleg Katuschin und Nadine Seibold.«

»Ja. Ihre Kollegen sind also dahintergekommen? Chapeau, das hätte ich nicht gedacht. Nun, an der genauen Zusammensetzung unseres Zaubermittels werden die Toxikologen der Polizei noch lange tüfteln. Einige Ingredienzien entstammen chemischen Zusammensetzungen, von denen Ihre Fachleute noch nicht einmal gehört haben. Meine eigene Erfindung, wenn ich das mal so unbescheiden sagen darf. Deshalb finden sie sie auch nicht in ihren Chemiebaukästen, also der Liste von Halluzinogenen, auf die sie testen. Bis Ihre Leute dahinterkommen, sind wir weg.«

»Warum haben Sie die beiden umgebracht?«

»Katuschin war ein Idiot. Unfähig. Er hat uns eine Menge gekostet und auch noch versucht, uns für dumm zu verkaufen. Ein gänzlich unvernünftiger Kerl. Er wollte nicht stillhalten, damit wir ihn fesseln und ihm die Spritze setzen konnten, da habe ich ihm ein paar verpassen müssen. Der Mann war stark wie ein Bär, aber ich bin auch nicht ganz ohne.«

»Der Goldfund in Klingnau, nicht wahr? Sie sind nichts weiter als eine Gruppe von Betrügern, Dieben und Steuerhinterziehern. Er hat bei verschiedenen Banken Gold gekauft und sollte das dann aus Deutschland herausschmuggeln. Über die Schweiz. Wohin?«

Mendez drosch ihr mit voller Wucht die flache Hand ins Gesicht. Iris' Nase begann zu bluten. »Sie sollten nicht unverschämt werden, Gnädigste. *Wir* sind keine Betrüger. Seien Sie also vorsichtig. Ich muss nicht nett zu Ihnen sein. Ich versichere Ihnen, ich kann Ihnen den Abschied von dieser Erde sehr ungemütlich gestalten. Bleiben Sie also höflich, ich bin es auch. Wir wollen niemandem unnötigen Schmerz bereiten. Doch wir tun es, wenn es sein muss. Und eines ist sicher: Ich werde Ihnen nicht erlauben, unsere Ziele zu verunglimpfen oder mir bei ihrer Verwirklichung in die Quere zu kommen. Niemals. Das darf niemand.«

Warum sagte Mendes dieses letzte Wort so nachdrücklich? »Und was sind Ihre Ziele? Wer ist ›wir‹?«

»Eine Gruppe von Nachfahren, von Menschen, die fortsetzen wollen, was ihre Altvorderen nicht vollenden konnten, weil sie umgebracht wurden oder aus ihrer Heimat fliehen mussten. Angeblich, weil sie Verbrecher waren, angeblich im Namen der Gerechtigkeit. Dabei war das nichts anderes als Siegerjustiz. Hätten sie vollenden können, was sie anstrebten, wir würden heute in einer besseren Welt leben. Nun werden wir dafür sorgen, dass es diese bessere Welt eines Tages gibt. Hier in Deutschland, in dem Land, in dem alles begann. Und um das zu finanzieren, kommen wir nicht umhin, die Bürger dieses Landes, jene von den Medien und dummdreisten Politikern gehirngewaschenen Tröpfe, die alles, aber auch alles glauben, dafür bezahlen zu lassen. Selbst, dass unsere Vorfahren Millionen von Juden umgebracht haben sollen, glauben sie. Eine Schande ist das.«

Er machte eine kurze Pause, sah Iris nur an. »Das Internet hilft uns bei der Erreichung unserer Ziele sehr«, ergänzte er dann. »Sie wissen schon, Phishing, Internetbetrug … Über die sozialen Netzwerke wie Twitter, Facebook oder Tumblr suchen wir die Kandidaten, die wir für unsere Zwecke brauchen und ausbilden können. Oder besser, die Kandidatinnen. Mädchen wie Felicitas, die Sie ja leider kennengelernt haben, ein unglücklicher Zufall. Mädchen, die alles tun werden, was wir von ihnen verlangen.«

Iris starrte ihn ungläubig an. Sie wusste, es war unvernünftig, das zu sagen: »Sie sind verrückt.«

Mendez' Gesicht verzog sich zu einer Fratze. Wieder holte er aus. Wieder bekam sie eine schallende Ohrfeige und wurde fast ohnmächtig. »Halten Sie sich zurück. Oder ich breche Ihnen alle Knochen, meine Liebe. Glauben Sie mir, ich habe in den Folterkellern der Junta gelernt, wie das geht.«

»Der argentinischen Junta?«

»Genau der.«

»Aber …«

Er geiferte fast. »Sie haben meinen Vater umgebracht, einen Mann, der für nichts weiter als für eine bessere Welt gekämpft hat. Den Vater von Gertrud Schwalbe haben sie aus dem Land gejagt wie einen gemeinen Verbrecher. Nur, weil er im Rahmen seiner Forschungen für eine bessere Welt Menschenversuche gemacht hat. Die Sowjets, die Chinesen, die Amerikaner, sie alle haben das getan und tun es noch. Und nun spielen sie die Moralapostel.

Aber Präsident Perón wusste visionäre Geister wie ihn zu schätzen. Er hat nicht aufgegeben, hat in Argentinien alles bekommen, um weiterforschen zu können. Nachdem er gestorben war, trat seine Tochter sein Erbe an. Gertrud. Sie hat andere gesucht und gefunden, andere Nachfahren, wie ich einer bin. Menschen, die in das Land zurückkehren wollten, aus denen ihre Väter vertrieben worden waren. Wir leben überall auf der Welt. In Südamerika, in Asien, in Afrika …«

»Und im Vatikan.«

»Ach, das wissen Sie also auch schon? Stimmt, Trudi hat mir gesagt, dass Sie den Monsignore gesehen haben. Er ist unser Kontaktmann und arbeitet natürlich geheim für uns – oder besser, er bindet es nicht jedem auf die Nase. Im Vatikan hatten wir schon immer unsere Unterstützer. Sie werden nicht glauben, wie viele Sympathisanten wir weltweit haben. Menschen, die nicht aktiv mitarbeiten, die uns aber decken und warnen, wenn es notwendig wird. Übrigens auch in den Strafverfolgungsbehörden. Wir wussten von Anfang an von Ihren verdeckten Ermittlungen gegen uns. Wenn die Nachfahren unserer einstigen Helfer sich als widerspenstig erweisen, hilft meist der kleine Hinweis, dass öffentlich gemacht werden könnte, was ihre Väter oder Großväter während des Krieges getan haben. Es sind jedoch wenige, die sich unseren guten Argumenten verweigern. Die meisten sind glücklich, für das Rache nehmen zu können, was man ihren Vorvätern angetan hat.«

»Und wieso hier, in dieser Region?«

»Wir hatten unsere Fluchtrouten. Und die werden bis heute genutzt. Eine davon beginnt am Hochrhein, einen Zubringer haben wir sogar in Ihrer geliebten Heimatstadt Laufenburg, eine Art Brückenkopf. Wunderbar unkompliziert. Heutzutage können wir sogar laufen, einfach so, über die Laufenbrücke. Mit Geld, mit Juwelen, mit allem, was wir so außer Landes bringen müssen. Natürlich auch mit Menschen. Wir brauchen keine Pontons mehr.«

»Die Rattenlinien.«

»Ja, die Rattenlinien. Ein hässlicher Ausdruck. Aber wenn Sie sie so bezeichnen wollen. Eine verlief über Skandinavien, die andere über die Schweiz. Sie funktionieren bis heute, wir können die alten Verbindungen reaktivieren, wann immer wir wollen.«

»Und Nadine? Was war mit ihr? Sie war doch nur ein unschuldiges junges Mädchen. Wieso musste sie sterben?«

Er lachte. »Weil sie nicht getan hat, was sie tun sollte. Oder besser, es nicht tun wollte.«

»Und was sollte sie tun?«

»Sie wurde zusammen mit anderen jungen Frauen ausgebildet.«

»Aber wozu?«

»Sie kommen nicht drauf?«

»Verraten Sie es mir.«

»Wir müssen das Land zunächst von allen störenden Elementen säubern.«

»Was bedeutet das denn?«

»Sind Sie so begriffsstutzig, oder tun Sie nur so? Muslime, Juden, dieses ganze Pack. Aber das werden Sie nicht verstehen. Bei Ihnen hat die Gehirnwäsche, der die Menschen in diesem Land unterzogen wurden, ja wunderbar funktioniert. Da glaubt man sogar Lügen.«

»Der Holocaust ist keine Lüge. *Sie* sind es, der hier Lügen verbreitet, Sie und Ihre Verbrecherbande machen aus Menschen Versuchskaninchen. *Sie* leiden an Realitätsverlust.«

In seinen Augen glitzerte es. Iris sah, dass er kurz davor war, erneut auszuholen und sie zu schlagen. Dann tat er es doch nicht, sondern grinste. »Nun, Mut haben Sie jedenfalls. Das weiß ich zu schätzen. Jemanden wie Sie könnten wir in unseren Reihen gut brauchen.«

Nun war es an Iris, laut aufzulachen.

»Sie sollten es sich gut überlegen. Dann hätten Sie eine Chance weiterzuleben. Ich halte viel von Ihnen, das haben Sie sicher gemerkt. Und auch Sie hätten guten Grund, auf dieses System wütend zu sein.«

»Ich? Was für einer soll das denn sein?«

»Sie wissen es nicht?«

»Was?«

»Ihre Mutter. Sie ist nach Kriegsende von den Besatzern vergewaltigt worden, da war sie fast noch ein Kind. Und Ihr Vater war ganz eifrig bei der Unterstützung des Gauleiters in der Region. Nur ein kleines Licht, er ist trotzdem entnazifiziert worden.«

»Sie lügen.«

»Ihre Eltern haben Ihnen nichts erzählt?«

»Sie lügen, versuchen Sie nicht, mich auf diese Weise zu manipulieren!«

»Oh, wir haben uns eingehend mit Ihnen beschäftigt, und auch mit Ihrer Herkunft. Ich lüge nicht. Was meinen Sie, warum Ihre Eltern zu so bemitleidenswerten Subjekten geworden sind, warum sie beide gesoffen haben? Weil sie den Sinn ihres Lebens verloren hatten. Und Sie, leiden Sie nicht bis heute darunter? Sie sind Single, können niemanden an sich heranlassen. Warum wohl? Weil Sie Angst haben, verletzt zu werden, weil in Ihnen noch immer ein zutiefst verunsichertes, einsames Kind steckt, das nach Liebe schreit. Sie haben nie erfahren, wie es ist, gewünscht und gewollt zu sein. Ja, die Vergangenheit ist bis heute lebendig. Wie gesagt, Sie sollten sich uns anschließen. Bei uns würden Sie geliebt. Bei uns werden Sie gebraucht.«

In Iris begann die Wut hochzusteigen. »Wagen Sie es nicht, meine Eltern zu verunglimpfen. Was auch immer sie getan haben mögen, sie waren im Grunde ihres Herzens anständige Menschen.«

»Das war mein Vater auch. Wir alle haben ein Recht, unsere Eltern zu verteidigen. Und vor allem, ihnen nachzufolgen. Sie sind unsere Wurzeln. Es gibt diesen alten Indianerspruch: Woher willst du wissen, wohin du gehst, wenn du nicht weißt, woher du kommst? Ich weiß es. Und ich gehe in dieselbe Richtung weiter. Denken Sie drüber nach.«

»Sie sind ein Verbrecher, ein gemeiner Verbrecher.«

»Reden Sie nur. Sie haben ohnehin nicht mehr lange zu leben. Sie werden sterben in dem Bewusstsein, dass wir nicht aufzuhalten sind. Es gibt inzwischen zu viele von uns. Überall auf der Welt. Und wir werden täglich mehr.«

»Das ist reines Wunschdenken. Weshalb sollten Sie dann die jungen Mädchen brauchen?«

»Ganz einfach. Sie sind völlig unverdächtig. Niemand glaubt, dass ausgerechnet diese jungen Frauen Selbstmordattentate begehen könnten. Doch bald ist die Zeit reif. Wir haben sie gut vorbereitet, gerade gestern haben wir sie ein letztes Mal getestet. Durch die Drogen sind sie willig, Werkzeuge im Dienst der gerechten Sache.«

»Selbstmordattentate – die führen ja dann direkt zu Ihnen.«

»Für wie blöd halten Sie uns? Die Mädchen werden als Islamistinnen verkleidet auftreten. Damit wird die Wut der braven Leute angefeuert. Irgendwann sind sie dann wütend genug, um all die Fremden aus dem Land zu werfen, die hier nichts verloren haben. Sie werden sehen.« Er lachte erneut.

Deswegen also waren die Burkas ausgegeben worden. Sie hatte wohl gestern Nacht so etwas wie die Generalprobe beobachtet. »Und Sonja, was ist mit Sonja Vleiel?«

»Ihre Aufgabe war es, die Mädchen auszusuchen. Und an die Droge heranzuführen, bis sie süchtig und damit manipulierbar waren. Sie ist Krankenschwester, schon vergessen? Sie kennt sich mit Drogen aus. Mit dem Sparverein hat sie außerdem das notwendige Geld für diese Operation aufgetrieben. Sie könnten sich an ihr ein Beispiel nehmen. Sie mag Sie übrigens. Wenn Sonja nicht immer wieder gesagt hätte, dass es möglich sei, Sie für unsere Sache zu gewinnen, hätte ich Sie schon längst ausgeschaltet. Ach ja, Sonja ist Trudis Tochter aus erster Ehe mit einem hohen argentinischen Militär. Hoffen Sie also nicht auf Hilfe durch sie. Sie würde ihre Familie niemals verraten. Nun, selbst wenn sie würde, sie ist … weit weg.«

»Ausschalten – haben Sie Nadine auch ausgeschaltet?«

»Ja, habe ich. Sie hat es irgendwie geschafft, nicht süchtig zu werden. Hat die Drogen nicht mehr genommen. Heimlich, ohne dass wir es merkten. Felicitas Körber ist dahintergekommen und hat es uns gesagt.«

Also daher die Auseinandersetzung in Friedrichshafen, dachte Iris. »Deshalb musste Nadine sterben«, sagte sie schließlich.

»Ja, deshalb musste sie sterben. Ein letztes Mal hat sie die Droge noch nehmen müssen, allerdings in etwas höherer Dosierung als gewöhnlich. Wie Sie. Aber ich bin ja nicht so. Ich gebe Ihnen Zeit, über alles noch einmal nachzudenken. Einen letzten Wunsch?«

»Sie werden kommen, ganz sicher. Sie wissen von der Villa.«

»Sagte ich es nicht? Die Villa ist bereits geräumt.«

»Sie finden sicher etwas. Niemand kann ein Labor betreiben, ohne Spuren zu hinterlassen. Heutzutage reicht schon die Spur einer Spur.«

»Möglich, aber bis dahin sind wir längst weg. Und Sie auch. Entweder an unserer Seite oder im Jenseits. Also, einen Wunsch?«

»Einen Schnaps«, sagte Iris, der einfach nichts Besseres einfiel. Seltsamerweise verspürte sie keine Angst. Ihr Körper war viel zu vollgepumpt von Adrenalin. Die Angst würde später kommen. Falls sie das hier überlebte. »Ich glaube, ich brauche jetzt einen Schnaps.«

Mendez lachte laut auf. »Sie sind mir eine. Humor im Angesicht des Todes. Das ist selten. Sie glauben womöglich, wir hätten keinen da, müssten ihn erst besorgen. Sie wollen Zeit schinden. Aber keine Bange. Ich kann Ihnen einen guten Williams Christ anbieten. Und dann: Hasta la vista, Iris Terheyde.«

»Sie kommen, sie kommen ganz sicher und finden mich.«

»Sie sind eine Traumtänzerin.« Er verneigte sich spöttisch. »Bis bald. Ist es nicht ein gutes Gefühl, dass ich der letzte Mensch bin, den Sie auf dieser Erde sehen werden? Wer weiß, vielleicht gönnen wir uns noch ein kleines Tänzchen, ehe ich Ihnen die Droge spritze.« Unter schallendem Gelächter ging er zur Tür. Bevor er sie hinter sich zuzog, sagte er noch: »Glauben Sie übrigens nicht, dass Sie mich täuschen können, ich merke es, wenn Sie nur so tun, als wollten Sie mit mir zusammenarbeiten. Das sollte niemand versuchen. Trudi hat es versucht. Wollte ohne mich untertauchen. Ihretwegen. Sie hat geglaubt, Sie wüssten zu viel und hätten es weitergegeben. Sie hatte ihre Flucht schon vorbereitet und hätte mich ohne zu zögern geopfert. Sie hat mir nicht vertraut. *Mir!* Sie wird niemals mehr jemanden belügen. Ich habe sie getötet. Meine engste Vertraute, meine Freundin über so viele Jahre. Meine Liebe. Seit wir Kinder waren, seit unserer gemeinsamen Flucht. Übrigens hier von Laufenburg aus. Ich erzähle Ihnen das nur, damit Sie wissen, dass ich es ernst meine. Sie war der Mensch, der mir am nächsten stand. Da habe ich sicher keine Skrupel, wenn Sie sterben.«

Damit schlug er die Tür hinter sich zu. Iris hörte, wie sich der Schlüssel drehte.

Der Mann war komplett irre! Er hatte sich in seinem Wahnsinn eine Weltsicht zusammengeschustert, in der die Moral und die Werte der heutigen Gesellschaft nichts galten. Gar nichts. Was nicht hineinpasste, das verleugnete er glattweg. Der Mann war krank, schizophren, was auch immer. Ihre Eltern. Auch das war eine seiner kranken Phantasien. Nie und nimmer stimmte das! Sie waren einfach schwach gewesen, zu schwach für dieses Leben. Deshalb kämpfte Iris. Kämpfte darum, die Lücke, die diese Schwäche ins Gefüge des Lebens gerissen hatte, wieder zu heilen. Kämpfte für alles, was an dieser Gesellschaft verteidigenswert und gut war.

Belisama war also tot. Panik stieg in Iris auf. Endlich begriff auch ihr Bauch, in welcher Lage sie sich befand.

Sie rüttelte an den Fesseln, bis ihre Gelenke bluteten. Die Kabelbinder gaben keinen Millimeter nach. Ob sie so lange mit dem Stuhl wippen sollte, bis er umfiel? Dann konnte sie sich vielleicht auf allen vieren bewegen. Aber wozu? In diesem Kellerraum war nichts außer nackten Betonwänden, vergitterten Oberlichtern und einer verzweifelten Frau, die an einen Stuhl gefesselt war.

Iris verlor jedes Zeitgefühl, driftete ab, in den Abgrund zwischen Kampf und Resignation. Fühlte man sich so, wenn man kurz davor war zu sterben? Es kam ihr vor, als würde sie neben sich stehen, als würde das alles nicht ihr geschehen, sondern einer Fremden, die sie nichts anging. Nach einer Weile hörte sie erneut, wie sich der Schlüssel in ihrer Kerkertür drehte.

Felicitas Körber betrat den Raum. In Iris keimte Hoffnung auf. Vielleicht konnte sie sie auf ihre Seite ziehen! Dann sank ihr Mut wieder. Das Mädchen bewegte sich wie eine Schlafwandlerin, hatte einen seligen Ausdruck auf dem Gesicht. Genau denselben, den Iris in der Nacht bei den Mädchen bemerkt hatte.

Felicitas trug ein Tablett, auf dem eine Flasche und ein Glas standen. Sie lächelte Iris zu. »Hier, ich soll Ihnen diesen Schnaps bringen. Alkohol ist aber schlecht für den Körper, wissen Sie das nicht? Sie sollten sich überlegen, ob Sie den trinken.«

Begriff dieses halbe Kind denn nicht, dass sie hier gefangen war, dass Mendez sie umbringen würde? War sie schon so sehr weggetreten, dass sie einfach alles tat, was sie tun sollte, ohne es zu hinterfragen? Sie musste zu ihr durchdringen, irgendwie den Nebel vertreiben, der sie am klaren Denken hinderte und daran zu verstehen, dass sie gerade zur Komplizin eines Mörders wurde.

»Felicitas, wachen Sie auf! Sonja schickt mich. Wir müssen von hier fort. Schnell, Mendez ist böse! Er hat alles verraten. Er hat Belisama ermordet. Wir müssen Hilfe rufen.«

Felicitas schaute verstört. »Sonja? Aber wieso …?« Dann runzelte sie die Stirn. »Nein, Sonja ist nicht da.«

»Ich weiß, dass sie nicht da ist. Sie schickt mich. Felicitas, er bringt uns alle um, Mendez ist verrückt geworden. Er hat auch Ihre Freundin Nadine umgebracht. Machen Sie mich los, um Himmels willen!«

Felicitas zuckte zusammen. Iris hatte für einen kurzen Augenblick das Gefühl, zu ihr durchgedrungen zu sein, doch dann kehrte der somnambule Ausdruck in die Augen des Mädchens zurück.

Iris versuchte es trotzdem weiter. »Wenn Sie mich nicht selbst losmachen können – ich verstehe ja, dass Sie Angst haben –, dann rufen Sie … Können Sie sich eine Telefonnummer merken? Bitte! Rufen Sie da an.« Iris sprach dem Mädchen Trautmanns Handynummer vor. Viermal. Ganz langsam. Felicitas stand da, hörte zu, vollends verstört. Es war klar, sie versuchte nachzudenken, herauszufinden, ob es wahr sein konnte, was Iris ihr da sagte. Plötzlich lächelte sie, unschuldig wie ein kleines Kind.

»Nein, Señor Mendez würde das nicht tun. Er ist unser Vater, Belisama unsere Mutter. Er liebt uns.«

»Aber wo sind wir? Felicitas, wo sind wir hier? Sag mir wenigstens das!«

»In Ibach, auf unserem Bauernhof. Der Vater hat angeordnet, dass wir hier warten, bis unsere Zeit gekommen ist.«

Da kam der Vater auch schon durch die Tür. »Fragen Sie unsere kleine Felicitas aus? Ein liebes Mädchen. Aber zu redselig. Egal, es wird Ihnen nichts nützen. Ja, wir haben hier in Ibach ein Gebäude der Sekte Luxor gemietet. Die stellen keine Fragen. Die Sektenchefin stand unseren Ideen zudem geistig sehr nahe, müssen Sie wissen. Auch wenn sie nicht daran glaubte, dass es möglich sein würde, die Welt zu retten, sondern dachte, nur einige wenige könnten der Apokalypse entkommen. Mit Raumschiffen. Welch eine Vorstellung! Egal. Menschen glauben vieles, wenn sie nach Hoffnung suchen, nicht wahr? Na ja, inzwischen ist sie sowieso tot. Ah, ich sehe, unsere Felicitas hat Ihnen den Schnaps gebracht. Warten Sie, ich mache Ihre Hand los. Sonst können Sie ja nicht trinken, meine Liebe. Hier, so ist es besser. Felicitas, Kind, schenkst du der netten Dame etwas von dem Williams in ein Glas und gibst es ihr? Wir wollen doch, dass unsere Gäste sich hier wohlfühlen.«

Das Mädchen strahlte Mendez an und tat, was er verlangte.

»Gut gemacht. Du kannst jetzt gehen, Kind.«

Felicitas verließ widerspruchslos den Kellerraum.

Mendez wartete, bis Iris ausgetrunken hatte. »Und, haben Sie es sich überlegt?«

Iris schüttelte den Kopf. Etwas in ihr konnte noch immer nicht glauben, dass er es tun würde, dass diese Drohung sie betraf. Es war ein Film, ein Alptraum, und gleich würde sie erwachen.

»Stur bis zuletzt. Schade. Ich hätte mir eine gemeinsame Zukunft mit Ihnen gut vorstellen können. Wir verstehen uns doch.«

Iris spuckte ihm vor die Füße. Wenn es schon sein musste, dann wenigstens schnell.

»Ich hätte Sie für intelligenter gehalten. Nun gut, meine Liebe. Es wird Zeit für den Abschied. Ich wünsche Ihnen eine angenehme Reise. Es tut nicht weh, nur ein kleiner Nadelstich.« Er zog eine Spritze aus der Jackentasche. Iris zerrte an den Handfesseln und bäumte sich auf.

»Bleiben Sie ruhig«, mahnte er. »Es gibt kein Entkommen. Niemand entkommt mir.« Er lachte wie ein Wahnsinniger. Da spürte sie auch schon den Piks. »Nicht«, flüsterte sie. »Tun Sie das nicht.« Dann sackte sie weg ins Vergessen.

25

Sie brachen durch den Hintereingang in den Keller der Villa ein. Es war dämmrig dort und ruhig. Draußen strahlte die Sonne. Kein Laut drang zu ihnen. Vorsichtig durchsuchten sie alle Kellerräume, Felix mit gezückter Waffe. Doch nichts rührte sich, außer einmal eine Maus, die für eine Sekunde wie hypnotisiert in den Kegel der Taschenlampe starrte, sich fing und dann in ein Loch in der Wand huschte.

Die Stille war schon fast beängstigend. Felix kannte sie, er hatte diese Form der Abwesenheit von Lauten bereits oft erlebt. Es war die Stille des Todes. Sein Herz hämmerte bis zum Hals. Er sah Trautmann an, dass es ihm ebenso ging. Doch mit jedem neuen leeren Raum, in den sie kamen, verloren sie ein Stück Hoffnung. Da war nichts, überhaupt nichts. Aber noch gab es ja den Wohnbereich der Villa.

Sie schlichen die Treppe hoch. Ihre leisen Schritte kamen ihnen so laut vor, als würden sie trampeln. Noch immer rührte sich nichts in dem großen alten Haus. Dann kamen sie in die Eingangshalle.

Felix wäre beinahe über den Körper gestolpert. Einen schrecklichen Augenblick lang glaubte er, es wäre Iris Terheyde. »Trautmann, kommen Sie, hier liegt jemand«, flüsterte er.

Nie hätte Felix gedacht, dass sich der eher behäbig wirkende Trautmann so schnell bewegen konnte. Beide atmeten erleichtert auf, als sie das Gesicht der Toten sahen. Sie war schon älter, weißhaarig, beigefarben gekleidet und wirkte glücklich. Sie lächelte.

»Das ist sie nicht«, sagte Trautmann. »Das ist Gertrud Schwalbe.«

»Na, das ist ja ein Ding. Sind die Komplizen jetzt untereinander in Streit geraten?«

»Womöglich sitzt Iris zwischen allen Stühlen, ist in die Mühlen geraten oder was auch immer. Ich habe eine höllische Angst um sie. Und die Angst wird immer stärker, zumal sie nicht hier zu sein scheint. Dieses Haus ist so tot wie die Frau vor uns auf den Fliesen.«

»Dass sie nicht hier ist, gibt mir Hoffnung. Wenn sie sie umgebracht hätten, läge sie jetzt ebenfalls in diesem Haus.«

»Vielleicht tut sie das.«

Wie auf Kommando eilten beide die Treppe hoch. Jeder nahm sich eine Etage vor und durchsuchte sie. Die mönchisch anmutenden Räume waren ohne Ausnahme leer, bei einigen waren jedoch die Betten nicht gemacht. In den Papierkörben würde die Spurensicherung sicherlich auch noch einiges finden.

»Jede Menge DNA«, flachste Felix im vergeblichen Bemühen, die Stimmung etwas aufzulockern, als sie sich wieder in der Halle trafen. »Ansonsten ist hier aber nichts für uns zu holen.«

»Wenn ihr etwas geschehen ist, ich weiß nicht, was ich dann tue«, sagte Max leise, während er sich bückte, um sich Gertrud Schwalbe näher anzuschauen, die ihn aus toten Augen anstarrte. Er drehte sie sogar ein wenig zur Seite, um sehen, ob er unter ihr etwas fand.

»Was tun Sie da? Sie verwischen Tatortspuren. Dass Sie Iris lieben, gibt Ihnen noch lange nicht das Recht, unsere Ermittlungen zu behindern. Nun schauen Sie nicht so. Jeder weiß es.«

»Es gibt mir jedes Recht«, sagte Trautmann, der sich noch nicht einmal die Mühe machte zu widersprechen. »Sie haben außerdem ebenso große Angst um sie wie ich. Und ich habe hier was.« Er richtete sich auf. Er hatte ein Poesiealbum zutage gefördert. Es war augenscheinlich alt.

Felix holte eine Plastiktüte aus der Jackentasche. »Geben Sie her, sonst machen Sie nur noch weitere Spuren kaputt. Es reicht, dass jetzt Ihre Fingertapper darauf sind.« Er fuhr mit der Hand in die Tüte wie in einen Handschuh und öffnete den Deckel des kleinen Büchleins. *»Dieses Buch gehört Trudi. Wer es ohne meine Erlaubnis liest, soll tot umfallen«*, stand da in einer krakeligen Kinderschrift. Und darüber, in einer anderen, erwachsenen Handschrift in Druckbuchstaben: *»Traidora y perdedora.«*

»Das heißt Verräterin«, flüsterte Max.

»Und Versagerin, Verliererin«, ergänzte Felix. Er stülpte die Tüte um das Poesiealbum. »Halten Sie mal. Ich rufe Viktor an. Er muss von der Toten erfahren.«

Keiner der beiden machte sich Gedanken darüber, was die

zuständigen Schweizer Kollegen dazu sagen würden, dass sie in die Villa eingebrochen waren.

»Bin scho unterwegs«, erklärte Viktor, als er hörte, was sie hier vorgefunden hatten. »Ich informier von mim Auto us die Kollegen. S'isch mängisch besser, ich bin do, wenn die kchömet. Ich nehm den Ibruch uf mine Kchap. S'gibt weniger Galama. Bliebet do, fasset nüt a.«

Felix und Trautmann, der über Lautsprecher mithörte, schauten sich an. Sie würden nicht einfach warten, bis die Kollegen kamen. Sie würden die Räume genauer durchsuchen. Da klingelte Trautmanns Handy. »Hallo? Hallo, wer ist da?«, fragte er ungeduldig.

»Diese Kommissarin ... sie hat gesagt, ich soll Sie anrufen«, sagte eine Jungmädchenstimme. Die Worte kamen nur schleppend.

»Wo ist sie? Sagen Sie sofort, wo sie ist!« Max brüllte die Worte fast. Die Anruferin blieb stumm.

»Geben Sie her, Sie verschüchtern ja alle mit Ihrem Gebrüll. Hallo, wer ist da?«, erkundigte sich der Glückliche ruhig und höflich.

»Heißen Sie Trautmann?«, fragte eine piepsige Mädchenstimme.

»Ja, ich heiße Trautmann.«

»Sie, die Kommissarin hat gesagt, ich soll Sie anrufen. Kommen Sie schnell, Sie ... müssen sich beeilen. Sie hält nicht mehr ... lange durch. Er hat ihr schon ... die Droge gespritzt. Er hat auch ... Belisama umgebracht, er hat es selbst gesagt, ich habe an der Tür gehorcht. Aber verraten Sie mich ... nicht. Sonst tötet er mich auch.«

Felix versuchte ruhig zu bleiben. »Wer sind Sie? Und wo sind Sie?«

Es kam keine Antwort. Die Anruferin hatte aufgelegt.

»Sie lebt noch. Aber nicht mehr lange«, sagte Felix in Trautmanns bleiches, angespanntes Gesicht. »Sie hat mir nicht gesagt, wo sie ist.«

»Handyortung«, presste Trautmann zwischen zusammengekniffenen Lippen hervor.

»Werde die Kollegen sofort darauf ansetzen.«

»Sie verdammter Idiot, hätten Sie mich mit ihr reden lassen, ich hätte es aus ihr herausgebrüllt!«

»Schreien Sie nicht so, das hilft uns auch nicht weiter. Vielleicht haben wir ja Glück, und es geht schnell.«

Unendlich lang erscheinende Minuten verzweifelten Wartens später – es hatte sich nur unzulänglich mit der Durchsuchungsaktion in den Räumen der Villa ertragen lassen – wussten Felix und Trautmann, von wo der Anruf gekommen war. Nicht aus der Schweiz, sondern aus einem Haus im badischen Ibach. Mieterin war eine Sekte namens Luxor.

Sie wollten gerade aus der Villa stürmen, als Viktor eintraf. Trautmann rempelte ihn auf dem Weg nach draußen fast um.

Der Glückliche wollte ihm eigentlich folgen, doch Viktor hielt ihn zurück. »Ich brauch Sie hier, Felix.« Er bückte sich zur Toten hinab.

Felix streckte Max den Autoschlüssel hin. »Fahren Sie los. Ich schicke die Kollegen nach Ibach und komme selbst schnellstens nach. Viktor kann mich bringen, wenn wir hier fertig sind.«

Max trat das Gaspedal durch. Von der Villa bis Ibach waren es mehr als siebzig Kilometer. Der Ort lag nordöstlich von Todtmoos. Hoffentlich lebte sie noch, hoffentlich lebte sie noch. Etwas anderes konnte er nicht denken, während er mit quietschenden Reifen und mehr als einmal, um den Weg abzukürzen, auf der Gegenfahrbahn die Serpentinen der schmalen Straße durch den Hotzenwald hinaufjagte. Jeden Augenblick in der Gefahr, an einem der Baumstämme rechts oder der Felsen der Abhänge auf der linken Straßenseite zu landen.

26

Iris' Lider begannen zu flattern, als Trautmann sie schüttelte. Er hatte es einfach nicht länger ausgehalten. »Wachen Sie auf, jetzt wach doch endlich auf, du unmögliches, bockiges Weib!«

»Wieso hauen Sie mich?«

»Weil du beinahe gestorben wärst. Du dämliche … Dame. Haut einfach ab, begibt sich in Gefahr, ohne mich. Was hätte ich nur tun sollen, wenn dir was passiert wäre! Herrje, du kannst doch deine Umgebung nicht immer so in Aufregung versetzen. Felix wartet übrigens draußen. Beinahe hätten wir dich nicht rechtzeitig gefunden, hörst du? Es war Spitz auf Knopf! Nur weil die KTU inzwischen die wichtigsten Bestandteile der Droge ermittelt hat, die der Typ dir gespritzt hat, bist du noch am Leben. Gänseblümchen, liebes Gänseblümchen, was machst du nur für Sachen? Aber wir haben ihn, wir haben diesen Scheißtypen Mendez. Hab ich dir immer gesagt, das ist ein Scheißtyp. Und diese Sonja haben wir auch. Ach, Gänseblümchen!«

»*Gänseblümchen* … Ich gehe aber nicht mit Ihnen Blumen pflücken«, murmelte Iris. Dann drehte sie sich um und schlief einfach ein.

Felix schaute ins Krankenzimmer. »Wie geht es ihr? Ich habe gehört, dass Sie etwas gesagt haben. Es klang nicht freundlich.«

»Sie ist aufgewacht. Sie ist über den Berg«, antwortete Trautmann. Er spürte, wie der Kloß in seiner Kehle nach oben stieg, in seine Augen. Die begannen zu tränen. Er drehte sich weg, damit Felix das nicht sah.

Der legte ihm von hinten die Hand auf die Schulter. »Ist schon gut. Ist schon gut. Mir geht es ähnlich. Aber alles ist gut, sie lebt.«

»Gott sei Dank.« Eine ganze Welt ausgestandener Ängste lag in seiner Stimme.

»Jetzt gehen Sie besser. Sobald sie einigermaßen dazu in der Lage ist, beginnen die Befragungen. Wir müssen schnell handeln, herausfinden, was sie entdeckt hat, und Maßnahmen ergreifen. Es geht um ein weltweites Netzwerk. Das heißt, wir müssen die Kollegen vor Ort in den diversen Ländern informieren, ehe die

Täter gewarnt sind. Wir haben eine Sonderkommission gegründet. Und raten Sie mal, wie die heißt.«

Max schaute fragend.

»Gänseblümchen.«

»Ich geh heute nicht Blumen pflücken«, kam es wieder vom Bett her.

Max sprang an ihre Seite. Doch sie war schon wieder eingeschlafen. Er strich ihr sanft die verschwitzten Haare aus dem Gesicht. Dann wandte er sich wieder Felix zu. »Sie wollten noch etwas sagen?«

»Ja. Wir haben in Ibach einiges an Hinweisen gefunden, auch auf ein weiteres Haus in Laufenburg. Ganz in Ihrer Nähe. Mendez hatte für Gertrud Schwalbe einige Räume im Dachgeschoss der Russenvilla gerade erst angemietet, doch sie hatte schon einiges an Materialien dorthin geschafft, das meiste sorgsam verpackt, abholbereit in handlichen Kartons, adressiert an verschiedene Empfänger. Unter anderem an einen Monsignore Andrea Andreotti im Vatikanstaat. Die Post ist ein wunderbares Versteck. Wer sucht schon in einem harmlosen Paket nach kriminellen Unterlagen? Vermutlich sollte auch das Tagebuch, das wir bei ihr gefunden haben, diesen Weg nehmen. Das Poesiealbum, Sie erinnern sich?«

Max nickte.

»Er hat sie umgebracht. Die Frau, die er offenbar von Kindesbeinen an gekannt hat, ist an derselben Droge gestorben wie Katuschin und Nadine Seibold.«

»Und beinahe Iris Terheyde.«

»Ja, beinahe auch Iris Terheyde.«

Die beiden Männer schwiegen eine Weile. Dann fuhr Felix fort. »Aus dem Poesiealbum wissen wir, dass Gertrud Schwalbe vor ihrer Flucht nach Argentinien mit ihrer Familie in der Russenvilla gewohnt hat.«

»Der Beginn der Rattenlinie.«

»Ja, die Route über die Schweiz. Wie es scheint, funktionieren die ehemaligen Naziseilschaften bis heute.«

»Das ist erschreckend«, sagte Max und sah hinunter auf das Gänseblümchen.

»Allerdings. Der Vater von Gertrud Schwalbe hat unter Hitler Hunderte von Menschen gequält und getötet. Zusammen mit Carlos Mendez, Sonja Vleiel und anderen hat Gertrud Schwalbe die Arbeit der Väter fortgesetzt. Und dann wollte sie abhauen. Vielleicht hat sie mitbekommen, dass wir gegen sie Verdacht geschöpft haben. Danach sieht jedenfalls alles aus. Mendez muss die Fluchtvorbereitungen entdeckt haben. Er ist in die Villa gefahren und hat gehandelt. Wer weiß schon, wie das verquere Hirn dieses Mannes funktioniert. Er redet nicht mit uns. Wir haben bisher nur die Aussage von Felicitas Körber. Aber dabei wird es nicht bleiben. Deshalb sollten Sie jetzt auch gehen, Trautmann. Am Ende fragt sonst noch jemand nach Ihrer Rolle in der ganzen Suchaktion. Fragen, die nicht gestellt werden, muss ich auch nicht beantworten, nicht wahr?«

»Aber ich kann sie doch nicht allein lassen. Nachher …«

»Machen Sie sich keine Sorgen. Ich passe auf sie auf. Halten Sie sich fern. Ich verspreche, ich komme jeden Abend bei Ihnen vorbei und erstatte Bericht.«

»Versprochen?«

»Ja, ich schwöre.«

»Gut, also dann. Aber bitte sagen Sie ihr nicht, dass … also, es wäre mir peinlich …«

»Dass Sie sie lieben? Nein, Trautmann, gewiss nicht. Das müssen Sie schon selbst tun.«

Nachwort

Keine Geschichte spielt im luftleeren Raum, auch nicht die erfundenen. Die Idee für diesen Krimi speiste sich aus den verschiedensten Quellen. Etwa dem Umstand, dass es selbst während des Krieges von Laufenburg und anderen Städten und Orten entlang des Hochrheins aus Übergänge in die Schweiz gab, zum Beispiel über das quer zum Rhein hin gebaute Flusskraftwerk Laufenburg. Darüber gibt es Zeitzeugenberichte. Außerdem ist bekannt, dass eine der sogenannten Rattenlinien über die Schweiz führte.

Eine »Akte Odessa«, also eine große übergreifende Organisation, wie in dem Roman von Forsyth beschrieben, hat es wohl nie gegeben, aber dafür verschiedene, sich nicht selten personell überschneidende Netzwerke von Fluchthelfern, bei denen manchmal auch staatliche Behörden mitspielten. Uki Goñi hat darüber viele Jahre lang geforscht, er wollte seine eigene Familiengeschichte ergründen. Herausgekommen ist sein Buch »Odessa. Die Wahre Geschichte, Fluchthilfe für NS-Kriegsverbrecher«, es erschien als deutsche Übersetzung im Juni 2006 im Verlag Assoziation A in Berlin, ISBN 13: 978-935936-40-8. Wenn es in diesem Krimi einmal heißt, dass das Leben viel unglaublichere Geschichten schreibt, als sie sich jemand ausdenken könnte, dann bezieht sich das auf den Inhalt von Uki Goñis Buch. Dass neben deutschen auch Schweizer Behörden beteiligt waren, konnte Goñi meiner Ansicht nach nicht zweifelsfrei belegen. Aber ich halte es nicht für unvorstellbar. Ich halte es ebenso wenig für unvorstellbar, dass die Netzwerke der Rattenlinien bis heute funktionieren.

Zu den amerikanischen Versuchen mit bewusstseinsverändernden Drogen heißt es in Wikipedia: *»MKULTRA (auch MK ULTRA, Aussprache M-K-Ultra) war ein umfangreiches, teilweise gesetzeswidriges Forschungsprogramm der CIA über Möglichkeiten der Bewusstseinskontrolle.«* Mitte der 1970er-Jahre beschäftigten sich mehrere Untersuchungskommissionen des US-Kongresses mit der Aufarbeitung der Geschehnisse. Das Programm lief von

1953 bis in die 1970er-Jahre im Kontext des Kalten Kriegs. Ziel des Projekts war es, ein perfektes Wahrheitsserum für die Verwendung im Verhör von Sowjetspionen zu entwickeln sowie die Möglichkeiten der Gedankenkontrolle zu erforschen. In Teilen überschnitten sich die Arbeiten auch mit den Forschungen anderer US-Programme zu biologischen Waffen. Bei Tausenden von Menschenversuchen wurden ahnungslose Testpersonen, oft willkürlich unter Krankenhauspatienten und Gefängnisinsassen ausgewählt, ohne ihr Wissen unter hochpotente halluzinogene Drogen wie LSD und Mescalin gesetzt. Viele trugen schwerste körperliche und psychische Schäden davon, teilweise bis hin zum Tod. Im Nachhinein stufte die CIA die meisten Experimente übrigens als wertlos ein, da sie häufig von Mitarbeitern ohne jede wissenschaftliche Qualifikation durchgeführt wurden.

Ken Kesey verarbeitete seine Erfahrungen als Testperson in dem Buch »Einer flog über das Kuckucksnest«. Der Roman »Shutter Island« von Dennis Lehane und vor allem die gleichnamige Verfilmung von Martin Scorsese aus dem Jahr 2010 thematisieren ebenfalls die Menschenversuche der USA aus dieser Zeit.

Den Goldfund hat es gegeben. Philipp Zimmermann hat in der Döttinger Zeitschrift »Die Botschaft« am 11. Juli 2012 darüber berichtet (http://www.presseverein.ch/2012/07/die-botschaft-und-der-goldfund-von-klingnau/). Ich habe den Fall allerdings zeitlich etwa ein Jahr später stattfinden lassen und ihn in meinem Sinne in die Handlung eingebaut.

Die Beschreibung der rechtslastigen Aktivitäten in der Region Hochrhein gründet sich auf den baden-württembergischen Verfassungsschutzbericht 2012.

Die beschriebene Villa existiert, die Bewohner wissen allerdings nichts davon, dass das Haus für die Ideen einer Krimischriftstellerin herhalten musste. Deswegen habe ich den genauen Standort auch nicht genannt.

Außerdem möchte ich hier noch Danke sagen: zum Beispiel der Person, die mir in Sachen *Compliance* weitergeholfen hat und die Abläufe, auch die bankinternen, erklären konnte. Mein Dank gilt außerdem Marit Obsen, deren unbestechlicher Lektorinnenblick alle Schwachstellen entdeckt und die immer wieder gute Anregungen hatte, um sie auszubügeln. Es ist bei diesem Buch eben wie im richtigen Leben: Kein Projekt wird von einem Menschen allein auf die Beine gestellt.

Laufenburg, im Sommer 2014
Petra Gabriel

Petra Gabriel
HOTZENWALDBLUES
Broschur, 240 Seiten
ISBN 978-3-89705-949-8

»Im ›Hotzenwaldblues‹, Petra Gabriels drittem Hochrhein-Krimi, setzt die Autorin aus Laufenburg ganz auf Lokalkolorit und beweist ihr großes Insider-Wissen, sowohl was die Politik als auch die wirtschaftlichen Verflechtungen betrifft. Der ›Hotzenwaldblues‹ ist bis zum Schluss ein Genuss – inklusive Unterricht in alemannischer Sprache, die für Ungeübte in geschriebener Form noch ein wenig komplizierter ist als gehört. Doch auch das macht den ›Hotzenwaldblues‹ zu einem waschechten Hochrhein-Krimi.« Südkurier

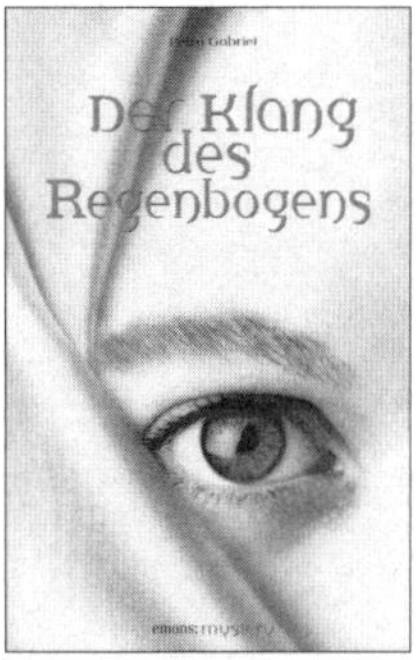

Petra Gabriel
DER KLANG DES REGENBOGENS
Broschur, 432 Seiten
ISBN 978-3-89705-756-2

»Ein geschicktes, spannendes und originelles Verweben von Phantasie und Realität sind der Stoff, aus dem dieser Roman und die seltsame Truppe gemacht sind, welche auszog, um die Welt zu retten.« Südkurier

»Geheimnisvoll und spannend geht es zu im neuen Roman der Laufenburger Autorin Petra Gabriel.« Badische Zeitung

www.emons-verlag.de